# 賢者大叔的異世界生活日記

17

Kotobuki Yasukiyo

寿安清

Kadokawa Fantastic Novels

# Contents

# 序章　大叔弄哭了布羅斯

梅提斯聖法神國北方防衛重鎮——卡馬爾要塞。

現在這座要塞在葛魯多亞將軍的命令下，將全員撤退回本國，商人和一般民眾儘管心有不滿，仍帶著行李，爭先恐後地逃回祖國。

梅提斯聖法神國與獸人族長久以來在魯達．伊魯路平原上展開的爭鬥，近期來持續由獸人族占有優勢，這次的撤退命令也顯示了他們無法擋下獸人族的攻勢。

奴隸商人們雖然因為害怕遭到報復，解下了原為奴隸的獸人身上的枷鎖，解放了這些奴隸，可是這些獸人願不願意站在他們這邊又是另一個問題了。不如說他們反而還怕這些原為奴隸的獸人加入獸人軍，使獸人軍的勢力變得更為強大。

然而這些奴隸加入獸人軍表示士兵人數增加，需要更多的糧食，獸人軍反而有可能會因為缺乏物資而疲弊。

基於這些考量而老實地解放奴隸的奴隸商人還好說，不過也有全面拒絕葛魯多亞將軍的命令，不願解放奴隸的人在。對於這些人，聖騎士團是靠武力逼他們乖乖就範了。

奴隸商人們不滿聖騎士團的做法，便刻意拖延撤離卡馬爾要塞的準備工作，做些扯後腿的幼稚找碴行為，以示抗議。

其中也有人根本就拒絕撤退，但葛魯多亞就刻意不管他們了。

既然選擇留下，就是他們自己的責任，葛魯多亞甚至抱持著「就讓這些人成為誘餌，多少派上一點用場吧」這樣的想法。

『……這是個賭注。』

獸人族不會捨棄同胞。

就算是對立的部族，獸人們也會去協助對方，做好自己也會挨餓的覺悟，將糧食分給他們。一旦沒了糧食，獸人族就會停止進攻了吧。

他是推斷這樣可以多少爭取到一些時間，可是他們得在這短暫的時間內盡可能地拉開距離才行。

這座要塞離本國很遠，他們現在必須迅速地行動。

「葛魯多亞大人，第三批人馬已經要離開要塞了。」

「嗯……目前進行得很順利啊。」

「……可是依然有人堅持要留在這座要塞……」

「無所謂，拋下那些搞不清楚狀況的愚蠢之徒吧。現在是分秒必爭的時刻……得在那傢伙抵達之前，把事情都辦好才行。」

葛魯多亞將軍指示前來報告的士兵加快撤退的腳步。

堅持留下的人當中，包含了在這座城塞都市裡土生土長的老人，未能理解現況，還想抓獸人族的奴隸商人，以及這些商人底下的傭兵。

他能夠理解那些老人們不願失去故鄉的心情，但是到了這個緊要關頭，奴隸商人們還見錢眼開地想著要抓新的奴隸，葛魯多亞根本不想管這群笨蛋的死活。

「還真是奇怪呢。居民們明明都要撤離了，奴隸商人卻變多了……他們難道認為這座要塞是無敵的嗎？」

「他們就是這樣想的吧。然而這次那種想法是不管用的。尤其對手是那傢伙，就連那座堅不可摧的城門，也會三兩下就毀在他手裡吧……」

「您是指獸人族的首領嗎……雖說他那身以骨頭製成的裝備格外醒目，不過那也是因為他有著與之匹敵的高強實力呢。」

「說來懊悔，但老夫捨棄了同胞……儘管老夫在戰場上曾多次為了這種選擇而苦惱，但這還是老夫第一次認真的決定全力撤退啊……」

36城砦發生的慘劇，在身為軍人的葛魯多亞心裡留下了難以估計的陰影。

見識到壓倒性的虐殺行為，體驗到至今為止的人生從未經歷過的絕望，徹底削去了他的戰鬥意志。

人類是絕對贏不過那傢伙的。

「若是與之一戰，只會陷入絕望。就算逃跑，要是被追上了，也唯有絕望一途……正因為如此，老夫很感謝那些要留下來當誘餌的奴隸商人。」

「他們要賭上性命保護我們，真的是感激不盡啊。現在就連那些人侮蔑的話語，都像是拂過耳邊的清爽微風。」

「他們過去都靠著買賣生命來中飽私囊。為了讓我們存活下來，只能請他們白白送上自己的性命給獸人們了。對他們來說這也算是一種因果報應吧。我們該為他們祈禱，希望他們至少能夠安祥地踏上前往冥府的旅程。」

當然，大多數的奴隸商人都和黑社會的人有所往來。

其中甚至有能夠召開奴隸拍賣會的大規模組織，而這些黑社會組織的人都有高階祭司之類的高官當他們的靠山。

檯面上另當別論，但梅提斯聖法神國是個裡頭滿是貪污腐敗官僚的國家。

正因為如此，奴隸商人們才會大搖大擺地進入正在進行全面撤退的卡馬爾要塞。葛魯多亞懷疑，就連這座要塞的管理權限，都落在黑社會組織的人手裡。

不過就算這是事實，葛魯多亞也毫不在意。

不如說有愈多的誘餌，他們就有愈高的機率能夠得救。

『希望他們能盡量抵抗，撐到避難民眾們穿過安佛拉關隘啊。』

他的肌膚能感覺到，順著平原上的風吹來的敵意和殺氣正逐漸增強。

距離獸人族抵達此處，已經沒剩下多少時間了。

可以的話，他是希望能在不與獸人交戰的情況下抵達安佛拉關隘。

葛魯多亞按耐著焦躁的心情，像是想轉移注意力地仰頭看向天空。

那個時刻就要到了。

◇◇◇◇◇◇◇

在平原上前進，由凱摩．布羅斯率領的獸人族大軍暫時停止了行軍。

理由是——

「什麼？你說有同胞逃出來了？而且人數眾多？」

——有著獅子外型的獸人接到來自先鋒伙伴的報告，在馬車上大喊著。

在他旁邊的布羅斯儘管被老婆們包圍著，臉上仍浮現出狐疑的表情。

「嗯～……所以說，他們的狀況看起來怎麼樣？人數呢？」

「不是，老大……你為什麼表現得這麼冷靜啊？先遣隊發現時有十五人，距離發現處稍遠的地方又有二十三人倒在那兒。我們至今為止從未碰過這種事啊。」

「我想……他們是從卡馬爾要塞來的。至於對方解放他們的目的，恐怕是為了減少我們的糧食吧。所以……我認為得到解放的同胞數量還會再增加。」

「什麼！那些傢伙連我們的同胞都拿來當成工具利用嗎！」

「我就是想確認我的想法是否屬實才問你的……………逃來的同胞們的狀況怎麼樣？」

到方才為止還顯得天真無邪的布羅斯臉色一變，換上了帶著猙獰冷酷充滿壓迫感的表情。

在場的獸人族勇士們同時感受到了一股強烈的寒意，眾人有如裸體站在氣溫低於冰點的寒冷戶外般渾身戰慄。

「所、所有人都很憔悴……似乎受到了非常惡劣的待遇。身體也瘦巴巴的。其中甚至還有瘦得只剩皮包骨的小孩子。」

「應該是遭到虐待了吧？嗯……我真的要摧毀那個宗教國家，連一點痕跡都不能留下。」

「所以說老大，我們接下來該怎麼辦？帶著病人，進軍速度也會變慢的。」

「不僅如此，接下來我們大概還得收留更多衰弱的伙伴，抵達卡馬爾要塞時，糧食的儲備量會很吃緊吧。」

「這……我們哪能這麼悠哉的……老大，我們是不是至少該把他們給送回據點去？」

「問題是他們似乎沒剩下足夠的體力能讓我們這麼做了。會使用這種手段，就表示對方已經徹底計算過我們會採取的行動了吧。簡單來說，就是他們不管用什麼手段，都想拖慢我們的進軍速度。」

獸人族有很強的伙伴意識，不可能捨棄同胞繼續進軍，不管怎樣都會被拖慢腳步。

『那麼該怎麼辦呢～……』

原本獸人族會開始團結作戰的原因，就是為了解放同胞們。

保護這些得到解放的獸人們是理所當然的事，可是難保部族聯軍不會因此陷入缺乏糧食的窘境，就算要把布羅斯手上的糧食分配下去，庫存量到底夠不夠也很難說。

布羅斯至今以來為了獸人族，在這塊土地上進行了各種開拓，希望他們在糧食上能夠自給自足。

獸人族拜此所賜得以免於挨餓，儘管如此，這也不代表他們有任何餘裕。

他們總是在緊繃的狀態下勉強撐過難關，靠著令人動容的努力，與伙伴們齊心協力，才一點一滴地湊齊了進軍所需的物資。

然而到了這裡，對方卻解放了大量的奴隸。

照布羅斯的盤算，他原本是想在攻下卡馬爾要塞後，用從敵人那裡搶來的物資來供應糧食給救出的同胞們，沒料到敵人看穿了他的想法，反過來利用了這點。

說是這樣說，但他也不能拋下這些得到解放的奴隸們繼續進軍。

要是那麼做，布羅斯便會失去獸人們的信任。

布羅斯也很清楚。

就算拿出自己手上的所有糧食，分量也不足以支撐整個獸人聯軍……

『這下……情況不太妙啊。』

雖然方法簡單，卻造成了相當沉痛的打擊。

布羅斯覺得採用了這個手段的指揮官，是個很難應付的對手。

具有能夠看穿敵人弱點的冷靜判斷力以及行動力，能夠無情且冷酷地實行簡直泯滅人性的手段。

他不知道是率領聖騎士團的指揮官格外優秀，還是身邊有軍師跟著，不過對方確實地預測到獸人軍的現況，並且先發制人的採取了應對手段。

不想點辦法的話，在抵達卡馬爾要塞前，他們的糧食可能就會見底了。

「好，去找傑羅斯先生他們商量吧。有困難的時候就是要仰賴別人嘛～」

「老大？」

布羅斯小弟打算把難題丟給其他人。

明明還沒解決任何問題，他卻踏著輕快的腳步，邊走邊跳地前去找傑羅斯他們。

然後他看到了。

「唔噁……」

在暈馬車和宿醉的雙重打擊之下變成一團爛泥，模樣丟人的亞特……

「……亞特先生還好嗎？總覺得他看起來很虛弱耶。」

「他只是暈馬車，所以沒事啦。休息一陣子就會活過來了。」

傑羅斯在發出哀號聲的亞特身旁很隨便的回了話。

「比起那個啊，我有點事想找你們商量，可以嗎？」

「有事想找我們商量？」

「沒啦～……其實是糧食好像在抵達卡馬爾要塞之前就會吃完了。」

「……這件事跟馬車停下來的原因有關嗎？」

「真敏銳耶，不愧是傑羅斯先生。我一說你就猜到了！」

布羅斯說明了現況。

聽完之後，傑羅斯就察覺到他想要什麼了。

「……也就是說，你希望我們能分點糧食給你對吧？」

「就是這樣。你們都有道具欄吧？那些『Sword and Sorcery』裡蒐集來的糧食啊，我希望你們能稍～微分一點給我。」

「嗯……我是不介意啦，可是你打算拿那些獲得解放的獸人們怎麼辦？就這樣帶著他們進軍，也只會礙事吧。他們又很虛弱……是說大概有多少人啊？」

「先遣隊發現了十五個人，距離這裡稍遠的地方還有二十三人，人數應該還會再增加不少。因為身體非常衰弱，所以也不能分派一支部隊送他們回據點。雖然說這樣感覺也只能帶著他們進軍了，可是糧食匱乏的問題讓我很傷腦筋啊。武器及防具數量不足也是一大難題。」

看來情況比傑羅斯預想的更為嚴重。

對大叔來說，要他對此視而不見，他在良心上也過不去。

「嗯～……那些問題之後再來煩惱，總之應該先讓他們吃點東西吧。」

「我現在已經派人去準備類似粥那樣比較好消化的東西了。是用叫『茶茶摩洛薯』的根莖類植物煮成的料理。」

「肉類呢？」

「肉乾不好消化，納含量又高，所以只加了一點點吧？至於蔬菜，只要用附近的雜草就行了。」

「原來如此……可是照布羅斯小弟你的說法，挨餓的獸人數量還會再增加吧？既然不知道確切的人數，就不能隨便消耗糧食呢……」

傑羅斯光憑布羅斯的敘述，就察覺到了還有其他的問題。

不管吃下的東西有多好消化，獸人們還是得花上不少時間才能恢復原有的體力。

而且既然在進軍途中，就表示他們沒剩下多少時間了。

畢竟這是要打下一座要塞的攻城戰。考慮到死傷人數會增加，他們有必要先解決糧食的問題。

因為光是多解決一個問題，就能大幅減輕獸人們精神上的負擔了。

「嗯～……我有點在意，我可以去看看那些受到保護的獸人們嗎？畢竟他們的狀況也會影響到我要提供的糧食分量吧。」

「說得也是，讓傑羅斯先生你也去看一下他們會比較好吧。」

「薩沙先生，亞特就麻煩你照顧了。」

「咦？我、我來照顧嗎？」

「除了你之外這裡還有誰啊？」

「亞特先生……意外的很不耐操呢～」

亞特完全被當成局外人了。

他雖然因為暈馬車而非常難受，可是意識很清楚，所以默默地在內心裡吶喊著『這不是我的錯……是馬車的構造太爛了』。

正如同亞特內心所想的，獸人族使用的馬車上沒有加裝彈簧板或是避震器這種東西，凹凸不平的地面所帶來的衝擊會直接反應在馬車上。

更何況魯達．伊魯路平原的道路未經過人工整修，所以馬車晃動的嚴重程度跟在一般車道上行駛時有著天壤之別。

「唉，在這種偏鄉地方，這也是無可奈何的事。那我去去就回。」

傑羅斯他們把動彈不得的亞特留在原地，朝著部隊前方走去。

他們從幾個部族的軍隊旁邊走過，看到了許多穿著不同民族服飾的獸人，不過每個人都在為了拯救同胞而奔走。

具體來說是在準備餐點。

「大家都很合作呢～」

「雖然他們平常關係不好，不過基本上個性都差不多。打過一架之後，也不會埋怨個沒完。不像人類那樣會一直懷恨在心，正是他們的優點呢～」

「像人類那樣啊……布羅斯你這說法，聽起來就像在說你自己不是人類耶。唉，雖然那種作弊的身體也很說到底算不算人類就是了。」

「我不覺得自己是人類喔。不過我也不覺得自己是神。我沒有傲慢到那種程度。我頂多就是獸人族當中的一個種族吧。」

「該說你光是沒做出那種『老子我超強啦～』的行為就不錯了嗎？我是知道我們的同類裡有個做了蠢事淪為奴隸的例子啦，不過既然你懂得自制，那就沒問題了吧……」

傑羅斯他們一邊聊著這些事，一邊來到了得到解放的獸人們身邊。

所有獸人都疲憊不堪，就算只看外觀，也能看出他們有營養失調的問題，其中甚至還有人虛弱到陷入昏迷。光是能抵達這裡都令人感到不可思議。

「……這還真慘啊。」

「我也只聽了報告，所以不清楚詳細狀況，不過沒想到他們居然遭到了會衰弱到這種程度的嚴苛待遇……那些傢伙……我絕對要徹底殲滅他們。」

「他們身體這麼虛弱，突然進食說不定會吐，這種時候準備一些有營養的湯品比較好。」

「因為水很寶貴，不能用掉太多啊。可是也不能就這樣放著他們不管……敵人還真的是用了非常下流的手段呢。」

眾人正為了疲憊不堪的同胞拚命地製作薯粥。

然而火力不足，還要花上一段時間才能煮好。

在這準備的時間內都可能會有人撐不下去，沒有時間猶豫了。

『嗯～……這樣下去說不定會出人命呢。不對，說不定已經有人喪命了……而且我也不覺得光靠薯粥這種玩意兒就能救得了他們。這下～該怎麼辦呢～』

下流的手段這句話，讓傑羅斯意識到這是敵軍用來消耗獸人族兵糧的策略。

作為受害的一方來說，這是令人唾棄的手段，不過站在敵方的角度來看，這是非常合理且有效的策略，也讓傑羅斯理解到敵軍中有個膽識過人，敢採用這種無情手段的將領存在。

『看來有個很能幹的將領在呢。可是就這樣稱了梅提斯聖法神國的意，也讓人有點不爽。要論現在能做的事情裡最有效的手段……』

大叔不斷思考，同時觀察周遭的狀況。

獸人族正在準備薯粥。

雖然離煮好還有一點時間，不過那些薯粥將會分配給受保護的獸人們。

然而讓他們的身體吸收這些營養還不夠。

『啊……』

大叔回想起來了。

有個能夠突破眼前困境的有效道具……

他裝出認真思考的樣子，在心裡露出了滿意的笑容。

「老大！去偵查的人把倒在路邊的同胞帶回來了。」

「果然啊～……跟我預想的一樣呢……」

『哎呀呀～照這樣來看，愈是進軍就會有愈多需要照顧的人出現吧。既然這樣，就趁現在……』

無視於因為眼前的狀況而受挫，癱坐在地的布羅斯，大叔悄悄靠近裡頭正煮著薯粥的鍋子，抓準了一瞬間的空檔，倒了一點原本收在道具欄裡的魔法藥進去鍋裡。接下來也對其他正在煮粥的鍋子做了同樣的事。

「這邊已經煮好了喔！依序拿過去，讓最虛弱的傢伙先吃！」

「別拖拖拉拉的，現在可是分秒必爭！」

「趕快拿去！」

「別擋路！手上閒著沒事就趕快讓開！」

「來，慢慢喝下去……要活下來啊！」

薯粥接連分配下去。

然後在某個連維持意識都已經到達極限的人喝下一口薯粥後，魔法藥的功效便以非常戲劇性的形式呈現出來了。

「UWEEEEEEEEEEEEEEEEEEEEEEEEE！」

「「「「啥？」」」」

獸人瞬間找回了健康的肉體。

只見原本細瘦的身體變為彷彿快要漲破皮膚的雄壯肌肉，完成了從方才的瀕死狀態完全想像不到的大・變・身。

而且不只一個人。

「Po——————wer！」

「活～～～力～～～～～～～！」

「呼～～～喝啊啊～～～～～～～！」

「來啦～～～～！來啦來啦來啦來啦！」

「感覺來了喔——————！」

「「「「力量湧上來啦～～～～～～！」」」」

『『『『『……………………』』』』』

在接連發出怪聲的同時，原先衰弱的獸人們都雕塑出了完美的體態。

不分男女老幼都壯得令人稱羨，擁有不輸世界健美先生&小姐的超絕健美肉體。

那模樣簡直像是突然變成了人類最強生物。

「傑、傑羅斯先生…………你該不會動了什麼手腳吧？」

「……你是在說什～麼事啊？」

「到剛剛為止還骨瘦如柴、營養失調的他們，為什麼會突然變成感覺有可能會在眾目睽睽之下展開壯烈的親子吵架，連公車都有可能打壞的最強生物啊！這不管怎麼想都是傑羅斯先生搞的鬼吧！」

「獸人復活！獸人復活！一定是因為有高濃度的營養流入了他們衰弱到枯瘦的身體裡，肉體才會開始復仇，有了一百八十度的大轉變啦。我猜是這樣……」

「怎麼可能會發生這麼扯的事情啊！根本聽不懂你在說什麼！嗯？高濃度的……營養？」

就連大叔都因為這驚人的效果而充滿了罪惡感。

他沒想到竟然會有效到這種地步。

「…………老實招出來。」

「OK，你先把手上那把危險的戰斧放下來吧？被人拿武器抵在脖子上，就算是我也沒自信能夠好好解釋吶。」

「……所以說，你到底做了什麼好事？那狀況可不太尋常喔。」

「呵……我加了某種能量飲料進去。不過那是卡儂小姐做的。」

「等等！不不不，那個能量飲料該不會……有一段時間被她拿來當成魔法藥在外販售……」

「沒錯，就是那個！讓瘦弱的身體充滿夢想，喝下去就能得到健美身材。卡儂小姐特製的能量飲料，品名就叫『極限超速EX』！」

「你…………你居然加了那種東西……那是惡夢啊……」

「極限超速EX」。

白之殲滅者卡儂製作的超高濃度能量藥水。

然而因為效果實在太強，強制增幅的能力參數會出現錯誤，造成連簡單的戰鬥都無法進行的問題。

畢竟喝了的人會——

・停不下來。

・無法轉彎。

・不受控制。

有這三種症頭，很難做出直線攻擊以外的行動，導致這個能量飲料成為了無用道具系列的一員。

因為沒有辦法解決參數出錯的問題，就算裝備了騎士長槍，強行突擊多人共鬥型的稀有頭目，使用者也會就這樣直直往前衝，撞上斷崖壯烈的自爆。創造出多人脫隊的悲劇。

最後因為戰力不足，那場頭目戰的戰況慘到了極點。

可是那再怎麼說都是遊戲裡的事。

要是那樣的道具真的存在於現實中會怎麼樣？

會被拿來當成能讓衰弱到瀕死的肉體瞬間提昇為超人等級的超強力能量飲料。

不對，實際上已經被拿來這麼用了。

「你該不會全加進薯粥裡了吧？」

「沒啦～我也沒有隨便到這種程度啊。我適量加了一些，他們就變成那樣了。一想到我要是全部加下去的話……」

「不不不，就算是那樣他們也完全變了個樣耶，那玩意兒應該被薯粥稀釋了吧！明明稀釋了，他們看起來還是變成了赤手空拳就能破壞戰車的樣子耶！」

「大家都喊著『奧林匹亞——————！』吶。他們真的知道那是什麼意思嗎？」

「你在意的點居然是那裡？」

大人和小孩都平等的擁有超級健美身材。

肌肉生長的方式也非常凶狠，他們簡直不再是獸人，而是純粹的野獸。有人的手臂和腿上還長滿了硬毛。

「那些……可不是我所知道的獸人族啊。」

「你看看，那背上的肌肉……簡直像是鬼的臉——」

「唔哇啊啊啊啊啊啊啊！別再說下去了，你為什麼隨手就創造出最強生物了啊！」

「這不是我的錯。真要說的話，我覺得這要怪卡儂小姐。」

「不要用那個人做的魔法藥啦，我的毛茸茸獸耳們這下豈不是變成野獸了嗎！至少事前先跟我商量一下也好啊！」

「因為處在刻不容緩的狀況下啊……哎呀，過陣子就會恢復原狀了。現在只是因為攝取了處理不完的營養，才會一時性的肌肥大啦。」

布羅斯淚眼汪汪，非常懷疑地追問著「真的會恢復原狀吧？」

沒有任何證據能確保他們會恢復原狀。

大叔只是基於魔法藥的特性，陳述這類藥品經過一段時間就會恢復原狀的一般推論罷了。至於實際如何，也只能先觀察他們的狀況一陣子才能判斷。

這下雖然解決了（？）那些獸人們衰弱瀕死的問題，卻完全沒解決糧食的問題。

關於這方面，後來是靠著大叔和亞特以前打倒「暴雪帝王龍」時，保存下來的大量龍肉提供獸人們來處理的。

唉，雖然大叔是基於那些部位的肉筋太多太硬，人類沒辦法吃，不過有強韌下顎的獸人應該咬得動的想法來做判斷的……

不管怎樣，這樣應該就能再撐上一陣子了。

順帶一提，說起那些因為喝了混有「極限超速ＥＸ」的薯粥而力量大增的獸人們——

「嘿嘿嘿……幹得掉，這樣就能幹得掉他們啦！」

「有這股力量……我就能殺掉那些傢伙了。我要為孩子和丈夫……報仇雪恨！」

「啊啊……過去那些痛苦簡直都像是假的一樣，現在就算是神，我也能爽快的幹掉啦！」

「體內充斥著復仇多巴胺和腎上腺素……太棒啦。」

「才不需要什麼武器呢……有本小姐這拳頭就夠了。」

「那些傢伙的骨頭會發出怎樣的聲音呢～真令人期待啊。」

——充滿了幹勁與殺氣！

壓倒性的體能強化加上了名為復仇的黑暗精華，讓他們化為了復仇的猛獸，決心將僭稱自己為神之使徒的惡人導向滅亡。

沒人能擋下他們滿溢而出的殺意。

「好、好恐怖……」

「人要到什麼時候才有辦法拋下憎恨呢……反覆造下的業障帶來的悲傷不斷累積，聚集起來的憎恨之火化為劫火，燒向過去凌虐他們的人們。復仇的野獸們在戰爭的終點會看見什麼？是悲哀？抑或是喚來新的憎恨，開啟戰爭的連鎖呢……下一集『復仇者們的宴會』，你將會知曉罪人們的因果報應。」

「你幹嘛用那種像是在做下集預告的語氣說話啦！情況很糟糕耶！他們已經徹底突破獸人這個種族的範疇了啦！那已經毫無疑問的是野獸了！」

「就算是人，剝下外皮後也就是野獸啊。只是本能打破了理性，殺意和憎恨解放了他們沉睡的野性罷了。他們已經是只會順從自己的欲望，不斷屠殺的殺人機器了。」

「創造出這些殺人肌～器的不就是傑羅先生你嗎！」

徹底變了樣的獸人們讓熱愛毛茸茸獸耳的布羅斯看得淚眼汪汪。

獸人族中確實有不少血氣方剛的人，可是眼前的這些獸人和那些人在背景上有著根本性的差異。

滿溢而出的力量解開了理性的枷鎖，彷彿血液般流竄於全身上下的憎恨投向了梅提斯聖法神國，沸騰的破壞衝動催促著他們投入戰場。

而且先遣隊帶回衰弱的獸人後，就會讓他們吃下超滋養的薯粥，不斷創造出新的復仇者。其中甚至混有孩童的身影，更令人覺得恐懼。

就連一開始很驚訝的其他獸人，回過神來也已經在用羨慕的眼神看著那些人，負面的加乘作用不斷擴大。

「……該怎麼辦啊。我很擔心那些孩子們的未來耶。這樣我怎麼對得起他們的父母啊！」

「反正只是用了運動禁藥，他們應該不會像洩了氣的皮球一樣迅速萎縮吧？」

「這麼過分的禁藥我可是連聽都沒聽過啊……」

「沒聽過？說什麼傻話……你應該知道好幾個類似的案例吧。你忘了自己也是受害者嗎？」

「我才不想回想起卡儂小姐的惡行！」

布羅斯也是卡儂手底下的受害者之一。

因為他本人堅持不肯說出自己的遭遇，所以傑羅斯也不知情，不過大概感覺得出布羅斯應該遇上了大慘事。

那些往事在他心裡留下了深刻的創傷吧。

先不管那些，讓人無法放心的狀況正在他們眼前發生。

現在還不知道，這些化身為超越人類、超越野獸，甚至超越了鬼的超獸鬼人的獸人們，究竟能否恢復原狀。

◇◇◇◇◇◇

在伊斯特魯魔法學院，庫洛伊薩斯正心不甘情不願的當他一點都不想當的講師。

在校成績優異的聖捷魯曼派研究者們，分別擔任了自己擅長的研究科目的講師工作，然而不知為何，只有跨足了多項研究領域的庫洛伊薩斯沒接任講師。

他不分領域，參與了各式各樣的研究，擁有比其他人更豐富的知識。

可是大多數的學院生都知道。

庫洛伊薩斯一旦做了什麼，就會引發爆炸，或是製造出有毒氣體……

他接下來要去擔任臨時講師的鍊金學課程，除了來上課的學生以外，在場的只有與他同屬聖捷魯曼派的友人馬卡洛夫。從馬卡洛夫的角度來看，自己就像是抽到了下下籤。

在眾人抱著一抹不安的情況下，庫洛伊薩斯在學院的研究室裡開始授課了。

「──以上是調配出基本的強化體能用藥水，『增強藥水』的方法。嗯，雖然是照本宣科的無聊技法，不過有許多魔導士以此為基礎，各自研究出了獨創的配方或是調配技法。我當然不會要你們現在就做到那種程度的事。請各位不要逞強，和同組的成員邊討論邊進行調配。實驗結束後，再依各小組提出報告。」

『……庫洛伊薩斯這傢伙心情很差呢。』

站在講台上的庫洛伊薩斯說話的語調比平常稍微高了點，讓馬卡洛夫意會到他是打從心底討厭講師的工作。

儘管如此他還是把該指導的內容都傳授給新生們了，光是沒有用不負責任的態度面對這些前來求知的學弟妹們，就能說庫洛伊薩斯已經很認真在授課了。

『不過……他能維持到什麼時候呢。』

在此同時，馬卡洛夫也比誰都清楚庫洛伊薩斯是個多隨興的人。

就因為他會突然做出意想不到的行動，總是會惹出波及旁人的事件，伊．琳和瑟琳娜才會拜託馬卡洛夫來監視他。

馬卡洛夫雖然認為『他不至於在授課中做出什麼怪事吧』，可是問他能不能信任庫洛伊薩斯，他也很難回答。

不如說庫洛伊薩斯就是個讓人無法信任的人。

「那麼請你們各自開始調配。拜託各位千萬不要自作主張，亂加奇怪的東西進去。」

『你好意思說這種話！』

馬卡洛夫不禁在心裡吐槽。

庫洛伊薩斯說的話根本是在打他自己的臉。

「你的藥草磨太細了。那邊的則是素材在火上加熱太久了。魔法藥如果沒有依照最適合的步驟來調配，效用就會產生很大的落差，是非常精細的作業。請各位要認真執行。」

就表面上看來，庫洛伊薩斯很認真的在指導學弟妹。

然而這時候的庫洛伊薩斯在指導學弟妹的同時，正在思考別的事情。

至於他在思考的另一件事——

『要是加入那個術式，應該就能靠自然界的魔力來提昇魔法的效能。問題出在要加在既有魔法術式的哪個部分呢。要是走錯一步，就會使術式本身的容量增加，超過潛意識領域的容納範圍，如果能再簡化……』

——是構築魔法。

他同時在處理兩件事。將思考分割開來——也就是所謂的並列思考，不過這時候的庫洛伊薩斯還未能理解自己在做的事。

他是在無意識間做出在授課的同時，進行個人研究的構築魔法這等常人所不能及的特技。不過這實際上也表示他能夠同時操控兩種魔法。

只是庫洛伊薩斯是自然而然間學會使用這個技能的，所以他沒想到可以藉此同時施展兩種魔法。

傑羅斯也能使用並列思考的技能，不過愈常同時施展二種或三種魔法，思考就會愈來愈亂，甚至會讓他有種「自己好像變成了多重人格病患，很不舒服」的感覺，所以他到現在還是無法習慣運用這個技能，也不認為自己能習慣。

「能用」跟「能夠靈活運用」所代表的意義大不相同。

另一方面，庫洛伊薩斯平常在日常生活中，就能下意識地運用同時思考的技能，以作為魔導士的資質這個觀點來看，他或許比傑羅斯更有天分。

雖然他本人沒發現那就沒有意義了，不過天才往往就是這麼一回事也說不定。

「庫洛伊薩斯學長，我照著步驟做了，可是……魔法藥變成茶色的了。反應和教科書上的不一樣，這到底是……」

「咦？變成茶色了……？」

這時候，庫洛伊薩斯腦中的兩股意識開始探究起原因。

我們假設這兩個思考分別為庫洛伊薩斯A和B好了。

庫洛伊薩斯A：『變成茶色？是哪個素材加太多了嗎？』

庫洛伊薩斯B：『這是第一次出現這種反應呢。實驗用的材料全都事先挑選過了，混入其他素材的機率很低吧。所以果然該視為是製作過程中出了什麼錯。』

庫洛伊薩斯A：『那麼問題就是在哪個步驟出了錯。』

庫洛伊薩斯B：『到底是哪裡弄錯了呢……不可能是調劑階段。』

庫洛伊薩斯A：『是啊。既然這樣，就是加工過程……抽出所需成分的時候吧？』

庫洛伊薩斯B：『那就試著追溯那個過程吧。我會試著從我的記憶裡仔細檢視製作過程的狀況，找出是在哪個階段產生變化的原因。』

庫洛伊薩斯在腦海中演練從記憶裡找出的製作過程。

他只用短短的時間就完成了這件事，從各式各樣的觀點導出了答案。

「你們有把製作過程紀錄下來嗎？」

「咦？有、有……在這裡。」

「嗯……是在製作營養劑的過程中混了『法拉利的根』進去吧。負責這個步驟的是誰？」

「啊，是我。」

「恐怕是你放錯材料進去了吧。那個成分在抽出的溶劑中起了作用，才會造成這種反應。這時該用的是『奧加樹果實的種子』才對吧？這個步驟重複了兩次，現在也只有這個材料特別少。所以這是人為作業疏失造成的吧。」

「「「真的耶。」」」

他找出了原因。

儘管庫洛伊薩斯若無其事地做了非常厲害的事，然而一切都是在他的腦海中完成的，所以沒有任何人發現他的能力。

結果低年級生們以為庫洛伊薩斯是透過桌上剩餘的材料量推理出原因的。而且他們對庫洛伊薩斯的信任也頓時爆增。

「真的是喔……為什麼只有在做這種實驗的時候，那傢伙的直覺才會發揮作用啊……」

雖然其實不是直覺，不過庫洛伊薩斯的灰色腦細胞確實只有在實驗或研究中才會運作，前來監視他的馬卡洛夫儘管無奈，仍對這位朋友的知識之深厚產生了敬意。

沒錯，就連近在他身邊的人們也沒能理解到庫洛伊薩斯做了些什麼，沒人能告訴庫洛伊薩斯他有多不尋常，他才會毫無自覺地度日。

於是今天的上課時間平安的落幕了。

# 第一話　布羅斯襲擊卡馬爾要塞

早晨，太陽開始升起的時刻。

卡馬爾要塞已經做好了最後一批要撤往安佛拉關隘的準備。

仍留在要塞裡的只有新來的奴隸商人及傭兵一行人，以及對城塞都市有著某些感情，因此堅持拒絕撤退的部分民眾。

另一方面，負責鎮守這座要塞的葛魯多亞將軍已經做出決斷，要捨棄這些人，守護自己所率領的部隊騎士們。

『照這感覺來看，敵人今晚就會襲擊此處了吧。』

葛魯多亞憑著多年來的戰場經驗，預測敵人來襲的時間。

他的部隊裡有許多人都被葛魯多亞的直覺給救過一命，所以沒人質疑葛魯多亞的決定，全都確實地在執行他所下達的命令。

尤其是在這種邊境地帶，也不能期待會有援軍，所以在居於劣勢時，還是盡早做出決斷才是上策。

「將軍……您怎麼看？我是覺得最近這幾天的氣息不太對勁……」

「嗯……敵人應該今晚會到。我們算是趕上了吧。不過你們也變得會觀察戰場的氣息了啊。還真是可靠呢。」

「我從兩天前就有股不好的預感。我不清楚這是不是將軍所感覺到的氣息就是了。」

「肌膚表面有股刺痛感對吧？那就是戰場的……而且是有格外強大的對手存在的氣息。老夫甚至感覺到了一股寒意啊。」

「將軍您言下之意是敵軍中有能讓您說到這份上的對手嗎……」

「嗯。老夫也不諱言了，老夫懼怕著那傢伙，那群野獸的頭目……」

少年渾身是血的身影，至今仍深深烙印在他的眼底，揮之不去。

那少年絲毫未顯躊躇，臉上僅浮現出冷酷的笑意，是令人恐懼的存在。他實在不覺得對方和自己一樣是人類。

一定要找個形容詞來比喻的話，那就是魔鬼。

「別把那傢伙當成是同族。如果遇到他，就立刻帶著部下逃走。」

「身為騎士卻別說與之一戰了，只能轉身逃跑，實在是不像樣到令人懊悔。那傢伙真的是人嗎？」

「呵……年輕人。老夫是能理解你的心情，但是追根究柢，將那傢伙視為人類這點就錯了。不把他當成妖怪，只會單方面地遭到虐殺罷了。把他當成是超越常識範疇的怪物吧。」

「他竟是強到了這種程度嗎……」

「轉生者……老夫不知道那些傢伙在想些什麼，但老夫覺得他們不是單純的在協助那些野獸，而是有一股非比尋常的執念在。我等似乎是觸碰到了他們的逆鱗啊。」

梅提斯聖法神國內也有他們稱之為轉生者的人物存在。

這些人有著奇怪的癖好或信念，徹底的跳脫了這世界的常識架構。

雖然放著他們不管也不會有事，然而若是與他們敵對，成為敵人的他們不僅擁有足以招致最嚴重事態的強大力量，還會毫不留情地行使這些能力。

實際上勇者岩田就敗給了他們。

「你認為我等有辦法勝過連勇者都打不贏的對象嗎？」

「………………一般來說是辦不到吧。」

不去招惹他們就沒事。

靜靜等待風暴過去。

不要與之為敵，順著他們。

這些話語掠過葛魯多亞的腦海中。

「好了，我等也不能呆站在這邊了。畢竟光是早點逃離此處，就能減輕受害程度。已經做好撤退準備了嗎？」

「我們已經準備完成了。只等將軍您一聲令下。」

「嗯，那麼開始撤退！開門！」

卡馬爾要塞的南門緩緩打開。

儘管不忍捨棄那些留下來的人們，但是人類還是得保住自己的性命才有明天。

再說他也不能讓部下們去送死，只能鐵了心下令。

「全員，朝著安佛拉關隘出發！」

最後一團人馬開始朝著安佛拉關隘撤退了。

目送他們離去的傭兵們——

「看，那些聖騎士怕得逃跑了耶。」

「哈！沒骨氣的傢伙們。不過就是區區野獸，有什～麼好怕的啊？」

「那些膽小鬼不在最好。我們會好好運用這座要塞的～」

——一個個都毫無顧忌地對著聖騎士們吐出低賤的話語。

然而他們還不知道。

最悽慘的下場正等待著他們……

通往冥府的大門早已敞開。

◇◇◇◇◇◇

太陽西沉，天空出現閃爍星光的時刻。

獸人聯軍抵達卡馬爾要塞附近。

若是普通的軍隊，基本上一定會先在此處布陣兼休息之後，再挑戰攻下要塞，可是他們感覺沒打算要這麼做。不如說士氣反而高到了難保他們不會立刻發動突擊的程度。

而且之前那個問題在這時候更是火上加油了。

「呼哈哈哈哈，好興奮……我好興奮啊！我的血液、我的感情、我的肉體都渴望著戰鬥！」

「好熱……好熱啊……我體內的憎恨之火簡直就要爆發了……」

「低吼的二頭肌、訴說著憤怒的闊背肌、飽滿優美的胸大肌！我的肌肉所向無敵！」

「啊哈♡我好想看到血喔……我想看到那些殺了我家人的混帳的血，想聽他們的內臟、骨頭粉碎的聲音……」

「好想殺掉那些傢伙～……好想趕快殺光那些傢伙啊～……」

吃下混入魔法藥能量飲料的薯粥，變成最強生物的獸人們抱著滿腔怒火，散發出「交給我們打頭陣吧！我們要把那些傢伙殺個片甲不留！」的氣勢。

遭到殘酷的迫害，從營養失調及精神層面的絕望中重新站起來的他們化為了復仇惡鬼。

甚至令人感到恐懼……

「傑羅斯先生，你幫忙想點辦法啊！大家身上都充滿了名為殺氣的幹勁耶！」

「唉～……就交給他們也無所謂吧。如果讓他們去，我覺得他們不僅能報仇雪恨，也會好好留下戰功的喔～實際上會怎樣我也不知道就是了。」

「你這樣太不負責任了吧！」

「就算你這麼說～可是他們情緒那麼激昂，要是阻止他們，我覺得反而會招來他們的猜疑喔～？要適度的讓他們發洩殺意啦。」

「可是他們心中湧出的殺意根本永無止境啊！」

「那表示他們的恨意就是如此之深呢～你其實只是不能接受他們變成了肌肉猛男猛女吧？」

「唔……」

儘管大叔隨口說著不負責任的幹話，不過裡頭還是夾雜了一些有道理的話。

布羅斯當然也知道他們是受到了怒氣和復仇心的驅使。

可是這點他不能接受。

他們簡直已經化為人形猛獸，徹底變了樣，達成了就連提倡進化論的達爾文都預測不到的劇烈進化，成了最強生物。在他們身上已經找不到半點布羅斯所愛的純真獸人模樣。

不向傑羅斯這個萬惡的根源抱怨，他很難維持住自己的理性。

「我知道你內心充滿了對獸耳的愛～不過啊～現實可是比布羅斯小弟你想得更深刻啊。他們的怒氣可是非同小可喔？家人、親戚，甚至連朋友都被殺了。自己也差點就要淪為奴隸。從絕望中重新振作起來時，緊接而來的就是純粹且正當的憎恨啊。」

「這方面我也已經充分的理解了。傑羅斯先生你的指摘也沒錯。可是……那樣還是不行吧！」

不分男女老幼，全都墮入了修羅道的獸人們。

他們簡直就像是某處準備要進擊的巨人們一樣，迫不及待地等待著突擊卡馬爾要塞的瞬間到來。從他們「咕哈～」地吐出的氣息，便能窺見那急著迎接鬥爭的渴望。

他們已經做好狩獵的準備了。

「其他人也受到他們的影響，做好了萬全的戰鬥準備……他們大概連我的命令都聽不進去。這樣下去他們會被兩側的防衛陣地當成絕佳的標靶啊。」

「既然這樣，派那些血氣方剛的傢伙先去打下防衛陣地不就好了？然後再強行突擊。布羅斯你就算一個人也有辦法破壞城門吧。」

「要怎樣爬上城牆啊！」

「發動夜襲啊。在城牆上打出幾個洞，再用那些洞當立足點爬上去？」

「這種光憑蠻力的做法……」

要攻下星形構造的卡馬爾要塞，那些三角形的防衛陣地不管怎樣都很礙事。在正常情況下，進攻的一方得把盾舉在頭上，防範從城牆上方射來的箭矢，可是這樣就無法防禦敵軍的騎兵及士兵的攻擊。攻略要塞一戰的犧牲者人數想必很可觀吧。

如果有攻城塔那還另當別論，遺憾的是他們手上沒這麼剛好有這種攻城兵器。正因為如此，原先的作戰方針才會是讓布羅斯先攻進要塞裡。

「真要說起來，只有布羅斯你一個人在戰場上大活躍的話，他們會很消沉吧？再多信任你的家族一點啦。」

「要是傑羅斯先生你們能幫忙破壞防衛陣地，那就輕鬆多了……」

「除非萬不得已，不然我和亞特是不會參戰的。不如說我們要是參戰了，他們會受挫到再也無法振作起來吧？畢竟他們有很麻煩的民族特性啊。」

「這問題也很難處理呢……我雖然能理解，但總覺得無法接受。」

獸人族以能與強者一同奮戰為驕傲。

反過來說，具有壓倒性實力的強者單獨解決所有事情會讓他們心生不滿，產生「你就這麼不信任我們嗎！」的想法，鬧起彆扭來。

一旦鬧起彆扭，他們就會有好一陣子拒絕溝通。要是沒處理好，布羅斯甚至有可能會遭到孤立，這是深愛獸耳的他絕對無法接受的事態。

「唔……可是，唯獨那身肌肉，能不能想點辦法……」

「讓他們出去大鬧一場，說不定就會恢復原狀了。」

「如果是這樣就好了。唉～……只能這麼做了嗎……」

布羅斯似乎死心了。

而在這個時候，其他的獸人在一旁聽到了布羅斯和大叔的對話。

聽覺敏銳的他們一聽見根本還沒確定下來的卡馬爾要塞攻略作戰，便立刻將內容分享給了其他的伙伴們。

『原來如此……用拳頭在那塊三角陣地的牆面上開洞後再爬上去啊！』

『你辦得到嗎？』

『交給我吧。現在的我們三兩下就能攻下那種城壁了。』

『交給我們吧，城門那裡就拜託你們了。』

『我要忍不住啦。』

『沒問題。』

他們充滿了幹勁。

原本就很高昂的戰鬥欲望熊熊燃燒。

既然說要夜襲，表示隨後就要出擊的可能性很高，高漲到彷彿此刻就會滿溢而出的Ｐｏｗｅｒ，正在削減他們克制自己的意志力。

就算要壓抑也已經接近極限了。

就在他們已經企圖發動襲擊的這一刻，布羅斯現身了。

「我想你們應該都很疲憊，但我希望你們仔細聽一下。接下來我們要去襲擊卡馬爾要塞——」

「「「「唔喔喔喔喔喔喔喔喔喔喔喔喔喔喔喔喔喔！」」」」

在傳達作戰內容前，渾身肌肉的健美獸人們就一起衝了出去。

那動作簡直就像是真正的野獸。

他們也不顧其他獸人們的制止，一股腦地衝向三角形的防衛陣地。

「等等，我的話還沒說完耶！」

「沒問題啦，老大！簡單來說，只要把那個防衛陣地給打爛就好了吧？」

「呀～哈哈哈哈哈！我要拿那些傢伙來血祭啦！」

「那種要塞，我們在太陽升起前就會讓那裡變成瓦礫堆了！」

「啊～真是的！我也一起去，一口氣突破北門！」

「「「「喔喔喔喔喔喔喔喔喔喔喔喔喔喔！」」」」

其他獸人們也追上健美獸人們的腳步，一起衝了出去。

作戰根本失去意義，只是硬憑力量猛攻。

在一旁目睹這一連串經過的傑羅斯和亞特——

「傑羅斯先生，這樣放著他們不管好嗎？」

「嗯～……也不能怎麼辦吧？我們畢竟只是客人。亞特你想參戰的話，請便。」

「我就算了。我不想要和人類互相殘殺。」

「你之前在這裡用過『暴食之深淵』吧?你哪張嘴好意思說這種話啊。」

「因為那時候我沒想到自己能和唯重逢啊。而且華音也出生了，要是爸爸是個殺人魔，沒辦法讓她感到自豪吧。」

「喔，是喔……」

——在原地目送猛攻而出的獸人們的背影遠去。

就算來幫了忙，兩人仍沒有要參戰的意思。

◇◇◇◇◇◇

留在卡馬爾要塞的傭兵和奴隸商人們。

他們所有人都猛烈地批評撤退的聖騎士團，當作下酒的話題。

由於傭兵們幾乎都是從梅提斯聖法神國中央的城鎮流落至此的人，因此只會囫圇吞棗地聽信對自己有利的情報。

「哈!聖騎士團也真不像話啊。居然放著要塞不管開溜了。」

「哈哈哈，這不是挺好的嗎?這下我們就能在這座要塞裡為所欲為啦!」

「乾脆由我們接管這裡好了。在這裡想獵多少野獸就有多少。」

「感覺能大撈一筆啊。」

傭兵們不知道現在的戰況……應該說，他們也無從得知。

這是因為梅提斯聖法神國的中央議會一直在控管情報，不讓不利於國家的情報流入一般人的耳中。所以就算是在接近魯達・伊魯路平原的安佛拉關隘內側，也有和他們一樣抱持著樂觀想法的人。更何況他們根本沒想過堅不可摧的卡馬爾要塞會被攻陷。

「那些傢伙到底是在怕什麼啊～」

「野獸們不過是些小嘍囉吧。他們才該夾著尾巴逃跑啊。」

「不過這裡全是些臭男人，也很殺風景呢……」

「別說出來啦。不然你去抓隻母的野獸回來就好啦。」

「讓我們玩過賣價會下跌吧。說是這樣說，唉，稍微玩一下也無所謂吧。反正有這麼多獵物。」

「說得沒錯。」

這世上除了人族和獸人族以外還有許多的種族，儘管外貌不同，但他們全都是人類。會將他們這些亞人種貶為「野獸」，是因為梅提斯聖法神國認為獸人族與魔物屬於同種，並將這種觀念傳播給所有國民。

根深柢固的常識沒那麼容易被推翻，他們甚至還想將這種常識強加給其他優待獸人族的國家。明顯是在干涉他國內政。

然而梅提斯聖法神國長久以來一直延續著這種扭曲的教義，絲毫不打算改變這傲慢又愚蠢的想法。

這是因為獸人奴隸是豐富國內財政的一大助力。

這個扭曲的宗教國家以神的教誨為由，反覆做了無數缺德的事情。

受這種國家的常識所囚禁的人們，沒有意識到自己的認知已經扭曲了。

「嘖……我的酒喝光了。」

「你喝太快了啦。學學我，多品嚐一下啊～」

「哈！像你那樣窮酸的小口小口喝，不合我的作風啦。」

「你說什麼～？」

「喂喂喂，別在這種地方打架。摔下去可是會死的喔？」

「我哪有可能會幹出那種蠢事啊。」

傭兵們喝了不少酒，有些醉意。

所以他們才沒有發現。

敵人已經爬上城牆，逼近他們的身後。

「呼啊～……我去個廁──」

男人站起身的下一秒，就意識到自己的身體將要倒下。

他一瞬間還以為是因為自己喝醉了，不過他馬上就理解到事情並非如此。

畢竟倒映在他眼中的，是自己沒了腦袋的身體。

「──啊？」

痛楚在叩咚一聲墜落的同時傳來，眼中的世界天旋地轉。

男人不知道自己身上發生了什麼事。不，是他不願承認現實。

就算旋轉的世界立刻停了下來，倒在石塊上的男人的意識仍迅速地遠去，最終為黑暗所壟罩。

「咦？」

「……唔、唔哇啊啊啊啊啊啊啊啊啊啊！」

「頭……他的頭！」

伙伴的頭突然掉在地上，血液有如噴泉般從殘留在原處的身體裡噴濺而出。

傭兵們看到了。

被傾注而下的血雨淋濕，染上鮮紅的猙獰猛獸身影……

那是肌肉異常發達的獸人。

「這……這這這…………」

「你們是什麼人！」

獸人什麼都沒回答。

全身上下被敵人濺回的鮮血染紅的獸人用盯上獵物的眼神瞪著傭兵們，臉上浮現宛如惡鬼般的凶狠笑容，襲向他們。

「敵、敵襲……咕啊。」

「是襲擊！野獸們攻來了！」

「這、這些傢伙……到底是怎樣啊！」

防衛陣地瞬間變為了地獄。

獸人就這樣喜孜孜地衝進了收到敵襲通知，聚集而來的傭兵群中。

其他獸人也緊跟在先殺上來的獸人後頭，接連從城牆的外側現身，立刻投入戰局。

「呀哈哈哈哈，太弱、太弱了吧～喂～我們以前竟然是任這種程度的傢伙們擺布嗎……」

「丟臉到我都哭了呢……不過這份恨意可得好好的還給他們才行吧～？」

「這是為了我家人報仇，去死吧！去死吧！」

「呵呵呵，小子……老夫懂你的恨意，但是別衝太前面啊？因為你打倒敵人之後，還得為了死去的家人們好好活下去才行吶。要死，讓老夫這些老頭子去死就夠了！」

「沒錯沒錯，年輕人可別先死啊！往地獄的旅途上有我們這些老人就行啦～」

卡馬爾要塞原本是不會如此輕易地容許敵人入侵的。

葛魯多亞將軍率領的騎士團撤離此處是一大要因。

所謂的防衛重要據點，要塞本身是否堅固當然也很重要，但是運用要塞的人也必須要有優秀的作戰執行能力。

葛魯多亞的部隊由能力出眾的騎士和神官構成，他們總是毫不懈怠地巡邏，若有異常情況，也絕對會通報長官並加以對應，以團結有紀律的行動持續守護著這座要塞。

可是現在負責警戒的是傭兵這些烏合之眾。

他們幾乎所有人都瞧不起獸人族，那份輕蔑讓這座要塞的守備變得脆弱不堪。

畢竟他們也不管自己正在值夜，還顧著飲酒作樂，足見他們怠慢的程度。

「是怪物啊！」

「快點重整態勢，幾個人一起上，總會有辦法的！」

——不。雖然戰鬥才剛開始，但他們已經陷入決定性的劣勢了。

因為獸人只要朝著他們的肚子揮出一拳，就會開出一個大洞。一踢就能輕易地踢飛他們的腦袋。若是拋飛，傭兵們就會可笑地飛舞在空中。

有人被獸人當成鈍器來揮舞；有人因為恐懼受挫而露出丟臉的模樣；有人雖然試圖逃跑，卻被投石用的巨石從後面砸中，成了悽慘的肉片。

在那裡的不是傭兵們所知的獸人族，而是單純為了獵殺獵物而存在的野獸。狠毒殘酷、慘無人道、冷酷無比。

傭兵們不由分說地被迫理解到，他們從獵人變成了獵物。

「可惡，去死吧，怪物！」

一位傭兵瞄準獸人的頭部，狗急跳牆地射出一箭。

獸人用手臂接下了這一箭。

「箭有用！所有人一起瞄準那傢伙！」

傭兵們想盡量減少獸人的人數，集中火力瞄準他。

健壯的肉體上插滿無數的箭矢，所有人都認為他已經沒命了。然而——

「沒用沒用沒用沒用沒用！」

——隨著肌肉隆起，理應刺在他身上的箭矢全飛了出去，隨著響聲落在石地上。

看到方才的攻擊只能對獸人造成一點擦傷，讓眾多傭兵驚訝得說不出話來。並且感到絕望。

「喂，你沒事吧？」

「沒什麼～就是刺了幾下，沒什麼大不了的。我還能繼續殺他們個片甲不留！」

剛剛明明成了眾矢之的的獸人狀態好得不得了。

「這、這不是真的吧……」

「是、是怎樣……我們是全都在作夢嗎？」

「如果是的話，那就是場惡夢……」

獸人族擁有「鬥獸化」這個種族特有的技能。

這本來是將本身持有的魔力循環到全身上下，藉此強化肉體的技能，然而因為某個大叔偷加進食物裡的危險能量飲料，讓他們的技能持續維持在發動狀態，讓獸人們原本就很強的體能更是有了爆炸性的提昇。

再加上裡頭含有的高濃度營養素，急速促進肉體變化，導致他們同時擁有了美妙的健美身材。

而且鬥獸化會顯著地使他們更趨近於野性本能，在精神層面上，也會強制性地提高他們的鬥爭心。

不對，是使他們激昂。

這就是化為最強生物的獸人們背後的真相。

「好了～來收拾掉他們吧～」

「你們既然打算獵捕我們，自然也做好會遭人獵捕的覺悟了吧～？畢竟是你們先動手的，我們可不會手下留情喔～？」

「呵呵呵，老夫不會讓你們死得太輕鬆。得讓你們好好地後悔一下吶～」

「孫子被你們殺死的恨意，我現在要你們血債血償！」

「「「啊……啊啊……唔哇啊啊啊啊啊啊啊啊啊啊！」」」

那是一場單方面的虐殺。

將自己的價值觀強加在他人身上，對此不抱任何疑問，一直自傲地不去面對現實，直到遭受到慘痛的反擊，才首度理解到自己有多愚蠢。

傭兵們率先承受了沒有任何根據及理由便持續迫害獸人族的罪孽，而且這還只是開始。

不用說，僱用這些傭兵的奴隸商人也以遠比傭兵們更悽慘的方式遭到了殺害。

儘管如此仍無法洗刷獸人們心中的憤恨，獸人們繼續進軍，尋求更多的獵物。

◇◇◇◇◇◇

從左右兩側城牆上傳來慘叫聲。

原本有在眼前的門上看到幾個拉著弓的弓兵，然而不知道從哪裡現身的強壯獸人們迅速處理掉了那些弓兵。

這狀況讓布羅斯有些困惑。

『咦～……？是不是太快了啊？』

他雖然有從遠方看見那些雄壯獸人們以驚人的速度甩開了追在身後的同胞，爭先恐後地爬上城牆的樣子，但就算是這樣，這進攻的速度還是太快了。

布羅斯一邊想著這也是某個大叔的錯，一邊舉起宛如將巨獸的骨頭與金屬融合，造型獨特的大劍，瞪著擋住自己去路的巨大城門。

然後他靜靜地吐了一口氣，凝聚體內的魔力後，對魔力起反應的大劍劍刃開始釋放出赤紅的氣息。

「給我消失！『龍牙一閃』！」

帶有龐大的魔力的斬擊引發聲爆，不僅斬碎了鋼鐵製的大門，連門後的鐵柵欄都在這一擊之下斷成兩半，變成了殘骸。

阻擋他們前進的東西消失了，成群的獸人一口氣闖入了要塞中。

「輕輕鬆鬆就攻進來了～總覺得不太對勁啊～真要說起來，連一個騎士的影子都沒看到……難道他們放棄這裡了？不，怎麼可能……」

布羅斯知道要塞在中世紀時期的重要性。

要塞若是被敵人占據了，想奪回來就得做好必須付出同等損失的覺悟。他心中浮現出就算得冒著這樣的風險，「敵人還是會選擇放棄卡馬爾要塞嗎？」這樣的疑問。

可是實際上他沒有看到騎士，相對的看到了不少傭兵和奴隸商人。

雖然都是正在接受獸人們殘酷制裁的模樣就是了……

「老大～感覺很奇怪耶。」

「沒看到那些騎士……是陷阱嗎？」

「那些卑劣的傢伙很有可能會這麼做呢。」

「老公，該怎麼辦？」

『我有想過這可能是空城計，但好像不是啊。敵軍也沒有要從反方向繞過來襲擊我軍的樣子，他們是真的放棄要塞了嗎？』

之所以釋放那些原為奴隸的獸人們，也不是要消耗他們的兵糧，而是為了拖慢他們的腳步，爭取時間來做撤退的準備，這樣想一切就說得通了。

在這裡的傭兵和奴隸商人們看來是無視聖騎士團的警告與命令，故意留在這座要塞裡的。

「既然這樣，表示決戰的地點會是安佛拉關隘嗎？不，搞不好他們會逃入國內……指揮官是個膽小鬼，還是能夠確實判斷狀況的出色將領呢……」

如果是前者那就輕鬆了，但如果是後者，戰況就會變得相當激烈。

尤其對總是只會靠蠻力作戰的獸人族不利。

「老大，這些傢伙打算開溜耶，要怎麼處理？就算殺這種軟弱的傢伙來報仇，我們的心情也爽快不起來啊。」

兔耳族青年們拖過來的是手上戴著好幾個過於奢華的戒指，看起來就非常沒品味的奴隸商人們。

從肥滿的腹部可以看出他們過著相當富裕的生活，而且或許是剛才還在吃肉吧，嘴邊還沾有食物碎屑，身上也帶著濃厚的酒味。

「喂！用你的腳走路啊！」

「咿！」

被兔耳族青年踹了一腳的男人們，一看就知道是非常下流的人。

覺得錢就是一切，為了錢甚至可以販賣他人的性命，布羅斯最討厭的那種人。

「喂，我問你們……為什麼我沒在這座要塞裡看到騎士？他們該不會是撤退了吧？」

「為、為什麼人族會率領著獸人啊！要是聖法神國位高權重的那幾位大人知道這件事，可是會派大軍攻過來的！還不快點放了我們！」

「我說你啊，有在聽人說話嗎？我在問你這裡看不到騎士的原因耶？」

「哈！那個膽小鬼將軍夾著尾巴逃跑了！位階那麼高卻膽小如鼠啊。」

「是喔～……（一開始就覺得情勢不利，當機立斷決定撤退嗎……是很能幹的將領呢。真棘手～對我來說能輕鬆取勝才是最理想的啊。）」

透過氣憤的男人滔滔不絕說出的情報，布羅斯確定敵軍中有個麻煩的對手存在。

他雖然不想碰上那種類型的對手，可是照現在的情勢看來，很有可能必須與對方在安佛拉關隘一戰。雖然不是贏不了，但老實說這不是什麼令人高興的消息。

「老子可是認識上頭的大人物喔！我要是把這個事實告訴上頭，你們就完蛋了！還想活命的話就早點投降！」

「你有把現場的狀況看在眼裡嗎？為什麼我非要聽你的意見啊。而且現在是你的性命握在我們的手上，你是在跩什麼？明明就死定了，還真敢說……」

「等、等一下……你是人族吧！只要老子幫你說情就能免除你的罪喔！喂，別做這種傻事了……」

「那種事根本無所謂。我只是在擊潰我看不順眼的傢伙，跟是不是同族根本沒個屁關係吧？因為我很不爽，你現在就去死吧。」

「咦？」

發出呆愣聲音的瞬間，男人便身首異處了。

布羅斯隨意揮動的大劍砍下了他的頭。

他明明殺了一個人，臉上的表情卻一點都沒變。

「唉∼……真是些弱得要命又令人火大的傢伙。雖然這大概是很無聊的工作……不過這下確定要殺光他們了。」

「老大，我們本來就沒打算要放過那些傢伙喔。」

「沒錯沒錯，趕快殲滅他們，收下這座要塞吧。」

「全都是些小嘍囉，真是無趣呢。」

「那麼我們就徹底的來清除那些垃圾吧。」

布羅斯等人單方面的殺戮行為又再度開始。

他們已經沒有慈悲之心，就連只是想留在生長的城鎮的老人或家族也不放過，築起了屍山。

在這場虐殺結束之前，響徹卡馬爾要塞的慘叫聲都未曾停歇。

◇◇◇◇◇◇

周遭的天色開始微微泛白的時候。

傑羅斯和亞特一邊從遠方眺望著卡馬爾要塞，一邊開始準備早餐。

他們事不關己地看著此時想必已經化為慘劇現場的要塞，同時將蔬菜切成細絲，放入篩網裡。一旁鍋裡的水開始沸騰，飄起蒸氣。

「呼啊∼……傑羅斯閣下、亞特閣下，兩位早……」

「唷，薩沙先生。你昨晚睡得好嗎？」

「我熟睡的時候被吵醒，後來就一直睡不著，所以沒睡飽。」

「哎呀，因為他們發動了總攻擊嘛。是說你的頭髮睡翹得很誇張喔？」

「我的髮質比較硬，睡翹了很難弄回來啊。」

在太陽開始升起時，要塞那邊也開始飄來了血液特有的鐵鏽味，對他們三人來說，很難說這是個清爽的早晨，反而是段令人不快的時光。

放入了蔬菜、香料和大叔特製培根，在鍋裡燉煮的湯散發出美味的香氣，像是要掩蓋這股血腥味。

「飄來了一股討厭的味道呢……」

「距離明明還滿遠的，血腥味卻能順著風傳到這裡來……我都快要沒食慾了。」

「沒那麼嚴重吧？兩位的嗅覺究竟是多敏銳啊。雖然是有些許令人在意的氣味，但不到會令人感到不舒服的程度啊？」

「不會吧？你居然不在意這個臭味……」

「該不會是我們的嗅覺不正常吧？搞不好跟獸人族一樣敏銳……雖然我至今都沒意識到這件事。」

和薩沙這樣的普通人相比，便會凸顯出兩人異於常人。

傑羅斯和亞特的五感強到了常人無法比擬的程度，可是在安穩的鎮上過著悠哉閒適的日常生活，讓他們下意識的抑制了自己的感覺。

直覺或靈異體質這些屬於第六感的東西也一樣，兩人一旦進入戰鬥，這些感覺就會變得敏銳，可是因為那是在無意間完成的事，所以他們兩個完全沒發現。

這次由於處在和日常生活不同的環境下，導致他們的五感和戰鬥時一樣有所提昇，也因為有薩沙這個普通人當他們的比較對象，他們才得以意識到自己的不同。

「我雖然沒有入侵過卡馬爾要塞，不過那裡好像是個非常大的城塞都市喔。要是那種地方化為了戰場……」

「唔哇……帶著這種嗅覺踏進那座城塞都市，我有自信我會當場吐出來……」

「血腥味殘留在鼻腔裡，我應該會暫時都睡不好覺吧……這下我更不想看要塞裡的狀況了～」

要是成功壓制卡馬爾要塞，獸人們一定會把活動據點轉移到那裡去。

傑羅斯和亞特變敏銳的五感就算不想，也會感受到惡臭等令人不舒服的事物，對他們的精神層面造成傷害。

要習慣也需要一點時間，但要問他們能不能忍耐到那時候，想必有困難吧。尤其是血液會隨著時間經過散發出腐敗的臭味，簡直糟透了。

「我……暫時過著野營生活好了。」

「我也是。反正就算不洗澡，也有『清淨』魔法可用，沒有什麼好傷腦筋的。」

「我也好想要那種魔法……那不是已經佚失的生活魔法嗎？」

「「是這樣嗎？」」

「那種魔法只有能使用神聖魔法的神官才能用喔。對我們這種密探或是得在戰場上度過好幾天的騎士來說，是非常有用的魔法。唉，雖然從聖法神國那邊逃來的神官們為了賺錢，經常會被派來做軍事訓練就是了。」

這些與生活息息相關的魔法意外的寶貴。

在傑羅斯和亞特看來，這就和「火炬」或「純水」一樣是簡單的魔法，但「清淨」這個魔法可以活用於許多情境下。

這是可以去除髒污的魔法，根據使用的魔力量，不僅能夠清洗衣服，甚至能洗淨全身。

應用範圍也很廣，在戰場非常方便——特別是在用來處理敵人濺出的鮮血上。

要是沒有仔細拭除沾附在鎧甲上的血液，鎧甲可能從那個地方開始生鏽。至於衣服，雖說血漬一旦滲入其中就再也沒辦法洗掉了，可是不知道為什麼清淨魔法能夠徹底清除那些髒污。甚至讓人覺得這魔法應該改名叫「清潔」魔法才對。

順帶一提，「淨化」的魔法只能淨化污濁的魔力，無法代替洗澡來洗去身上的髒污。

所以想用淨化魔法來洗淨東西只是在浪費魔力罷了。

「這麼說來，伊斯特魯魔法學院的教科書上根本沒記載這個魔法呢。沒想到這居然成了這麼寶貴的魔法……」

「薩沙先生，清淨的魔法……你要跟我買嗎？我現在可以用友情價賣給你喔。」

「可以嗎！這是如果從遺跡裡發現魔法卷軸，會被高價採購的魔法……而且還會被藏起來，不會流入市面上喔？」

「反正有傑羅斯先生在，不久後就會在世界上廣為流傳了。應該沒問題吧。」

「咦？我已經教給茨維特他們了……這樣是不是不太妙啊？」

大叔完全沒料到，他沒多想的就用「反正不是什麼危險的攻擊魔法，應該無所謂吧」的感覺教給瑟雷絲緹娜他們的魔法，竟然會是如此稀有的魔法。

要是學院的大澡堂因為某種理由而封鎖起來，他們應該會毫不猶豫地使用清淨魔法吧。

然而在這個世界上，「清淨」被視為極為珍貴的稀有魔法。

梅提斯聖法神國將這種魔法當成神聖魔法，所以要是用了這種魔法的事情被誰給知道了，他們便會一下子成為話題人物。然而事到如今也無法挽回了，大叔只能祈禱他們不會隨便亂用。

雖然是題外話，不過大叔剛到這個世界時沒有使用清淨的魔法，是因為他一直在應付接連襲來的魔物，精神過於疲憊，腦袋沒能好好運轉。

所以他才會去找河流洗澡洗衣服，事後才意識到「我只要用清淨的魔法就好了嘛……」這件事。

人愈是忙碌時，愈不會注意到簡單的事，等到事後發現了才恨起自己當時的愚蠢，這是常有的事。

這也表示不管有多作弊的能力，他終究是個普通的大叔吧。

『茨維特他們不要因此碰上什麼麻煩就好了……現在更重要的是，每當獸人族出去戰鬥，我們就得和他們拉開距離吧。是說這要持續到什麼時候啊？』

他不知道獸人聯軍打算進軍到哪裡，但是一想到跟著他們行動，就一定會因為血腥味而感到噁心，大叔的心情就很鬱悶。

他動手攪拌鍋裡的食物，想著真想早點回去的同時重重地嘆了一口氣。

# 第二話　大叔袖手旁觀中

在伊斯特魯魔法學院的訓練場上，惠斯勒派的學生們正在接受武術指導。

在學院內的教育方針全面改革後，至今為止連相關課程都沒上過的未來魔導士們也多少開始接受格鬥訓練，現在已經有許多學生會主動學習近距離戰鬥技巧了。

並非所有學生都會進入負責保衛國家的騎士團或魔導士團，或是成為被國營機構任用的研究員。也有很多學生是以成為傭兵、開設魔導具或魔法藥專賣店為目標。

對這些人來說，他們也需要在進行野外戰鬥、採集素材、挖掘礦物等田野活動時護身的技術。這方面的需求和國家的改革方向一致，後來事情便演變為從騎士團招聘騎士為特別講師，讓學生們密集接受武器運用方式等一連串的指導。

這絕對不是因為講師們聽到高層唸他們「別讓少數學生做出成績」而心生不滿，或是學院營運部門用「你們趕快辭去教職算了」這種話來挖苦講師們，還是因為被人說「你們是開始自暴自棄了嗎？這些全是在抄襲學生的改革方案嘛。你們也稍微用一下自己的腦袋吧？」導致講師們拋下自己的職務，事情才會變成這樣的。

單純只是為了提昇以詠唱魔法為主流的魔導士們的生存率。

不管理由為何，能夠接受有戰鬥經驗的人指導對學生們來說都是好事。學生們不像以前的魔導士團那樣有著偏頗的觀念，接受了能夠彌補詠唱魔法延遲發動缺點的近距離戰鬥術。

「呼……呼，我已經……不行了～」

「你這樣太不像話了吧，迪歐。那段時間會大喊著『Ｕｒｙｒｒｒｒｙ！』且充滿活力的你到底是上哪去了！」（註：Ｕｒｙｒｒｒｒｙ是《ＪｏＪｏ的奇妙冒險》中的角色迪奧特有的叫聲。）

「才沒有那種事咧，你是在說誰啊。那個！是別人！絕對不是我吧！」

「嗯？啊……是別人啊……我總覺得你好像有做過那樣的事情啊……咦？」

「我還以為你是會自信滿滿的喊著『沒用沒用沒用！』卻因為終盤太大意，最後自作自受，活該慘敗的傢伙……」

「你也是喔？輸給鋼之巨人後求對方饒命，還妄想自己不當人類，從各式各樣的束縛中解脫，卻因為跟自己人起了衝突，說了多餘的話惹怒對方而遭到天譴。後來在船上奪走了別人的身體嗎？」

「最後說的那個是誰啊，那是三人組吧！而且還混了其他的內容進去！再說這些全都是最近發售的漫畫內容吧，我反而很驚訝你們都有看耶！」

「「「糟糕……因為太疲憊，變得無法區分幻想跟現實了……」」」

成績優秀的惠斯勒派學生們有不少人已經確定將來可以成為軍官候補生，積極地參與使用武器戰鬥以及野外求生技巧等訓練。

雖然從待在學院裡的傭兵中招攬聘任的講師們密集指導了他們與魔物交戰的技術，但是在對人作戰方面仍是略遜一籌，所以有實戰經驗的騎士能直接來指導他們，真的是令人感激不盡。

而騎士也很高興能夠培育優秀的後輩，非常認真的指導他們。

「說是這樣說，但要我們拿著和行軍物資一樣重的東西跑訓練場也太累了。」

「明明這麼累，茨維特卻率先抵達了終點……那傢伙是怪物嗎？」

「不妙……我的視線開始模糊了……」

「快喝水！講師有允許我們補充水分吧。而且騎士團可是派了近衛騎士來當我們的特別講師喔？雖說是國家方針，但他們也是在百忙之中抽空前來，可別丟臉了。」

提出改革案之後，成績優秀的惠斯勒派學生就成了扛起下個時代的新秀，背負國家的期望於一身。

派遣近衛騎士前來也反映了這件事。

這位騎士認為需要看看學生們的持久力，便安排他們跑起了馬拉松。

「嗯……還不能說有足以投入實戰的水準，但看來你們都有基礎的體力。雖然不到騎士團的程度，仍有經過確實的鍛鍊。應該是平常就有在進行格外有效率的訓練吧。有這種程度，至少在初次上戰場時是不會有問題了。」

近衛騎士對於年輕騎士及魔導士候補生們有自主鍛鍊體能這件事很是感動。

因為以前魔導士只注重後方支援，不會自己上前線作戰，幾乎不做任何關於近身戰鬥或培養體力的訓練，所以騎士原先對這些年輕世代的學生也不抱什麼期望。

然而學生們實際上已經經過一定程度的鍛鍊，在體力方面算是及格了。在其他地方練習揮劍的學生們，揮劍的動作也有模有樣，讓人很期待他們將來的表現。

其中特別值得一提的便是茨維特，他在馬拉松上和伙伴們拉開了超過一圈的距離，已經抵達終點。

「不，我們的水準還不夠吧。照我們這種程度，要是被捲入長期戰裡，想必有半數的人會陣亡。」

「哈哈哈，你總是預想到最糟狀況的態度是很值得讚揚，但勉強鍛鍊也只會搞壞身體。畢竟成長幅度會有個人落差這是無可奈何的事。如果以守備隊或是維護城鎮治安的士兵水準來看，你們的實力已經完全足以勝任了喔？你們該為鍛鍊出這等技術的自己感到自豪。」

「但我個人是以能夠應付嚴苛的戰場為目標。」

「有遠見是好事，不過腳踏實地的鍛鍊、累積經驗也很重要喔？看得太遠卻忽略眼前的事物，那也是沒有意義的。」

茨維特提出的目標在近衛騎士看來是很理想沒錯，但就現實層面來說很難達成，要到達那種程度，必須在實戰中經歷過為數眾多的險境才行。

騎士雖然覺得在學生時期就充滿遠見的茨維特相當可靠，相反的也鄭重叮嚀他，勉強大家去做嚴格的訓練是錯誤的做法，適度的休息也很重要。

人有時會因為自己的期望和志向，得到能夠一路向前邁進的力量，然而並非所有人都是這樣的。一定會有不少人在過程中脫隊。

「不用急。你們未來要走的路雖然是由你們自己決定的，不過你們已經充分具備足以通過騎士團或守備隊資格考試的實力了。若是陛下允許，我們甚至想要立刻招攬你們入隊喔？」

「我很高興能得到這樣的評價，但實際上行不通吧。就算是防衛部門，也得編入能夠理解戰況的優秀文官才行，還需要創立在國難臨頭時，能夠冷靜對應的訓練方法。我雖然也想過要規劃一套基本守則，讓組織能夠更有效率的行動，但也很怕大家會過度依賴守則……」

「你是擔心大家不知變通，反而會使狀況惡化？哎呀哎呀，光是你能顧慮到這點就夠了。我國的未來一片光明啊……嗯？訓練也差不多該結束了。雖然有點早，不過今天就到這裡吧。指導你們是很有趣，不過我明天就要回王都去了，得開始做準備才行。」

「「「「非常感謝您這段時間的指導！」」」」

目送近衛騎士離去後，學生們朝著更衣室走去。

照一般的情況，他們接下來應該要準備去上下一堂課才對，可是茨維特他們還有學院臨時講師這個麻煩的工作在身，連洗去汗水的時間都沒有，就得準備去講課了。

如果是負責講解武器等實務操作課程，那他們不換衣服，直接待在訓練場也沒關係，遺憾的是茨維特等人負責的是一般講授課程，包含他本人在內，他們三個人都必須要準時抵達教室。

由於學生中也有女孩子，他們自然不想帶著一身汗臭味去上課。

茨維特在更衣室換衣服，一邊思考著有沒有解決這個不便狀況的方法。可是他想不到什麼好主意。

不，正確來說是有方法，只是追根究柢，他無從判斷這樣做到底好不好，實在是個惱人的問題。

「茨維特……我們要就這樣去講課嗎？會被女生們討厭吧？」

「伊凡……連你都這樣啊。難道我身邊只有忠於自我欲望的人嗎……這也無可奈何吧，我們沒時間沖澡。要是實務指導的訓練是從下午開始那還好說……」

「我們沒有決定上課時間的權限，關於這點還是死心吧。唉，我也不想被女孩子討厭就是了……」

「迪歐……你已經放棄瑟雷絲緹娜了嗎？」

「要是我被女生討厭的傳聞傳入瑟雷斯緹娜小姐耳中，我就活不下去了！一想到她可能會用輕蔑的眼神對我說『迪歐先生居然連打理儀容都做不好呢……我討厭有汗臭味的人』這種話……總覺得興奮到不行，超讚的！」

「「迪歐你還好嗎？」」

或許是在沒見到他的這段時間內，他的妄想症又惡化了吧，迪歐光是在想像中就差點打開了新性癖的大門。

他若是不給任何人添麻煩，光是徜徉於幻想中就能感到幸福那是無所謂，可是這種人一但執拗起來，很有可能會變成跟蹤狂，讓茨維特很煩惱，是不是該認真的去舉發他。

「迪歐……你可千萬別變成跟蹤狂喔？要是真變成那樣，你會在不為人知的情況下消失在這世上喔。」

「嗯？茨維特，你到底在說什麼啊？」

「茨維特……雖然進展得不快，可是這傢伙是不是愈來愈不妙了啊？他根本聽不進任何不利於自己的事喔。」

「腦袋裡開滿小花，認不清現實了嗎……我已經拿他沒轍了。更重要的是趕快換衣服！我們要去講課的教室可是離這裡有段路喔。」

「可是啊～一身汗臭不好吧。我不希望女生用厭惡的眼神看我，光是除掉臭味也好，有沒有什麼辦法啊？」

「「……………」」

茨維特和迪歐也能理解伊凡所說的話。

可是不管在時間和距離上，他們都沒有餘裕了。

茨維特手上雖然有最適合處理這狀況的魔法，可是用了難保不會引發騷動。

畢竟這魔法在分類上屬於知名的神聖魔法。

由於最近會使用原本據稱屬於神聖魔法的回復魔法的魔導士人數增加，神聖魔法和術式魔法之間的界線也逐漸變得曖昧不清，儘管如此，要是被人知道他會使用沒在一般市面上流通的魔法，絕對會引起騷動。

茨維特不希望自己成為騷動的中心人物，所以頂多只會避開旁人的目光，偷偷使用。

「伊凡，死心吧。而且我就說沒時間了。」

「……茨維特，就連拿濕毛巾擦一下身體都不行嗎？」

「沒時間了！就算是臨時的，要是講師遲到，可當不成學生們的榜樣啊。」

「我已經搞定了喔？我可沒打算要等你們。」

「「茨維特你也太快了吧！」」

茨維特在拖拖拉拉的對話途中迅速換好衣服，如同他所宣言的快步離開了更衣室。

他聽著身後著急的兩人吵吵鬧鬧的聲音，自己偷用了「清淨」魔法。

這是題外話，不過迪歐和伊凡在課堂上，當然是落得了被女孩子們用厭惡眼神看著的下場。

◇　◇　◇　◇　◇　◇

獸人們在深夜發動的襲擊要塞行動，在黎明時分進入了掃討殘餘敵軍的階段，並持續到了過中午的時候。

一位身上穿戴著品味奇差的裝飾品、體型肥胖的中年男人正拚命地逃竄在卡馬爾要塞內的城塞都市的小巷裡。

他在梅提斯聖法神國裡也有好幾家從事奴隸買賣生意的店，在這一行裡算是相當知名的人物，然而這生意這次卻害慘了他。

『呼、哈……早知道事情會變成這樣，老夫就該釋放那些奴隸逃走的……』

獸人族潛藏在夜色中，發動了奇襲。而他們的攻勢至今仍未衰減，要塞被攻陷已是遲早的事了。獸人們毫不留情地接連殺害人族，就算乞求獸人們大發慈悲也沒用。

真要說起來，獸人們絕對不可能會放過奴隸商人，同業也都死於殘酷的手法下。

屍首還保有原形算是不錯的了，其中有些人甚至成了慘不忍睹的肉片。

『為什麼……為什麼老夫不聽葛魯多亞將軍的撤退命令呢……要是知道野獸們居然是那麼……那麼恐怖的一群生物……』

或許是因為都在聖法神國內的中心都市做生意吧，男人只把獸人們視為商品，從未想過會遭到這種程度的反抗。

因為能以便宜的價格從傭兵手中購得，導致他產生錯誤的觀念，認為獸人是可以輕鬆打倒的弱小種族，實際上卻根本不是這麼一回事。

獸人會拚了命的反抗敵對勢力，也會有組織性的行動及運用策略。

一旦對手沒了神聖魔法和聖騎士團這些優勢，獸人們也擁有足以擊潰傭兵的戰鬥力。

現在身處的狀況，可以說是這男人自己招來的結果吧。

而且是無法挽回的失敗。

「有哪裡可以躲起來……」

「你～打算要上哪去啊～？逃跑也沒用喔。因為我已經決定要殺光所有的奴隸商人了。」

「咿！」

出現在男人面前的，是模樣詭異的少年。

把龍的頭骨當成頭盔戴在頭上，裝備幾乎都是以骨頭為基礎製作而成的。

肩上扛著的大劍像是用某種魔獸的背骨與金屬接合而成，大量的血液正從血淋淋的劍刃上不斷滴落。

「救、救命啊！老夫只是個普通的商人，你肯救老夫一命的話，老夫會付合理的金額酬謝你的！」

「普通的商人？怎麼能說這種蠢話呢。我已經從先走一步的同胞口中聽說你是奴隸商人了喔？而且我也看到你拚命逃跑的模樣了。」

「為什麼！你不是人族嗎！明明是人……為什麼要幫那些野獸！」

「這種事情還用問嗎，當然是因為我超討厭人類啊。可以的話，我真希望自己生來就是獸人呢。」

那是連自己都否定了的輕蔑話語。

如同傑羅斯之前所說過的，布羅斯極度不相信人類——不對，是厭惡人類。

背後的原因來自於他成長的家庭環境。

布羅斯這個少年原本在相當富裕的家庭裡出生長大。然而自從父母意外過世後，轉況便徹底改變了。

親戚為了他父母留下的遺產而收養他，不僅奪走所有理應由布羅斯繼承的財產，還每天都嚴酷地虐待他。

過去親切對待自己的人變了一個樣，令他不知所措，而幾乎每天都會接收到的侮蔑話語和一再發生的暴力行為，也讓他的人格逐漸扭曲，沒過多久憤怒就轉變成了殺機。

不過他畢竟只是個孩子，能做到的事情有限。

幸好，多虧他趁隙逃家跑去投靠警察，親戚也因此遭到逮捕，可是布羅斯的身體已經嚴重衰弱到必須暫時住院的程度。這件事情甚至上了新聞。

在警察和媒體的行動下，親戚遭到逮捕，孩子們也被送入了相關設施。

後來由外祖父擔任他的監護人，讓未成年的他得以在外獨居，也因為取回了父母的遺產，生活狀況得到了改善。可是變得不信任人類的布羅斯在那之後就沒去上學，整天關在家裡。

待在黑暗的房間裡，一個人沉浸在「Sword and Sorcery」的世界中。他在虛擬世界裡交了不少朋友，但仍覺得無法徹底信任對方，只要回到現實中，就算再怎麼不情願，仍會感到孤獨。

好空虛。

孤獨感折磨著他，無論是虛擬還是現實世界的人，他都無法信任，儘管如此他還是無法離開能和他人互動的遊戲世界。

就這樣持續過著如同監獄般的日子。

直到轉生前。

「我啊，最不能忍受的就是像你這樣，靠著剝奪他人牟利自肥的人渣。我甚至不覺得你跟我一樣是人類呢。所以我會除掉你們。你得因為我單純的想洩憤以及自我滿足而死，沒辦法，誰叫我看到你就想吐呢。」

「就、就因為這種無聊的理由……」

「究竟什麼重要、什麼無聊，是由我來決定的。看到你這種臭肥豬啊～我就算不情願，也會想起來呢。想起把我父母留下來的遺產揮霍一空，像寄生蟲一樣的親戚嘴臉。你至今為止都是拿獸人們的命去換錢吧？那就算遭到反噬，也沒什麼好抱怨的吧。」

布羅斯雖然討厭人類，但是更厭惡唯利是圖的庸俗之人，恨到想殺了他們的地步。因為會讓他回想起他一點都不願想起的那些親戚。

襲擊獸人族聚落並強行擄走獸人，更是他絕對無法容許的行徑。

而帶頭鼓勵大家這麼做的梅提斯聖法神國和奴隸商人們也一樣，惹怒了布羅斯。

「你一定是覺得之前可以輕鬆叫到貨的奴隸變得很難弄到手了，既然這樣，到最前線來就能弄到一大批奴隸了吧？你還真笨啊，自己特地跑來送死。換成對外頭流傳的消息更有警覺性的商人，一般來說是不敢靠近這裡的喔？欲望真是可怕呢～」

正如眼前的少年所言，這位身為奴隸商人的男性來到此處的目的，是用便宜的價格收購新的奴隸。

他是抱著要是派自己僱用的傭兵去抓獸人回來，甚至不用花錢收購，可以用最少的開銷來大撈一筆的想法，才會做出這種行動的。然而仔細想想，他應該要對「為什麼愈來愈難收購到新的奴隸了？」這點存疑才對。

「難、難道……消息被壓下來了嗎！」

「應該是吧？聖騎士團連連敗北，連勇者都輸得一塌糊塗。畢竟這實在太沒面子了，上層不可能會讓這種消息流出去吧？」

「所、所以聖騎士團才會帶著居民們一起撤退嗎……」

「你真的是商人嗎？既然奴隸變得更難買到了，一般來說應該會察覺到前線戰況不佳吧。聽說這裡被稱作無敵的卡馬爾要塞？這就表示情況可是糟到連這座要塞都有危險了啊。」

這位奴隸商人是在聖騎士團撤退前進入卡馬爾要塞的。

儘管騎士團發出了避難勸告，他卻對此不抱任何疑惑，滿腦子只想著要抓獸人族回來當奴隸。

不，仔細回想起來，在那之前，光是有許多一般民眾聚集在安佛拉關隘時，他就該覺得事有蹊蹺了。

那全是從卡馬爾要塞撤離的難民。

聽到第一波撤離的民眾已經平安抵達安佛拉關隘的消息，昨天留下來殿後的聖騎士團也撤退了。

就因為他是自願留在無人守護的要塞，才無可救藥。

「喂、喂，拜託你！從野獸們手裡救救老夫吧！老夫什麼事都答應你！」

「……你還真是拚了老命呢。不過～辦不到～我是不會救你的～你說獸人族是野獸說了多少次？你沒把他們當人看吧。你這樣侮辱我現在的家人們，是最不能饒恕的事情呢～」

對布羅斯來說，獸人族是他新的家人。

雖然個性上多少有些麻煩之處，不過想法單純，不會故意欺騙、貶低他人。最重要的是他們基本上不太有物欲。

只要對方展現出實力，就願意接納對方的寬大心胸，以及一旦認定對方為伙伴，便會照料對方，富有人情味的個性。儘管部族之間常有衝突，也不至於發展成戰爭。生活貧苦，但伙伴之間會互相合作。

不會輕易的背叛他人，且重視道義，有恩必報。

被有這些特性的獸人族接納為他們的一員，讓布羅斯得到了救贖。

正因如此，他才會痛恨對自己的家人出手的梅提斯聖法神國和奴隸商人，現在也毫不留情，猛烈的在驅除他們。

「你啊～能夠原諒不懷好意的對自己的家人出手的傢伙嗎？不能吧。最重要的家人被擄走了耶。那種傢伙當然還是死一死比較好吧……」

「等、等一下……」

「你至今為止賣掉了多少我的伙伴？而且還把他們當成野獸看待～失禮也該有個限度吧。明明只是隻寄生蟲～」

大劍緩緩向上舉起。

奴隸商人發現布羅斯的眼中帶著危險的光芒。

用文字來表現的話就是「瘋狂」。

抑或是「憎恨」。

能夠明確地感覺到，完全沒有要隱瞞，純粹的殺意。

「所謂的害蟲啊～不徹底根除，就會一直增加呢。很麻煩對吧？會接二連三，無止境的湧出來呢～真的是很討厭。你應該也懂我為什麼會感到不快吧？不過為了確實減少害蟲的數量，還是得老老實實的一隻一隻處理調查才行。像這樣『啪嘰』地弄死。」

纖細的手臂隨意揮動大劍，在石板地上留下了一道長長的裂痕。

這不僅顯示他光是輕輕揮劍就能施展出威力驚人的劈砍，也表示他有辦法連續使用可稱之為絕技的招式。

儘管有著少年的外表，他仍讓男人了解到，他的內在是個不得了的怪物。

「居、居然把老夫視為害蟲……住、住手……」

布羅斯的眼神完全沒把奴隸商人視為人類。

不對，那是漆黑冷徹，把所有人類都視為垃圾的眼神。

「你還多活了一點時間，已經夠了吧。其他傢伙可是痛苦的死去喔。光是從這點來看，你算是相當幸福了吧？而且啊，我已經……快忍不住了。可以吧？我……可以除掉你了吧～我沒有虐殺他人的興趣，也不是沒有憐憫心，所以我會在一瞬間解決掉你的。放心去死吧。嗯，就算你拒絕我，我也會一隻不留地驅除所有害蟲就是了。啪嘰啪嘰～♪」

「你、你這惡魔……」

「啊哈哈哈哈哈哈，我是惡魔？你在說什麼啊，你們才是惡魔吧？不對，不管是誰，心裡都有惡魔存在。你也一樣吧。你至今為止玩弄了多少獸人族的生命？如果那還不算惡魔的所作所為，那又該算是什麼？你拿那些錢去享用的料理想必非常美味吧。這次換你們要被吃了。我可不准你開口抱怨，你不是一直都在做同樣的事嗎？因果輪迴，報應總是會回到自己身上的。你這是自作自受。而且如果要說我是惡魔，那也要怪你們這些人類，創造出了我這個惡魔啊！」

他最後的話聽起來像是對所有人類說的，但沒人知道他真正的想法。

布羅斯的心靈已經嚴重扭曲。

任誰來看都會認為他瘋了。

要說原因，那就是因為他接下來明明要動手殺人，臉上卻帶著極為開心，天真無邪的笑容。

心中連一點點罪惡感的碎片都沒有。

「你這惡魔，你會受到四神的制裁，下地獄去的！」

「啊哈！四神？那是你們所信仰的神？噁心得令人想吐。既然這樣，我就連那個神也一起殺了吧。斬斷、粉碎、磨成泥、燒得一乾二淨，讓那個神徹底消失在這個世界上！」

大劍伴隨著少年的大笑聲揮下。

「住、住手……」

「啊哈哈哈哈哈哈哈哈哈哈哈哈，給我四分五裂的去死一死吧！」

在奴隸商人被一刀兩斷的瞬間，重量加速度產生的衝擊波將男人的身體連同地面一併粉碎，破壞的銳牙仍未停歇，一併挖下了周遭的建築物。

以非人的力量使出的一擊，在狹窄的巷弄裡留下了隕石坑。

肉片與粉塵一同四散，將位於爆發中心處的布羅斯全身染成一片血紅。

「……唔噁，髒死了～整個人都淋到廚餘了啦。髒兮兮的番茄汁。」

「老大～我們大致上處理好……老大你怎麼了？你全身上下都紅通通的耶？」

「我被髒兮兮的廚餘給直接噴到了啦，真想趕快去洗澡。又臭又髒……」

從他把人說成是廚餘，就能看出他的心靈有多扭曲了吧。

完全把人當成了髒東西。

「接下來要怎麼辦？照原訂計畫，回收利用這座要塞嗎？」

「全燒了吧。說不定有我們看漏的傢伙躲在什麼地方，而且因為到處都是廚餘，臭味也變得愈來愈誇張了。要處理掉那些被火逼出來的傢伙倒是簡單。而且要是因此導致傳染病蔓延也很傷腦筋，就趁這個機會徹底消毒一下吧。」

「雖然房舍感覺還能使用，不過的確很臭呢。但是就這樣放火燒光真的沒問題嗎？」

「無所謂。這種地方就該徹底燒成灰一次。如果沒人肯做的話，這事就由我來做。帶著我們的決心與誓言，為抱著遺憾死去的同胞們獻上盛大的劫火，送他們最後一程吧。你就這樣告訴大家。」

在那之後過了一陣子，卡馬爾要塞的各處竄出火舌。

也因為城牆內側的建築物大多為木造建築，一旦燃燒起來，轉眼間便會擴散到周遭。原本人們生活的市鎮更是燃燒得特別旺盛。

被大火逼出來的生存者也無一倖免地慘遭殺害，丟入了劫火之中。

火焰燒光了成為獸人族復仇行動下的犧牲者的遺體，將一切化為了灰燼。

簡直像是體現了獸人們的憤怒……

◇◇◇◇◇◇◇

在此同時，待在平原上等候的薩沙看到卡馬爾要塞裡升起了黑煙。

從黑煙的逐漸增加這點來看，可以想見獸人族沒有打算要利用這座要塞。

『他們放火燒了要塞啊……也就是說他們沒有要利用吧。真浪費……』

對薩沙來說，放火燒了卡馬爾要塞根本是他想都沒想過的事。

攻下的城砦或要塞可以直接拿來當成補給物資的保管庫，若是戰況不利，也能當成撤逃時的陣地。

可是獸人族似乎並未執著於這座要塞。

以隸屬於伊薩拉斯王國的薩沙的角度來看，放火燒了好不容易才攻下的要塞，根本是再野蠻不過的行為，然而雙方的文化及常識本來就不一樣，他也不方便說「這樣太浪費了，快住手」。

要是因為這句話惹得獸人族不高興，難保雙方好不容易建立起的合作關係不會因此崩解。

『……要是亞特閣下也能去說點什麼就好了，但應該沒辦法吧～畢竟他已經變成普通的魔導士，身上沒有以前那種陰暗的氣息了。他到底是經歷了怎樣的心境轉折啊。』

薩沙雖然想拜託亞特居中協調，請獸人們留下卡馬爾要塞，供伊薩拉斯王國使用，然而亞特那股散發出殺氣的感覺已經消失，很難判斷他是否會願意幫忙。

如果是過去那個身上帶有危險氣息的亞特，一定會採取能夠打擊梅提斯聖法神國的行動吧。

可以的話，薩沙真希望亞特心裡還留有些許那份深藏不露的野心的殘渣。

『然而亞特閣下……』

而當事人亞特正和傑羅斯坐在平原的草地上談笑風生。

『傑羅斯——因為以前造訪魯達．伊魯路平原時，亞特閣下和布羅斯閣下曾經提及這個名字，所以我有特別留意，但沒想到會以這種方式見到他。近距離觀察他，確實會覺得他給人的感覺不太妙，實際上也真的很危險。還好我初次碰面時有裝作若無其事的樣子～真被牽扯進去的話也沒意義就是了……』

就像亞特以前一樣，薩沙不禁認為這位名為傑羅斯的魔導士也懷有什麼危險的東西。

由於從這裡聽不到他們在聊些什麼，薩沙決定走到那兩人身旁。

「——所以說，第二季和第一季相比，故事發展顯然太粗糙了。明明很優秀的指揮官突然變得很廢、壯烈的弄死了觀眾原本以為是女主角的角色、第二季的主角到了後半突然換成了前作的主角，這些在負面意義上背叛了觀眾期待的發展，我實在看不下去啊。」

「的確有很多無法接受的發展。那種會讓人覺得『為什麼會變成這樣啊？』的發展，在網路上可是罵聲一片呢。拜託他們真要這樣做，就先做好更縝密的設定啊。」

「拿少年漫畫或是輕小說來改編成動畫是不錯，可是真的做出來之後卻省略了重要的設定或橋段，替換成了不同於原作的內容，令人幻滅……不知道是在規劃的階段就出了錯，還是製作組煞費苦心地要在預算內完成，卻變成了讓粉絲落淚的爛作品，實在讓我覺得很難受啊。」

「漫畫裡明明有很多出色的場面，做成動畫卻省略掉的時候，我也會懷疑導演跟工作人員是不是瘋了……比方說『為什麼要砍掉這裡必要的那一幕？』，或是因為多餘的設定害角色失去了原有的魅力，再不然就是讓本來沒有在這時候登場的其他角色登場，讓觀眾嗅到角色之間的關係性……看到動畫變成和原作截然不同的作品時，我真的會忍不住摔電視遙控器耶。」

「要是不知道為什麼要省略這些地方，觀眾看了就會一肚子怨氣呢～而且沒有第二季的作品就會帶著爛作品的烙印就此消失，原作者實在太可憐了。就算是在網路上被批到爆的作品，光是有第二季就不錯了吧？」

「通常這種時候會換導演吧？製作公司也會換掉。」

兩人屈膝坐在地上，仰望著天空，感情很好的在討論動畫。

薩沙當然完全聽不懂他們的聊天內容。

『這、這兩個人……是在說什麼啊？』

「憂鬱系遊戲動畫化我也覺得很莫名其妙。我個人是不想看，可是是我的錯覺嗎？總覺得這種類型的動畫，工作人員都會做得特別賣力。」

「雖然現實中也有那種無法挽救的事情，可是我也不會想那些事情拍成影視作品來觀賞啊。而且有些故事還會留下好一陣子都無法恢復的精神創傷……」

「雖然我沒玩過啦，不過聽說也有這種類型的色情遊戲喔。有很多糟糕到不行的犯罪描寫，角色也全都會死掉的那種……」

「要是實際上真有這種事情，那可不是一句心理病態就能帶過的事吶～該說是社會的黑暗面，還是相關人士的精神狀況太危險了呢……而且角色的背景好像也很悲慘。我真的很想知道寫出這些憂鬱劇情的腳本家精神狀態到底是怎麼了。」

吃完早餐的兩人閒得發慌。

閒到可以熱烈地聊起這些無聊的瑣事。

雖然薩沙看著這兩人很是頭痛，但還是把卡馬爾要塞的狀況告訴了他們。

「亞特閣下、傑羅斯閣下……卡馬爾要塞裡竄出了火舌喔。」

「長相可愛的角色化為悽慘屍體的描寫，對我來說實在太過衝擊了吶……嗯？要塞裡竄出火舌？」

「布羅斯那傢伙，沒打算再利用那座要塞嗎？」

「嗯～……這是我的推測啦，不過他大概是因為大開殺戒後，覺得裡面充滿血腥味很不舒服，所以才會放火，順便做高溫消毒吧？」

「那傢伙……是不是愈來愈像狂戰士了啊？」

「哎呀，畢竟他是『野蠻人』啊。」

傑羅斯和亞特的反應意外的平淡。

包含布羅斯在內，這三人的關係性讓薩沙十分在意。

基於職業特性，他對這三人在各方面都很在意，雖然不認為傑羅斯他們會老實回答，不過他還是試著直接開口問了。

「各位到底是何方神聖……像是能做出奇妙的魔導具之類的事，不管怎麼想，各位都不是普通人物。然而至今為止，我卻從未在外聽過你們的名字，實在是太奇怪了。」

「很普通啊～至少我們很普通啦……」

「不，我們一點都不普通吧。你不放心的話，這話我先說在前頭，至少我沒有打算要參與戰爭，也沒打算像傑羅斯先生那樣做些危險的東西。」

「但你有幫忙我做那些危險的東西呢。在你動手幫忙的時候，你就是共犯了。」

「……可惡，我竟然無法反駁。」

薩沙大致掌握了他們之間的權力關係。

布羅斯怎麼樣他還不清楚，但亞特在傑羅斯面前是抬不起頭來的。

如果是太誇張的要求，只要拒絕就好了，不過薩沙認為以現況來看，至少亞特目前還不覺得有必要這麼做，儘管嘴上嘮叨個沒完，還是會協助傑羅斯。

既然這樣，就更表示叫做傑羅斯的這名魔導士是十分棘手的人物了。

「就我來看，是覺得比起亞特閣下，傑羅斯閣下更具有威脅性呢。那個亂來的魔導具到底是什麼玩意兒……船以驚人的速度在水面上滑行耶。」

「薩沙先生，關於傑羅斯先生的事，你還是別問太多比較好喔？因為他是個會若無其事的拿別人來做實驗的人。就不知道會做出什麼事情這點來看，他跟布羅斯沒兩樣。」

「不用你來批評我的嗜好，而且亞特你也差不多吧。」

「我可不會做那麼超乎常理的東西。」

在薩沙眼裡，亞特是非常優秀的魔導士。

這樣優秀的人都說超乎常理了，應該可以認定傑羅斯的知識和技術在亞特之上，問題是他的人格。

在接下這個任務後，薩沙就一直和傑羅斯一同行動，所以也有些在意之處。

「薩沙先生啊，雖然你忠於工作是件好事，不過我不希望你問太多呢。畢竟我基本上算是受到公爵家的委託才會來這裡的，再繼續問下去，我可能就會視為你這是在干涉我的行動嘍？」

「抱、抱歉失禮了……（公爵家……我都忘了。既然能夠僱用連亞特閣下都抬不起頭來的魔導士，要說起這樣的人物，是德魯薩西斯公爵嗎？不，說不定在他背後的是索利斯提亞王室。像傑羅斯閣下這樣的魔導士至今為止都沒有出現在檯面上，應該是國家隱瞞了他的存在吧。）」

薩沙想得太深了。

他根本想不到，傑羅斯的地位其實和亞特差不多，很普通的在城鎮裡頭生活吧。

畢竟足以斷定他是國家祕藏魔導士的情報要多少有多少，可是薩沙得到的情報裡完全沒提到他是個自由自在、只為興趣而生的人。

傑羅斯手上那些性能誇張的魔導具也間接讓薩沙更相信自己的推論，然而讓人產生這種疑惑的當事人卻一副事不關己的樣子，悠哉地抽著菸。

「好了，布羅斯接下來會怎麼行動呢……是會在攻下安佛拉關隘後就停下來，還是一口氣攻進梅提斯聖法神國？我是沒打算陪他到那種程度啦。」

「這不會演變成世界大戰吧？」

「這我就不敢保證了。畢竟我國和阿爾特姆皇國、西邊的葛拉納多斯帝國，還有包含索利斯提亞魔法王國在內的各個小國……想擴大領土的國家很多啊。」

「西邊的大國有想擴大領土的理由嗎？如果要找個進攻的理由，應該也只能認定四神教是邪教，進攻國境周遭的土地吧？」

「雖然四神教完全足以被認定為是邪教啦。」

「就伊薩拉斯王國的立場而言，是還不希望演變成世界大戰啦……」

「哦～還不希望啊……」

獸人族若是攻入梅提斯聖法神國，聖法神國的國內情勢自然會一口氣變得動盪不安。

而伊薩拉斯王國和阿爾特姆皇國不可能放過這機會，兩國想必會採取行動，奪回許久以前被聖法神國占領的領土吧。

然而這兩國都是小國，伊薩拉斯王國甚至沒有足夠的戰力。

他們應該無法撐過長期戰吧。

可是這確實是個絕佳的機會，他們也不可能不採取行動。

既然不知道未來會如何發展，除了靠自己的行動去開拓未來之外，也別無他法了。未來就是這樣定下來的。

然而在場的三人都知道，那絕對不會是什麼耀眼的未來。

「唉，唯有希望梅提斯聖法神國滅亡這點是千真萬確的啦。」

「「這我認同。」」

同時，希望某個宗教國家滅亡也成了三人的共識。

# 第三話　布羅斯傷心不已，大叔鬧得發慌

卡馬爾要塞內的戰鬥告終，位於要塞中心的城塞都市化為瓦礫與灰燼，傭兵和奴隸商人們燒剩的屍體散落各處。

在火焰不斷升起的黑煙中，布羅斯用冷漠的眼神看著這片景象。

對現在的他而言，獸人族是他的家人，他絕對無法饒恕那些利用獸人族牟利的傢伙，下定決心要將獸人們所受到的痛苦加倍奉還給對方。

那行動不是為了正義，單純是布羅斯將自己帶著惡意的感情，原原本本的發洩在對方身上而已，說起來不過是在洩忿，而他對這些行為也絲毫沒有罪惡感。

當然對死去的奴隸商人和傭兵的家人而言，布羅斯就是邪惡的一方，然而布羅斯已經對自己的心立誓，不管理由為何，一旦判定對方是敵人，他就會擊潰對方。

就算陷入火海的城塞都市過去有許多平穩的家庭，這裡對布羅斯來說也只是敵軍的一個據點，不管有多少住在這裡的人死去，他心中都毫無波瀾。

就算會被幾千萬的人們責備、辱罵，他也一點都不後悔吧。

「屍體果然沒燒乾淨呢。」

「要燒到變成灰為止很花時間喔。剩下的交給禿鷲或肉食獸去解決吧。雖然把城鎮給燒了，不過水

井還能用，沒問題啦～」

「畢竟在平原上很難確保水源啊。」

老鼠形的獸人「基．丘」和熊形的獸人「庫姆．耶．克魯」完成手上的工作後，便跑來叫布羅斯。

他們特立獨行，本來的身分足以當上該部族的族長，卻醉心於布羅斯的強大，自願成為布羅斯的側近，主動輔佐布羅斯統領來自各個部族的獸人們。

「既然你們來了，表示大家都在要塞外面休息了吧？」

「請老大你也去休息吧。老大你大開殺戒了一整晚吧？」

「我沒那麼累。比起這個……他們怎麼樣了？」

「『他們？啊～…………』」

布羅斯關心的是那些因為效力凶猛的能量飲料「極限超速ＥＸ」，肉體得到強化（或者可以說是改造）的獸人們。

傑羅斯雖然說「過陣子就會恢復原狀了」，但是布羅斯還是很在意，擁有健美肉體，化為最強生物的他們是不是真的會恢復原狀。

「老大你自己去看比較快。」

「嗯……」

「……等一下，我有種不好的預感。」

沒過多久，布羅斯就知道自己那股不好的預感成真了。

現實有時就是如此殘酷，就連人們微小的願望都會無情地粉碎。

親眼目睹化為肌肉猛獸的獸人們沒有變回原樣的瞬間，他哭著使勁全力跑走了。

「唔哇～～～～傑羅斯先生這個大騙子！！！！！！！！」

同時如此大喊著。

◇◇◇◇◇◇

和煦的陽光照耀著平原，傑羅斯和亞特正悠哉地喝著茶。

這兩個人現在閒到不行。

追根究柢，他們只是被叫來修理獸人族的武器的，沒打算要投入戰爭。再說他們要是參戰，獸人族反而會鬧彆扭。

這是獸人族為了贏得自由的聖戰，沒有外人從旁介入的餘地。不管怎樣都要由他們親手奪得勝利，這場戰爭才有意義。

所以修理好武器後，兩個人就沒事好做，成了單純的旁觀者。

雖說事情做完，他們只要打道回府就好了，可是這裡是和梅提斯聖法神國起衝突的第一線，對於平常只能從報紙之類的管道獲得情報的兩人來說，是非常適合蒐集情報的地方……然而——

「亞特老爺子啊～天氣真好吶～」

「傑羅斯老爺子啊，這天氣～真的很不錯呢～」

「好像啊～有像雲雀的鳥在天上飛吶～叫聲很怪就是了……」

「那個『嗯嘎啦响波波～』的叫聲，習慣之後也別有一番風情不是麼～」

「總覺得以前好像聽過『如果是在異世界就ＯＫ～』這樣的歌詞吶～」

「歌詞是異次元吧？你是不是記錯啦～？」

──他們實在無事可做，演起了坐在廊台邊閒話家常的老人來打發時間。

雖然負責帶路的薩沙用「這兩個人是在幹嘛啊？」的狐疑眼神看著兩人，但傑羅斯他們只要能打發時間就好，根本不在意。

「亞特老爺子啊，要不要來杯咖啡啊？」

「不是來杯茶嗎～配個軟掉的仙貝也不錯呢。」

「那我倒是有呢～泡進咖啡裡，溼溼濕濕的仙貝喔？」

「那樣咖啡不就會有醬油味了麼～」

「不是反而會有海苔的香味嗎？」

「你們要在那邊學老人學到什麼時候？獸人們回來了喔。」

遠方可以看見攻下卡馬爾要塞的獸人們正意氣昂揚地朝這裡走來。

而且走在最前面的是化為最強生物的那群獸人。

「喂，傑羅斯先生……他們完全沒變回原本的模樣耶？」

「咦～？他們該不會永遠都會是那個樣子了吧？不不不，既然是魔法藥，就有所謂的藥效時間吧。」

「你……有鑑定過那玩意兒嗎？」

「不，我沒鑑定耶。畢竟那時候情況緊急……」

「在這個世界，藥效說不定會改變吧？」

「Sword and Sorcery」的世界和這個異世界有許多共通點，相對的也有很多不同之處。

就算是同樣的藥水，在這兩個世界具有不同的藥效也不是什麼怪事。尤其是「極限超速EX」這種特殊的魔法藥，極有可能出現預期外效果或是副作用。仔細想想根本不是該隨便使用的東西。

「要是他們成了超強的突變體該怎麼辦啊……」

「事到如今也來不及補救了吧。反正他們現在看起來還是人，光是沒變成怪物就不錯了吧。雖然體格超壯的……」

「畢竟那是卡儂小姐特製的魔法藥啊～我該多想想再使用的。再說這款魔法藥上也沒有關於用途的說明～……」

「因為那個人製作的東西裡有時會出現恐怖的危險物品啊。下次還是先鑑定一下吧。」

「我會這麼做的。」

攻破了梅提斯聖法神國的重要據點，回來的獸人族戰士們都顯得神清氣爽。

可是還有一個重要的據點。

那就是安佛拉關隘。

「好了，布羅斯他們會怎麼做呢。會直接進攻安佛拉關隘，還是在準備好戰力之前，先滯留在這裡呢……」

「看他們那個樣子，應該會攻過去吧？現在氣勢正旺，我覺得在這時候先停下來，反而是削弱士氣的愚蠢行為。」

「薩沙先生你覺得呢？」

「請你不要問我。因為他們的行動原則實在太極端了。」

「你已經沒打算要跟我客氣了耶。」

薩沙在察覺到傑羅斯似乎是受德魯薩西斯公爵的委託前來後，原本是打算用比先前更為恭敬有禮的態度來做應對，可是面對這個至今為止做出了各種危險行為，搞砸了許多事情的魔導士，他最後導出了「事到如今還需要跟他客氣嗎？」的結論。

就算是為了拯救奄奄一息的獸人族，卻對他們做了足以改變人生的肉體改造，對於做出這種事的人，沒什麼好客氣的。

該說薩沙的態度很乾脆嗎，總之他已經放棄做表面工夫了。

「因為事到如今才對怪人客套感覺也很蠢。」

「你也稍微客套點嘛。你這樣是不是有點失禮啊？」

「傑羅斯先生，你回想一下。在賭命失控的逆流而上後，游刃有餘的參加大亂鬥，最後還為獸人們打造出美妙且無敵的強健肉體。做完這些事，你覺得他還有辦法跟你客氣嗎？你的行動都太不合常理了。」

「我在當下……都覺得那是個好方法啊。」

對傑羅斯來說那雖然只是個有些刺激的體驗，對被他拖下水的人來說可是天大的麻煩。

在亞特看來，薩沙會變得這麼不客氣也是合理的結果。

「咦？沒看到布羅斯耶。」

「他在啊？」

仔細一看，在獸人族中有個體格特別嬌小，穿著骨製裝備的戰士身影。

他垂頭喪氣，一副消沉到了極點的樣子。

「他不像平常那麼有活力呢，是有人戰死了嗎？」

『『是因為那些體格健壯的獸人族沒有變回原樣吧……』』

相較之下，那些肉體經過改造的超獸人族充滿了活力。

而且他們還得到了眾多同胞的讚揚，簡直被當成了勇者或英雄來對待。

不，他們確實是勇者，是英雄。

因為他們赤手空拳攻陷了卡馬爾要塞的城牆，在要塞內更是打著破壞行動的名號大顯身手，引發混亂，並且葬送了無數的敵人。

得以親手復仇雪恨的他們受到讚揚是理所當然的事，卻只有布羅斯無法單純地為此感到高興。理由就如同亞特他們所料想的一樣。

意志消沉的布羅斯在看到傑羅斯等人的瞬間，用驚人的速度衝了過來。

「傑羅斯先生，事情跟你說的不一樣啊！他們完全沒有要變回原樣的感覺嘛！」

「好像是這樣呢……沒想到我的一點善意會演變成這樣的狀況，真是不知道什麼行為會招致無法挽回的後果呢。」

「你為什麼這麼冷靜啊，傑羅斯先生你可是搞出了非常不得了的事情耶！他們今後只能帶著這身肌肉生活了！」

「可是當事人都很高興啊？在意的只有布羅斯小弟你吧？」

「唔……」

獸人族基本上思想單純，只看重實力。

雖然習於保護弱小，但強者無論是什麼人，只要展現出實力，獸人都願意接納。就算是敵人，只要夠強，他們也會拿出崇敬的態度。

或許也是因為有這樣的傾向吧，化為最強生物的獸人們很高興自己獲得了力量，旁人則是欽羨不已，也因為達成了復仇的心願而受到同胞們的讚揚。

不樂見的只有布羅斯而已。

「獸人族都很讚賞他們強壯的肉體，布羅斯你卻覺得他們原本的模樣比較好，這樣是不是有點任性啊？梅提斯聖法神國奪走了他們的家人、親戚，甚至是朋友。既然這樣，我認為他們會渴望力量也是裡所當然的喔？就算是你，也不能忽視他們的個人意志吧。」

「這點我也很清楚啊～可是一輩子都維持那模樣還是不行吧？他們可是像那個綠色雙重人格的美漫英雄一樣大鬧了一場耶！」

「儘管有程度上的差異，但想要得到什麼，就必須付出代價啊。他們的心底深處一直殘留著對於保護不了家人與伙伴，無能為力的自己產生的強烈憤怒，以及對於奪走他們一切的傢伙的恨意。淪為奴隸一事也讓他們心中的感情持續發酵。我確實是不小心讓他們變成了超級猛男猛女，不過現在的姿態也正是他們渴望獲得的力量。你也不要一味否定，試著努力去接受現在的他們如何？」

大叔用簡直像是在責備小孩子的語氣，代替健美獸人族陳述他們的心境。

然而布羅斯知道傑羅斯會擺出這種態度背後另有原因，不是很信任他。

嗯，他這也算是是明智的決定吧。

「傑羅斯先生只是想說你不需要為此負責而已吧。雖然你企圖正當化自己的行為，但我可不會讓你就這樣糊弄過去喔？我跟亞特先生不一樣。」

「……你這話什麼意思啊。唉，我是知道傑羅斯先生口才很好啦。」

「就算是這樣，他們想要力量仍是不爭的事實。正因為得到了渴望獲得的力量，他們才會喜孜孜地衝進卡馬爾要塞不是嗎？跟你殺光了在要塞裡的人類一樣，他們也用他們的方式享受著復仇，接下來也會繼續復仇下去。事情就是這麼單純。」

獸人們會變為宛如野獸的模樣確實是傑羅斯造就的不可抗力，可是要如何使用得到的這份力量，全權掌握在當事人手中。

要做出怎樣的選擇，要怎樣去使用這份力量，全看他們自己。

就算是要用來復仇，若是無視他們的個人意志，那和梅提斯聖法神國的作為並無二致。接納他們的決定才是領袖應有的氣度。

「我並不覺得自己做了什麼好事。但我認為儘管不是最佳解，我仍在受限的情況下做了最好的選擇。只是結果變成了那樣而已～」

「唔唔……或許是這樣沒錯，那傑羅斯先生你要怎樣對他們往後的人生負責？你把他們變成那樣，都沒有罪惡感嗎？」

「要說沒有那當然是在說謊，只是我覺得這方面應該不用擔心吧。看那邊……」

在傑羅斯所指的方向，只見最強獸人們正被眾多的同胞給圍繞著。

其中有人突然被求婚，也有人正和其他人一同飲酒作樂。大家都帶著善意接納了他們。照目前的狀況看來，他們往後的人生想必也是一帆風順吧。

「你們覺得有必要擔心他們嗎？」

「根本不用吧……」

「大家為什麼都接受了這件事啊！肌肉？他們果然是用肌肉在做判斷的嗎？這太奇怪了吧！」

「在這個情況下，奇怪的反而是布羅斯你吧？你雖然討厭人類，但你這種看待事物的觀念更接近人類喔。跟獸人們的觀念完全不一樣。」

「怎麼會～～～～！」

沒錯，獸人族思想單純，重視實力。

在這個前提下，以肉體訴說著力量的他們，根本集其他獸人的羨慕與嚮往於一身，簡直像神一樣的受到眾人的崇拜。

布羅斯也知道獸人族崇尚力量，卻沒能真正理解他們的本質。

近似於野性的原始本能深深刻劃在他們的基礎上。

「住在索利斯提亞魔法王國附近的獸人族因為習慣了文明，簡單來說像是接受了品種改良的玩賞動物，相對的，這些獸人族更接近原種。跟在哪裡混了人族血統的混血種不同，純種獸人族的野性本能恐怕強得嚇人吧。也可以說這是他們基於鬥爭而生的生存本能。這話說來雖然不好聽，但布羅斯你追求的獸人族是混血種吧。」

「怎、怎麼會……你想說我只是以為自己愛著所有的獸人，心裡的某處卻築起了高牆，用有差別的眼光在看待他們嗎……？所以我才會沒辦法接受化為最強生物的他們？」

「至少我是這樣想的。畢竟在凱摩先生的獸耳後宮裡，有幾乎跟人形猛獸一樣的獸人存在啊。亞特就是受害者。」

「那根本是怪物吧……不僅比我們所知的獸人更野性且凶猛，還會成群結隊的攻過來，讓人無法招架。凱摩先生還一臉得意的說『我鍛鍊出來的戰士們實力如何？很強對吧，我覺得他們在集體戰鬥這方面是最強的』。」

「不，師傅的獸耳愛連我都贏不了啊……我也被那些獸人們弄哭過好幾次……」

「如果凱摩先生培育的獸人們是獸人原本應有的模樣，那眼前的他們就是覺醒後的模樣吧。要說常態性的維持『鬥獸化』狀態才是他們原本的模樣，那根本是一場惡夢啊。」

「鬥獸化」能讓獸人們原本就很出色的身體能力獲得飛躍性的提昇，也因為會把多餘的魔力像鎧甲一樣纏繞在身上，可以抵銷對手的魔法效力。

簡單來說就是以民族為單位的魔導士剋星。

除了傑羅斯他們這種有壓倒性等級差距的魔導士之外，普通魔導士恐怕根本拿他們沒轍吧。

如果猛用範圍魔法或許有機會取勝，但是一對一單挑絕非上策。

「總覺得好像大受好評耶，要不要再來一瓶？」

「住手啦！他們不需要更多肌肉成分了！我絕對不認同那是他們覺醒後的模樣！」

「那布羅斯你喝吧。這是我為了你偷偷做的強效精力飲料，名為『戰鬥吧・徹夜狂歡』。」

「傑、傑羅斯先生……那不是壯陽藥嗎？雖說布羅斯確實是需要，但他老婆們要是知道有這種東西……」

「我一定會被榨乾啦，你該不會是想給我致命一擊吧！」

「一嗯，既然有超過三十個老婆，的確會被榨乾呢……」

獸人族女性在性生活方面相當積極。

雖然接受這樣的種族集體求婚也是布羅斯自己不對。但強效精力飲料還是太危險了。

布羅斯現在就已經夠激烈的夜生活，可能會因為這魔法藥變得更難熬，一個不小心他就會被榨乾到只剩下皮包骨了。

「我也不忍心送布羅斯上路啦……畢竟你現在看起來就快死了。」

「你既然這樣想，可以不要推薦那種危險的魔法藥給我嗎？我真的會死。」

「布羅斯會不會被老婆們搞到馬上風這問題先放一邊，你們接下來打算怎麼做？要進攻安佛拉關隘嗎？」

「馬上風……牡丹花下死，做鬼也風流啊……」

『『薩沙先生，能不能別把話題又扯回去啊？』』

就傑羅斯和亞特的立場來看，根據獸人族今後的行動，至少伊薩拉斯王國和阿爾特姆皇國應該會視情況表明是否要開戰。

這兩國雖然是小國，但是阿爾特姆皇國擁有許多能夠以一當百的戰士，伊薩拉斯王國則是處在只能利用戰爭奪取領土來改善糧食問題的狀況下。梅提斯聖法神國動盪不安的這個時期，正是他們擴展領土的好機會。

如果獸人族就這樣一路攻下北邊的安佛拉關隘，梅提斯聖法神國就會被三方勢力給盯上。

而且國內還有真實身分疑似前勇者的神祕巨龍在作亂。

兩人很在意布羅斯今後的動向。

「我是想把安佛拉關隘當成獸人族的據點啦。那裡左右都是斷崖絕壁，只要守住北門和南門兩處，比較好防衛。至於卡馬爾要塞……就當作以遊牧維生的獸人們的居留地吧。」

「裡頭不是散落著一堆屍體嗎？」

「反正都燒光了，應該沒問題吧？順帶一提，同胞們的遺體遵照獸人族的習俗，讓他們回歸自然了。」

「還真是原始的做法啊。」

在魯達．伊魯路平原上生活的獸人族基本上沒有建造墳墓的習慣。

因病過世或是意外身故，儘管死因各不相同，但獸人族對死亡的一貫態度就是「生命源於自然，也歸於自然」。所以葬禮也只會舉辦鳥葬，讓他們的遺骸曝屍於平原。

他們比起已經習慣文明生活的獸人們更為原始，並非懷念，而是尊重死者，這種對待生命的態度，展現了他們的文化與信仰。也正因為沒有多餘的儀式，反而顯現出一種簡潔俐落的美感。

「哎呀，反正路邊也常會看到旅人的遺體，人骨也不是那麼稀奇的玩意兒吧？」

「不是，埋葬故人跟被捲入犯罪行為不幸喪生是兩回事吧。因為後者要是沒被發現，便無人弔祭啊。唉，雖然變成野生動物的糧食這點是一樣啦……」

「最簡單的葬禮是把遺體放在視野良好的高處，等『紅頭禿鷹』聚集過來後，在遠處行五體投地大禮，恭送死者離去。被血腥味引誘過來的幾種野獸會爭食剩下的部分。『巨型蠕蟲』也會大口大口的把頭給吃掉，所以實際上只會留下一小部分。除此之外也有些人會把遺體放進素燒陶甕裡土葬喔？」

「「……」」

其他還有將遺體藏在岩地裡，讓遺體風乾為木乃伊的埋葬法，或是將遺體埋進土裡直到變為白骨再挖出來，收在家中祭祀等等，雖然各部族有不同的做法，但有著類似的文化變遷。

某些部族會堆起石頭來埋葬遺體，弄成類似墳墓的模樣，不過在送走死者後，他們直到下次葬禮前都不會再接近那裡。就算石堆崩垮，遺骨暴露在外，他們也會放著不管。

不用說，這些遺體都會成為野生動物的糧食。

葬禮說穿了就只是向死者道別的儀式，在一度道別後就結束了，不會像人族那樣一年去參拜好幾次。這是獸人族共同的認知。

「好了好了，雖然因為文化差異而受到了一點衝擊所以忘記了，不過我們把話題拉回來吧。所以布羅斯你們是打算要進攻安佛拉關隘對吧？」

「因為我們不管怎樣都得拿下那裡才行。」

「既然這樣……伊薩拉斯王國和阿爾特姆皇國確定會參戰了吧。」

「雖然是薩沙先生說的，不過感覺西邊的葛拉納多斯帝國也會跑來參一腳啊……」

既然獸人族有布羅斯助陣，那他們遲早會攻下安佛拉關隘。

依據這一戰的結果，三方勢力，甚至是四方勢力將會有所變動，梅提斯聖法神國的國境肯定會大幅後退。

「唉，反正這些事情是那些大人物的工作，與我們無關。」

「畢竟我們只要能過著普通的生活就好了。」

「咦～傑羅斯先生你們不想體驗一下『我超爆幹強，我要殺爆你們啦』的情境嗎？」

「這把年紀了還在戰場上興奮成那樣，實在有點……」

「因為感覺之後會衍生出各種麻煩事，所以我拒絕。」

傑羅斯和亞特明明做了許多預測，卻不打算做任何事。

兩人只想自由的過活。

「不管怎樣，布羅斯的行動一定會讓梅提斯聖法神國陷入險境。他們已經走投無路了吧。」

「假設三方勢力同時進攻，你覺得梅提斯聖法神國會怎麼樣？我想聽聽傑羅斯先生的意見呢～」

「嗯～……這個嘛，我想國土的三分之一會被其他國家給占領吧？現在的梅提斯聖法神國沒有能力對應，國土這麼大經濟卻搖搖欲墜。內部可能也因為局勢混亂而開始鬧分裂了。就算想仰賴勇者，他們也沒辦法振興經濟吧。」

「可是啊，傑羅斯先生……他們為了抵抗侵略，一定會派勇者出來吧？」

「如果對手只有伊薩拉斯王國那還另當別論，但他們沒辦法同時應付阿爾特姆皇國吧。國內還有神祕的龍在作亂，你覺得他們會分散勇者這個寶貴的戰力嗎？為了確保逃亡時的安全，我覺得那個國家的大人物會想把王牌留在手邊吧。」

既然不能再召喚勇者了，梅提斯聖法神國就只能處在被動的狀況下。

再說勇者的人數有限，傑羅斯認為能作戰的頂多只有兩～三個人。

他們根本無法正面迎戰想要領土而殺紅了眼攻進來的伊薩拉斯王國，以及擁有實力勝過勇者的戰士們的阿爾特姆皇國，就算會損失國土，他們也很有可能會以自保為優先。

也就是說，在傑羅斯看來，勇者介入戰爭的可能性很低。

「既然這樣，攻下安佛拉關隘後，直接攻進聖法神國也沒問題吧？那個國家的政治已經亂到沒辦法對應了吧？」

「嗯，是這樣沒錯。不過我覺得這麼做也會有問題喔？」

「問題？」

「是啊……獸人們的腦子裡沒有『守住據點』的觀念。」

「啊～的確是這樣。就算攻下安佛拉關隘，他們也未必會老實地守住那裡。」

「畢竟敵人一挑釁，他們就會馬上攻過去嘛～感覺亞特先生說的話會成真。」

『『『問題出在後方守備上啊～……』』』

獸人族的強項是輕快的機動性，以及仰賴優秀身體能力的集體戰鬥。

然而就算機動性再怎麼高，人活著就需要吃飯，要是安佛拉關隘這個用來維持部隊的生命線先被敵人給奪回去，他們遲早會敗北。

襲擊村落或城鎮來補充糧食這種強奪的做法，別說襲擊得不到什麼收穫了，還會因為部隊分散，容易遭到敵人各個擊破。

說是這樣說，但集體行動不管怎樣都很醒目，在不熟悉的地域活動，敵人很有可能會事先設下陷阱，輕率的行動將會致命。

儘管現在一路都贏得很順利，但對方也不是沒在思考的笨蛋。

「如果要行動，我覺得看準伊薩拉斯王國開始進攻的時機比較好。如果同時提出保護獸人族的要求，同盟的阿爾特姆皇國也會出手相助的。應該吧……」

「唉，畢竟我們的存糧狀況很緊繃啊～……還是克制一下，別攻進他們本土內好了。」

「我也不覺得你們有空襲擊城鎮補充糧食，暫時還是專心守住安佛拉關隘比較好吧。太貪心是不會有好下場的。」

「是啊。打下安佛拉關隘後我會先暫時停戰。不過那樣又會有個小問題呢。」

「「問題？」」

布羅斯用打從心底感到厭煩的表情，重重的嘆了一口氣。

「大家……一旦閒著沒事做，就會開始大打出手啊……」

「「啊～……可以理解……」」

對獸人族來說，打架算是一種肢體交流。

只要閒著，便會用「不然就來打個架吧～♪」的隨興態度開始互毆。

他們無論在哪裡，都會用像是在進行運動競賽的感覺，開始認真的空手互毆，一較高下。所以幾乎可以說每天都會有某處在上演全武行，在某些情況下甚至會發展成拿出武器的情況。

負責修理那些武器的自然是布羅斯。

「又要……繼續做看不到終點的修繕工作了嗎～……」

「……該怎麼說呢。」

「想開點吧……」

一旦傑羅斯他們回去了，布羅斯當然又得一個人處理這些修繕工作。

在即將攻入梅提斯聖法神國時，八成會再度演變為地獄般的重複性作業吧。

◇◇◇◇◇◇

「唷呵♡魔力累積得很順利吶～」

睥睨著達到森林極限的巨大樹木，阿爾菲雅對現狀十分滿意。

由管理行星上生命的系統「尤克特拉希爾」的影響，周遭荒涼的大地以驚人的速度變化為綠地。

「世界樹」的上空出現雨雲，降下的雨就這樣在大地上流動，化為河川滋潤沙漠，苟延殘喘的活下來的小生物受到濃厚魔力的影響，開始進化。

沉眠於沙地中的植物接收魔力後成長為巨大的樹木，小動物吃下了樹木結出的果實，將魔力納入體內後，位在心臟附近的魔石肥大化，變成了樣貌不同的魔物。

這是物種進化現象的顯露。

然而進化的系統並非只有一種，就算作為源頭的生物相同，到了子代或孫代也會變異為完全不同的生物。繁殖力強的生物更是會明顯地反映出這種現象。

舉個極端的例子，就像是從雜食性的生物分別演化為草食動物和肉食動物。蜥蜴的進化種類尤其豐富，其中甚至有些變成了人類未知的飛龍。

這裡的生物充滿了驚人的多樣性，以誇張的繁殖力不斷增加子孫，到了連達爾文都想放棄研究進化論的程度。這正是高濃度的魔力所造成的影響。

包含成長速度在內，這雖然是一連串不尋常的事態，但只要籠罩這一帶的廣大結界消滅，這個異常狀態也會平息下來吧。

「若是從內側打破這層屏障，世界就會再度充滿魔力了。只要龍脈的流動回歸正軌，像法芙蘭大深綠地帶那種高濃度魔力地帶也能均一化吧。」

勇者召喚陣奪取的魔力，使得局部地區出現了高濃度魔力地帶。

這影響促使生物過度生長，擁有大量魔力的生物不斷異常進化，誕生出許多已經脫離生物範疇的特異存在。

阿爾菲雅就是為了平息這種異常狀況才使世界樹重生，在世界穩定之前負責促進魔力的循環。追根究柢，有像法芙蘭大深綠地帶這樣的高濃度魔力地帶存在這件事本身就很不自然。

當然還有宛如魔力從龍脈噴發而出的魔力囤積處存在，不過那種地方的範圍基本上都很小，不會造成生態系異變，時候到了便會自然消滅。

雖然在那段期間內可能會誕生出妖精或是惡魔之類的魔力生命體，不過從世界的角度來看，那都只是些枝微末節的小事。

『嗯，雖然魔力突然流入說不定會爆炸，那也不是什麼大問題。好了，既然也看過狀況了，吃點什麼之後就回去吧。』

貪吃的小邪神一辦完要辦的事情後，便一下子從現場消失了。

在被遺留下來的世界樹腳下，由於過多魔力而持續進化的生物們開始了激烈的生存競爭，在魔力達到飽和狀態之前，這些生物都會被困在結界裡。

當這些生物和魔力一同得到解放時，生態系會一時陷入混沌狀態，然而這件事實在是太微不足道了，所以阿爾菲雅壓根沒注意到。

沒錯，她沒注意到，就算對她來說只是無關輕重的小事，卻有可能造就讓人類連生存都岌岌可危的危險狀況……

# 第四話　大叔一行人一路攻向安佛拉關隘

葛魯多亞將軍率領的聖騎士團從卡馬爾要塞撤退後，以宛如強行軍的速度硬是趕到了安佛拉關隘。由於途中幾乎沒有休息，還削減睡眠時間徹夜移動，許多的騎士都顯露出疲態。

打開封住關隘的大門，騎士團和難民們才終於得以休息，鬆了一口氣。

「總算可以喘口氣了……」

「是啊。可是將軍，負責防衛此處的庫祖伊伯爵會挖苦您喔？畢竟那位伯爵一直視您為眼中釘。」

「無所謂。老夫才不管那些不懂獸人們已經和過去不一樣的愚蠢之徒會有怎樣的下場。然而眼下的問題是……」

「他們會不會就這樣放我們回國對吧。」

組織這種團體，規模愈大就需要愈多的人才。

其中也會出現不管怎樣意見都合不來的對象，在大多數的情況下，雙方會找出妥協方案並互相配合，避免產生摩擦，然而葛魯多亞將軍和庫祖伊伯爵的狀況不在此限。

總是在最前線作戰的葛魯多亞將軍，以及儘管以國境防衛隊的身分受命防守安佛拉關隘，卻對職務有所不滿的庫祖伊伯爵，兩人意見不合，經常對立。

庫祖伊伯爵總會找理由抱怨了解現場狀況的葛魯多亞將軍，還會順便提出一些不合理的要求。

要是拒絕他，他就會用惡意拖延物資供給等手段來找葛魯多亞將軍的麻煩，若無其事的做出令人懷疑「這傢伙真的有想要保家衛國嗎？」的愚蠢行為。

由於他至今已經做過無數次扯後腿的行為，恐怕這次也不會老實的讓他們通過關隘吧。

「算了，反正最糟的狀況也就是強行突破。」

「我是希望那真的是最終手段就是了。」

「總比讓部下們白白送死好吧。」

「可是相對的，這樣做會危害到將軍您的立場喔。」

「老夫的命跟你們所有人相比，根本不算什麼。」

這正是葛魯多亞將軍在部下之間相當有人望的理由。

他不喜歡讓部下被捲入有勇無謀的戰役中，就算是來自本國的命令，他也決不會讓部下投身於絕對無法取勝的戰役中。更何況他會親自站上前線，說他是理想的上司也不為過。

他同時也有著不知變通、態度頑固的一面，所以本國那些別有用心的人都非常討厭他。

「好了，雖然很麻煩，但老夫去會會那個庸俗之人吧。」

「那一位會滔滔不絕地嘮叨您喔？」

「那也是老夫的工作。雖然老實說，老夫也不想去就是了。」

葛魯多亞將軍混著嘆息做出這段夾雜著真心話的發言，硬是撐起累積了不少疲勞的身體，前往安佛拉關隘的辦公室做報告。

◇　◇　◇　◇　◇　◇　◇

攻陷卡馬爾要塞的隔天，經過了包含治療傷勢在內，養精蓄銳的休息時間，凱摩・布羅斯所率領的獸人軍團在第二天早上燃起了高昂的鬥志，開始進軍。

雖然這樣等於是給了對手時間，不過他們畢竟是在強行軍後就緊接著攻略要塞，無可避免的需要休息。畢竟人無法不吃不喝地持續行動。

目標是安佛拉關隘。

麻煩的是那裡左右是斷崖，前後又有巨大的城牆和城門守著。搭配地利，擁有更勝於卡馬爾要塞的防衛能力。

就算成功突破了城門，敵人也會從沿著左右斷崖築起的設施屋頂上狙擊他們，可以想見獸人族這邊會出現莫大的損傷。

布羅斯看著畫在紙上的地圖，詢問傑羅斯他們對於進攻關隘有什麼建議。

「——所以說，關於要如何進攻這座關隘，我想問問你們的意見。」

「……是說你是怎麼把安佛拉關隘的情報弄到手的啊？」

「這很簡單啊，亞特先生。畢竟我身上也留有玩『Sword and Sorcery』時的道具。當然也有可以召喚出使魔的魔法符。」

「原來如此……用使魔代替無人機，從高空中獲取情報是吧。」

「不過啊，為了偵查安佛拉關隘，我的魔法符全用完了。傑羅斯先生，我想補一些魔法符放在手邊，你能不能賣給我啊？」

「要賣是可以，但你要出多少錢？我可是不做白工的喔～」

「能不能拿東西跟你交換啊？」

布羅斯在自給自足的獸人族圍繞下生活，所以基本上都是用以物易物的方式交易的。

就算要跟傑羅斯買道具，他也是打算用自己手上的東西來交換，但問題就出在要拿什麼東西出來做交換。

「我不知道還能不能用，不過舊時代遺留下來，像是威力外裝甲的玩意兒怎麼樣？」

「「有那種東西喔！」」

「我跑去地下挖礦之後，挖出了好幾個喔。雖然裡頭附帶著化為白骨的屍體。」

「「那玩意兒是不是受了詛咒啊？」」

大叔和亞特都對舊時代的威力外裝甲很感興趣。

可是這個世界是充滿了魔力的世界。

要是白骨上還有死者殘留下來的意念，就有可能會變成骷髏魔物，要是怨念深植於威力外裝甲上，難保不會誕生出活裝甲。

總覺得交換後事情會變得很麻煩。

「目前那玩意兒沒有要動起來的樣子，所以我想……應該沒問題啦。雖然之後會怎麼樣我就不知道了。」

「……交換之後立刻拆解比較好吧？」

要是有死靈之類的不死系魔物依附在上面，威力外裝甲就會尋求生者的魔力而動起來，襲擊人類。

要打倒魔物本身是不難，但舊時代的威力外裝甲若是施加了會反射魔法的機關，那他們也無法全身而退。

而且要拆解研究，裝甲所受的損傷也是愈少愈好。

「我不清楚那是怎樣的東西，不過那種類型的東西不是都會帶有惡臭嗎？」

「啊～在遺跡發現的石棺裡，因為裡頭是密閉空間，遺體也化為液狀，所以會很臭呢。不過別擔心，威力外裝甲裡面只有應該是化為白骨了吧？的遺體。」

「液化的肉沒有滲入裝甲內部嗎？而且我很在意你為什麼是用疑問句耶……」

「嗯～……雖然是說化為白骨，但那些骨頭其實是用類似陶瓷的材料製成的耶。然後積在裡頭的是類似水銀的液態金屬。」

「…………是人形的魔像嗎？說不定是將液態金屬包在內骨骼上，從外部透過某種方法來操控的呢。統整目前已知的情報，很有可能是威力外裝甲本身具有收訊器的功用，讓液體金屬構成的魔像能夠動起來吧……」

威力外裝甲這個美妙的道具觸動了傑羅斯心中屬於男人的浪漫，讓他對埋在魯達．伊魯路平原底下的魔導文明遺產起了興趣。

一想到除此之外或許還能發掘出各式各樣的東西，儘管一把年紀了，那些尚未被發現的寶藏仍令他興奮不已。

魯達．伊魯路平原上有許多被棄置不理的廢棄大樓及倒塌的建築物。

經歷超過兩千五百年的日曬雨淋，就算外型上勉強還能看出原本是屬於大樓的某一部分，從狀態來看也已經變得脆弱不堪，一碰就會輕易崩解。

本為無數高聳大樓的瓦礫也風化成了廢土堆，腐朽到完全看不出過去此處曾有座都市的影子，如今已消逝於人們的記憶之中。

順著風雨飄來的植物種子在上頭落地生根，經年累月新增的地層覆蓋了廢土堆，形成了有如波浪般起起伏伏的地形。

「到了現在，只剩下少許的大樓宛如墓碑般殘留在原地。儘管常說諸行無常，但在這個可以透過魔法來強化物質的世界，建築物真的會劣化到這種程度嗎？再加上威力外裝甲的事，我很在意這片土地底下到底埋了些什麼。布羅斯你手上有什麼情報嗎？」

「天曉得？威力外裝甲也只是我碰巧挖到的，除此之外或許還埋了一些很不得了的玩意兒吧，不過我是沒打算要率先去發掘那些東西出來啦。」

「建築物會急速劣化，是因為被邪神給燒光了吧？從大樓的風化程度來看，應該是邪神的攻擊所帶來的熱量讓堅固的建築物一下子達到了持久性的極限，又因為那之後的時間經過更為劣化。從這角度來看，也就多少可以理解原為摩天大樓的瓦礫為什麼現在會變成這副模樣了。」

「亞特的說法很有說服力呢。我是比較支持在部分地區的特定場所發生了氣候變動的說法啦。因為如果是邪神的攻擊造成的，那大樓應該會消失得無影無蹤吧。」

「意思是部分地區的自然環境失衡了嗎……如果是因此加速了風化作用……那你覺得原因是什麼？

如果不是發生了足以讓空間扭曲的現象變動，應該不至於引發這樣的災害吧。總覺得在『Sword and Sorcery』裡好像有過類似的活動……」

「是期間限定任務『克服重力災害』吧。在漂浮大陸上進行的超重力實驗失敗，導致所有原本漂浮在空中的大陸墜落的那個……我記得是搞出了一個很大的重力圈，把相當於由重力石聚集而成的漂浮大陸給吸過去了對吧？受到這事件的影響，大氣與氣候有很長一段時間失去了原有的平衡。而且這任務根本無法攻略，遊戲營運也為此道歉了呢～」

「我是沒參加那個活動，不過根據我聽來的內容，好像是要在所有的漂浮大陸被重力圈吸過去之前想辦法解決問題，最後成了傳說的任務？」

「沒錯……如果只是漂浮大陸墜落那還好說，問題是重力圈引發了黑洞啊……最後發生爆炸，炸飛了整個遊戲世界，害系統掛掉了。我想這個世界可能也發生過類似的狀況。比方說——」

在「Sword and Sorcery」裡，漂浮大陸是利用注入魔力便會形成反重力立場，名為重力石的礦石漂浮在空中的。

由於這個世界上沒有漂浮大陸，所以傑羅斯做了這樣的預測。

那就是自然魔力充足的話，漂浮大陸現在應該仍漂浮在空中。

因為大量召喚勇者，導致自然魔力的濃度降低，無法維持反重力立場，導致漂浮大陸全都墜落到了地上。

至於大陸墜地的衝擊所造成的災害，可以假設附近的魔力會大量流入先前失去魔力的空間，再加上重力石產生的重力場影響，必定會在局部地區引發劇烈的自然災害。

他認為是因為類似的現象發生在各地，相乘效果使得這個世界的大氣平衡迅速瓦解，才加快了舊文明建築物的劣化速度。

唉，不過這也不過就是他的妄想罷了。

「——雖然這都是我個人的臆測啦。」

「總覺得傑羅斯先生說得像是自己親眼看過這些事情一樣呢……嗯，雖然這也不算可以佐證的證據，不過我聽說獸人族以前住在更南邊的地方呢～」

『這兩個人……意外的敏銳呢。不愧是專精於攻略的玩家。』

布羅斯打造處刑要塞的地點原本其實是漂浮島。他雖然隱瞞了這個事實，傑羅斯他們卻憑著直覺得出了漂浮大陸過去墜落於此處的假設。

傑羅斯雖然認為漂浮大陸是因為召喚勇者而墜落的，不過其實是因為邪神戰爭時期，小邪神攻擊的餘波導致維持世界循環的魔力流出現異常，打亂了重力場，使得漂浮大陸無法保持在原有的高度上，因此墜落。剩下的部分幾乎都和傑羅斯的推測相同。

上下翻轉的漂浮島墜落，就這樣倒蓋在一座湖上的地點，就是布羅斯的處刑要塞所在的小山丘。

就算對象是傑羅斯，布羅斯也沒打算說出這個事實。

「因為這裡感覺是混合了魔法與科學的世界，所以很有可能是這樣吧？在這個世界，魔力也會對生物和自然環境產生影響不是嗎？假設獸人族是在異常氣候穩定下來之後才移居到此處，也沒什麼好奇怪的吧。」

「考古學家也都是這樣提出各種臆測或推論，再逐步去調查、驗證的吧。不過這些事情與我們無關就是了。」

過去發生了什麼事，對大叔來說根本無關緊要。

比起那些事，他更在意布羅斯所說的威力外裝甲。

「你說的那個威力外裝甲，現在就能拿來跟我換魔法符嗎？」

「喔？傑羅斯先生你對那個很有興趣耶。我收在道具欄裡，所以要現在交換也沒問題喔。」

「因為他很喜歡這類型的東西啊。雖然我也一樣啦。」

「這就是所謂男人的浪漫啊。」

傑羅斯和布羅斯的交易。

大叔把像一疊鈔票一樣厚的魔法符整疊交給布羅斯後，他便從道具欄裡取出了威力外裝甲。

「傑羅斯先生……這魔法符的數量是不是有點多啊？」

「別在意那些小事。不過這個……是讓人類穿的軍用裝備嗎？總覺得在電影還是漫畫裡看過吶。」

「頭盔……裝甲。有強烈的軍事色彩呢。」

「背後的背包可以加裝氣瓶，底下還有彈藥收納箱。很厲害吧。」

這確實是威力外裝甲。

在破裂的金屬纖維下方藏有人工製的金屬肌肉，很明顯的是仿造人體構造製成的，不過頂多只能稍微提昇使用者的體能。

附在頭盔上的眼罩雖然會讓人聯想起在某場宇宙戰爭中登場的反派，但是不管怎麼看都是具有熱像儀及紅外線感應器等機能的軍用裝備。

「該怎麼說，總覺得這很有德軍的風格……」

「亞特小弟，這還要你說嗎……感覺押●導演會喜歡，或是某位聲優千●先生有以演員的身分出演，還是穿上這個之後一定沒什麼好下場之類的，這你不說大家也都心知肚明啦。」

「我可沒說那麼多喔？」

「簡直就是可魯貝……」

「「你別想說出口喔！」」（註：上述對話是在影射押井守導演於一九九一年拍攝的科幻動作片《可魯貝洛斯～地獄看門狗》（ケルベロス-地獄の番犬）。聲優千葉繁先生有出演本作。）

也就是說在魔導文明期，有穿著這種裝備的軍隊存在，在各地執行任務。

很有可能是用來鎮壓暴徒、作為反恐對策、執行軍事設施的警備工作，或者是運用在上述所有的項目中。

「這完全是特殊裝備吧？」

「原本在裡頭的陶瓷製骨骼呢？」

「我想那說不定是被改造的人類，所以已經拿去埋葬了。傑羅斯先生，這個修得好嗎？」

「沒辦法吧？這跟製作汽車或是戰車不一樣啊。運用了魔法與科學技術的電子裝備，實在不是我能應付得來的東西。更何況我手邊也沒有可用的電子元件。」

包含電晶體及半導體在內，這個世界使用的電子元件和地球的東西形狀不同。由於某些電子元件看起來甚至就是一顆水晶球，很難辨別所有的元件。

雖然可以使用鑑定技能，不過那種感覺就是隨興發動的技能本來就不可靠，萬一真的釐清了某些有用的情報，也會因為缺乏技術而無法繼續進行吧。

基於上述理由，大叔才會判斷他沒辦法修好這玩意兒。

「傑羅斯先生也修不好啊～……我很想看看這玩意兒運作起來的樣子耶～」

「我懂你的心情。」

「就算是我，也有辦不到的事情啊。雖然好像辜負了你們的期待，不過我技術不夠好，應該沒辦法啦～」

「我也只是擅自抱持著這種期待，所以是無所謂啦。」

『哎呀，不過我是覺得我做得出劣化版啦。』

以前傑羅斯運用魔像的技術製作出類似威力外裝甲的東西時，因為無法控制動力的出力而失去控制，所以那東西現在被他擱置在倉庫裡生鏽。

雖說一方面是因為構造單純，不過就連控制姿勢都得仰賴使用者的技術。在好色村偉大的犧牲之下，大叔釐清了這東西不僅需要細緻到令人神經衰弱的操縱技術，還需要加裝能夠自動控制增幅後力道的輔助功能。

追尋機器人的浪漫是沒什麼不好，可是一旦認真的重新檢視設計，機體巨大化便勢在必行，由於完全不具實用性，大叔就放棄製作了。

最重要的是會變成奇怪的大猩猩體型，老實說他就是因為那樣實在太醜了才死心的。

「說到浪漫我就想起來了，你們有遇到火繩槍部隊嗎？雖然我沒印象有聽到槍聲。」

「這麼說來沒看到呢……該不會撤退到安佛拉關隘了吧？」

「喂喂喂，那不就表示在下個戰場上得防範敵人的槍擊嗎？你打算怎麼辦啊。」

「嗯～我是不知道火繩槍的威力啦，但我想應該殺不死那些健美獸人吧。普通獸人也只要發動『鬥獸化』就不至於喪命，頂多只會受傷吧～」

「其他獸人們這樣不行吧？假設原本配備在卡馬爾要塞的火繩槍全移至安佛拉關隘了，我不認為鬥獸化能拿來當作保命的關鍵手段。因為那無法長時間持續發動啊。至少該讓他們帶個盾牌在身上吧。」

「呵……傑羅斯先生。你以為我沒想過同樣的事情嗎？我早就提議過要他們帶著盾牌了。可是……大家都說『獸人族不需要防守，一切全靠力量解決』啊！不管說多少次，他們都只肯讓小孩子裝備盾牌……真是，我覺得不拿梅提斯聖法神國的傢伙來抒發一下壓力，不久後就會煩惱到頭都禿了吧……」

『『真同情那些被他拿來抒發壓力的聖騎士團成員啊～……』』

面對無視命令又不怕遇害，勇猛突擊的伙伴。布羅斯費盡心力四處奔波，想要盡量減少人員損傷，卻累積了許多壓力，只能靠著驅除聖騎士團來出氣。

而騎士們雖然基於國家方針，負責維持國防安全，卻被充滿殺氣的獸人族跟想要抒壓的布羅斯給打得落花流水。

讓人搞不清楚到底誰才是受害者。

「唉，雖然追根究柢，原因還是出在不斷迫害獸人族的梅提斯聖法神國身上啦……」

「畢竟獸人族一副就是只要能大鬧一場，接下來的事情他們全都不在乎的樣子嘛。布羅斯小弟，辛苦你啦～」

「這什麼一點誠意都沒有的慰勞啊！」

「我閒著沒事的時候問了薩沙先生，聽說安佛拉關隘是兩側被山崖給夾在中間的地形……這種只要防守特定方向就好的地形，隨便攻過去的話，會被敵軍狙擊喔。也不能像進攻卡馬爾要塞時那樣，讓健美獸人們爬城牆上去發動奇襲。這種利用地形、構造單純的據點，反而易守難攻啊。你們只能從正面進攻喔？」

「所以我才說這有困難啊……攻下了難搞的要塞，他們的情緒就超嗨的。這時候要是跟他們說些會害他們沒幹勁的複雜作戰計畫，他們就會順著氣勢擅自衝去突擊關隘了。」

就因為在卡馬爾要塞獲得了壓倒性的勝利，讓獸人族的士氣高得嚇人。

然而騎士在集團戰鬥上占有優勢，以個人實力見長的獸人族，一旦隊伍中幹練的獸人被打倒，就很容易遭敵軍瓦解。

獸人族的戰士認為二打一是卑劣的行為，就算在混戰中，也會以傾向與敵人一對一戰鬥，容易被敵人單方面的一一擊倒。

說他們重視尊嚴勝過目的也不為過吧。

「我是可以理解他們想堂堂正正地單獨挑戰強敵的那份志氣啦～可是這樣只會讓人覺得他們太小看戰爭了耶。畢竟戰爭就是不管採用多卑劣的手段，都得獲勝才行啊。」

「最大的問題是那些健美獸人的活躍啊。看到他們所向披靡的樣子，受到感化的那些人已經開始把他們當成神聖的人物在崇拜了。這點傑羅斯先生也該負責喔？」

「Ｏｈ……怎會如此。」

大叔幫助衰弱獸人們的行為，竟是發展成了造神運動。

可是就算他們現在確實是無敵的，說穿了也只是仰賴藥物的強化。

魔法藥的藥效如果會永久持續下去那還無所謂，但目前還處在不知道藥效何時會消失的狀況下，完全仰賴這些狀態不明的獸人們實在太危險了。

布羅斯過於活躍會使他們的士氣下滑，硬逼他們帶盾上戰場，他們又會失去幹勁，放著不管的話，又難保他們不會像在卡馬爾要塞時一樣，無法壓抑渴望鬥爭的心，擅自發動突擊。

雖然需要能夠不影響他們的士氣，又能將我方的損失控制在最低限度的作戰，但是目前根本沒有那種計畫存在。

除了大叔以外……

「唉～可以的話我是不想幫忙啦，不過該拿出那玩意兒了吧。」

「你要……用那輛半履帶車嗎？」

「半履帶車？卡車能派上什麼用場啊？」

「上面加裝了八十八公釐高射砲喔。」

「……八十八公釐高射砲？你、你該不會……要從這裡發動援助砲擊吧？」

大叔原本只是為了炫耀才把半履帶車帶來的，沒想到真的會碰上需要用上這玩意兒的事態。援助砲擊對敵人來說實在太狠毒了。

要是敵軍手上有坦克或是螺旋槳戰鬥機那就算了，但處於中世紀文明期的這個世界根本不可能會有那種東西，八十八公釐高射砲只能用在對要塞的攻擊上。

「……比阿姆斯壯砲還凶狠啊～」

「有這麼誇張？」

「威力比地球上的更強喔。畢竟是魔導具吶。」

「傑羅斯先生……你是基於什麼目的才做出這種東西的啊。」

「我只是把撿來的東西回收再利用，出於興趣而已啦。」

然而這個興趣本身就是個大問題。

如果是機車或汽車等實用工具的劣化仿製品或許還不成問題吧，但是搭載了戰爭用武器的車輛，更有可能成為急遽推動時代演變的起爆劑。

或許遲早會有人製造出這種車輛，但是完全沒有必要在這時候就出現。要是把這種東西用在戰爭上，絕對會有人開始進行相關的研究吧。

「要是惹出什麼問題，就說這一切都是傑羅斯先生造成的吧。」

「亞特好過分！」

「不不不，你可是做出了提前運用未來技術的玩意兒耶，我這樣說根本就不過分。如果沒打算要引發混亂，根本就不會做出這種東西吧！」

「這真的只是大叔我的小小興趣啊……」

「『大叔在那邊鬧彆扭也一點都不可愛啦。』」

兩人狠狠的批評大叔。

唉，雖然就亞特的立場來看，他也只是不想被大叔給拖下水而已。

「只是啊……有個問題。」

「什麼問題？我是覺得傑羅斯先生做的東西有缺陷這種事，事到如今也不是什麼新聞了吧？」

「雖然你好像把我說得很過分，但我現在就不反駁你了。問題出在威力和命中率上。真要說起來，這玩意兒甚至沒有經過試射，又是趕製出來的，所以也不知道砲擊的準確度怎麼樣。等於是沒演練就要正式來了。」

「這也是一如往常的發展吧？」

「而且我不想讓對方知道我和亞特參加了這場戰役。既然無法上前線，我們就只能專心做援助攻擊了。只是我沒自信能配合布羅斯小弟你們的進攻狀況開砲吶。」

所謂的援助攻擊，是在我方進攻前削減敵方兵力，或是在我方進軍途中攻擊敵軍。可是傑羅斯和亞特不習慣執行這種運用近代武器的戰術。

而且他們仍對趕製出的半履帶車性能不太放心。

「既然這樣，可以在我們進軍前就先發動砲擊嗎？可以幫忙破壞城門的話，那就感激不盡了。不過是雙層結構喔。」

「也就是說有兩道城門嗎，我不知道能不能準確的瞄準那裡，不過我會盡可能去試試看的。」

「那樣就夠了。順帶一提，要注意城牆也是雙層結構喔。」

「表示城牆也很堅固是吧。這樣一來，雖然不清楚兩道城門之間有多大的間隔，但要是在破壞時陷入苦戰，感覺就會無路可退，不太妙啊。而且在那之前敵軍就有可能派出騎馬隊了。」

「反正我把米爾科姆轉輪連發式榴彈發射器借給布羅斯小弟了，應該沒問題吧。馬會被爆炸嚇到而逃走的。」

「傑羅斯先生……我是覺得應該不至於，但你該不會把『爆破』的魔法封在米爾科姆轉輪連發式榴彈發射器的子彈裡頭了吧？」

「…………我最討厭像你這種直覺敏銳的小鬼了。」

「你這是反派角色才會說的台詞！」

不知自重為何物的傢伙們決定在中世紀魔法世界裡拿出現代兵器。

這將會成為在不遠後的未來各國開始著手開發研究兵器的契機，但不負責任的轉生者們毫不在意。

畢竟那些事情與他們無關。

◇◇◇◇◇◇

安佛拉關隘。

接在卡馬爾要塞，梅提斯聖法神國的北方防衛據點。

畢竟是關隘，所以這裡也兼有檢查站的功用，不過本質上還是軍事防衛的要點，負責擋下來自魯達・伊魯路平原的獸人族的侵略。同時也是比卡馬爾要塞更早建造好的舊時代遺產。

至今為止，安佛拉關隘所屬的國家經歷過多次的改變，在歷史上流下了無數的鮮血。

主要是沒有浮上檯面，血淋淋的歷史。

而現在在安佛拉關隘裡，一位將軍正和這裡的管理人面對著彼此。

「閣下這樣也算是四神的神兵、我國的將領嗎！」

「不管閣下說什麼，老夫都不會動搖的。卡馬爾要塞已經被攻陷了。老夫就算率軍與之一戰，也改變不了戰局吧。更重要的是庫祖伊伯爵，閣下打算怎麼做？」

「伯爵大人事務繁忙，由我來跟閣下談吧。那當然是要盡可能地解決掉更多的野獸吧？閣下是想違背偉大的四位女神的教誨嗎！」

「……戰場上沒有神。就算遵從那什麼教誨，也不能保證就會獲勝。」

受命防守安佛拉關隘的庫祖伊伯爵，他的副官庫爾加爾托情緒激昂地說道。

這是因為葛魯多亞將軍未與獸人族交戰便撤退，打算帶著眾多民眾返回本國。換言之，就是他對於葛魯多亞放棄了重要的防衛據點一事非常氣憤。

葛魯多亞將軍這樣做自然有他的原因，可是基於長年處在戰場上培養出來的直覺，讓他察覺到絕對會落敗這種事，就算說了也不成理由。

會相信第六感的，只有當事人和那些在他身邊看著他的部下們，像庫爾加爾托這種長年處理事務性工作的人，是無法理解這種感覺的。

當然，葛魯多亞將軍也不認為直覺能夠拿來作為依據。

「幾乎所有的城砦都被攻陷，卡馬爾要塞的兵力也已經大幅減少到約只剩下一半了。理由為何，閣下也知道吧？」

「……閣下是想說以前的遠征留下了負面影響嗎？像勇者落敗這種事，靠武力便能消弭事實了。閣下等人不就是為了將此付諸實行，才會存在的嗎！」

「若是對手的實力和勇者相當，那我軍也還有辦法對應。然而獸人族的首領──那是轉生者。那可是遠遠勝過勇者，貨真價實的怪物喔？老夫沒打算要讓自己的部下去面對那種玩意兒。畢竟老夫不能讓部下白白去送死啊。」

「閣下是怕了嗎！」

「那不如由閣下等人去當他的對手吧。應該辦得到吧？血連同盟。」

「四神教血連同盟」——由激進盲目的信徒所構成的集團。

這個集團會暗中處理掉對四神教有害的存在，在某些情況下，甚至會利用死刑犯這些重罪犯來行事。

他們是有別於國家諜報組織的地下祕密組織，甚至沒人知道這組織究竟有多少成員。甚至有傳聞指出連主教或祭司階級中都有他們的成員在。

由於職位愈高的人愈不會將情緒表露出來，所以很難辨別哪些人是成員，不過位階不高的人經常會過度攻擊違背教義的人，所以意外的容易判別。

「我不知道閣下在說什麼。」

「用不著裝傻。既然這麼效忠於四神教，那只要親自殉教，去展現所謂神的威光不就得了嗎？很遺憾，老夫身上已經沾染了太多血腥，似乎與神的庇佑那種東西無緣啊。」

「說這什麼強人所難的話……上頭怎麼可能容許我們去做那種事。」

「若是閣下等人不行，那老夫就更不行了。老夫待在戰場上太久，信仰之心早已消磨殆盡了。」

葛魯多亞將軍淡然說道。

他話中藏著堅定不移的決心，一副早已做好覺悟，真有必要之時，他甚至會為了人民及部下捨棄自

己這條性命的模樣。

庫爾加爾托在心裡恨他恨得牙癢癢的。

「老夫殺不死那怪物。老夫還是第一次見到不管付出多少犧牲都贏不了的對手啊。」

「所謂的轉生者……真有那麼危險嗎？」

「危險？那可不是這麼簡單一句話就能帶過的存在……不管召集了多少勇者，那傢伙都會一臉輕鬆地讓勇者們全軍覆沒吧。我等從一開始就無法與之為敵。」

「說、說什麼傻話……誰會相信這種事啊！」

「他們雖然和勇者一樣，是從異世界來到這個世界的，但是不能將他們視為與勇者相同的存在。他們在根本上與勇者截然不同。閣下要否定也無所謂。但老夫不會想把還有未來的年輕人，送去給那樣的怪物當活祭品。」

葛魯多亞在「聖天十二將」中是最不知變通的頑固將軍。

然而他判斷狀況及看清戰局的能力比誰都強，若是他判斷無法獲勝，那可信度非常高。

血連同盟雖然接下了抹殺危險轉生者的任務，可是轉生者比勇者還強的話，便是他們無論如何都贏不了的對象。

讓那樣的對手率領獸人族，其威脅性簡直難以估計。

假設是與他同為將軍階級的人，這段話想必是理應誠摯接納的忠告吧。

然而——

「像葛魯多亞將軍這樣的猛將，也變得相當膽怯了呢。這就是所謂的歲月不饒人嗎？」

「什麼？」

——庫爾加爾托認為這是個好機會。

葛魯多亞將軍已是老將，到了再過一、兩年就退休也不奇怪的年紀了，要是在這時候追究他棄守卡馬爾要塞的責任，便能間接拓展血連同盟的勢力。

組織中早已有人將魔掌伸入政界了。

血連同盟中有許多激進盲目的信徒，同時也有不少野心家。他也是這種懷有欲望之火的人物之一。

為了達成此一目的，他需要立下大功。

「不管理由為何，閣下棄守卡馬爾要塞都是不爭的事實。我們會下達許可，讓滯留於此處的民眾能夠踏上歸途，回到本國。但閣下可別以為這樣就能逃避責任了。」

「這點老夫很清楚。但就算如此，安佛拉關隘仍舊處在危險的狀況下喔？」

「事情會變成這樣，不就是因為閣下怠忽職守嗎？早把那些野獸給解決掉就好了。」

「要是老夫辦得到，老夫早就那麼做了！」

「算了，既然閣下辦不到，那就由我們來處理吧。不過我們在防衛上也有些擔憂，所以把配備給閣下的那批最新型的武器交給我們吧。」

「火繩槍嗎……好，以過路費來說，這還算是便宜的了。」

火繩槍這種最新型的武器，國家有鑑於其威力而量產了一批，配備在重要的據點。

說是這樣說，但卡馬爾要塞也只有不滿一百支，安佛拉關隘配備的數量更是低於要塞的一半。

庫爾加爾托打算接收火繩槍作為放行的條件，不過這對葛魯多亞將軍來說也是剛好。

顧慮到火繩槍被獸人們給奪走就麻煩了，他才要部下帶了出來，但這些武器實在是礙事得不得了。

光是減少一把武器就能減輕行李的重量，更何況火藥桶和裝有鉛彈的袋子都很占空間，能處理掉真是太走運了。

而且會用在安佛拉關隘上，就表示這些武器能派上用場，拖慢敵軍的腳步。

葛魯多亞是不知道庫爾加爾托在盤算些什麼，只期望他能多少幫忙爭取一點時間。

「老夫會讓部下稍做休息，可能後天就會動身離開此處。畢竟愈早出發，愈能確保民眾安全。」

「哼……閣下不妨先想想能讓高層接受的藉口吧。我會解決那些野獸的。」

「要是能解決就好了。在老夫所知的範圍內，應該還有一個轉生者才對。而且還是魔導士……吶。老夫沒親眼看過那傢伙。若敵人是在保留戰力，對方說不定會使出跟勇者岩田攻過去時同樣的魔法攻擊這裡喔？」

僅憑一擊便能瓦解師團規模的聖騎士團的殲滅魔法。

他對此有所防備，不過目前只確認過兩次使用的痕跡。另有一次在其他國家。

在魯達．伊魯路平原，以及強大巨蟑的失控遷徙現象，在梅提斯聖法神國國境一帶留下了巨大的坑洞。依狀況來看，那多半是魔法攻擊造成的，在索利斯提亞魔法王國也發現了同樣的痕跡。

假設獸人族那邊有個魔導士，殲滅魔法級的魔法卻有兩次是使用在索利斯提亞魔法王國和接近那一帶的位置。以距離來看也是隔著梅提斯聖法神國，在相反的兩側發生的事，表示這三次的魔法應該非同一人所發動，至少有兩位同等級的魔導士存在。而且這兩人是未出現在檯面上的神祕人物。

順帶一提，除此之外的地方也有發現曾使用過殲滅魔法的痕跡，不過以梅提斯聖法神國的情報收集能力，能發現這些就已經是極限了。真要說起來有幾次是在迷宮內使用的，要說他們根本無從得知，那也是沒錯。

「……閣下的意思是對方可能會使出絕招來嗎？」

「這也並非不可能吧？老夫認為自從勇者岩田一戰後，魔導士之所以沒有現身，單純只是對方覺得沒那個必要。也就是說……野獸們根本不把我等視為敵人，頂多只當作是礙事的小蟲子罷了。」

「不，那魔導士也有可能是來自其他國家的幫手吧！或許是因為他回到自己所屬的國家了，才沒再現身。」

「嗯，若是那樣就輕鬆多了……希望是如此啊。不管怎樣，老夫選擇了守護人民這條路，閣下或是想與之一戰，最好還是小心點。那麼老夫先失陪了。」

葛魯多亞留下這句話後，便立刻離開房間，一副已經沒事要待在這裡的樣子。

留在房裡的庫爾加爾托一臉氣憤。

「庫爾加爾托，葛魯多亞將軍似乎沒打算要作戰啊。」

「這……庫祖伊伯爵，那傢伙看起來是怕了。」

「關於野獸們要攻打這裡的事，你打算不借助將軍的力量迎戰嗎？」

「這座關隘有著銅牆鐵壁般的防禦力。而且我們也能接收最新型的武器火繩槍。再來……只要增加我軍的戰力就好了。」

「你打算怎麼做？」

庫爾加爾托嘴角上揚，露出了狠毒的笑容。

他的腦中已經擬定好計畫，來搞垮自己看不順眼的對象了。

「這很簡單。只要告訴前來避難的民眾，葛魯多亞將軍是故意放棄執行任務，捨棄了卡馬爾要塞就好了。將軍的部隊多半不會參加作戰，可是換成帶著傭兵的奴隸商人們，想必就會願意協助我們了。畢竟他們被迫拋棄財產，心中應該累積了許多不滿的情緒吧。」

「原來如此！老實說我一點都不想和那將軍說話，不過對方自掘墳墓這點，倒是得老實的感謝他啊。立刻去做準備吧。」

「是。」

庫爾加爾托恭敬地行禮，退出房間。

然而他正打從心底為能夠一併扯下庫祖伊伯爵一事而暗自竊喜。

「無能還這麼囂張……算了，這樣我就能把這兩個礙事的傢伙給扯下來了。四神啊，請諸位看著吧。我這就來除去不純的雜物，打造諸位所期望的神國。」

他是野心家，也是盲目的信徒。

他堅信唯有自己才是神的代言人，甚至認真的覺得連法皇都是應當抹殺的對象。正因為他是這樣的人，才會毫不猶豫地犧牲他人來達成目的。

# 第五話　嘉內等人在工作中

結束與負責掌管安佛拉關隘國境守備軍的庫爾加爾托的會面後，葛魯多亞將軍回到自己的部隊在等候著的隊舍一室，帶著疲憊的表情嘆著氣，動作粗魯地坐到椅子上。

「葛魯多亞將軍，辛苦您了……」

「老夫是知道這裡的傢伙視老夫為眼中釘，但沒想到他們愚蠢到連老夫的忠告都聽不進去啊。明明只要冷靜地思考現在的狀況就好，卻沉溺於野心當中……」

「我們能在這裡待到什麼時候呢？」

「後天就從這裡出發。光是能多少休息一下就不錯了吧。畢竟那些傢伙是不等人的。」

「將軍認為獸人族進軍的動作有這麼快嗎？」

「現在對方正在勢頭上。只要攻下這裡，我國就無法再對平原出手了。要是他們在卡馬爾要塞有多少受到一些損傷，那還能爭取一點時間，不過這也無法期待。」

早一步撤離至安佛拉關隘的民眾也還停留在此處，葛魯多亞必須將他們送到安全的地方才行。依現況來看，這裡也已經不能算是安全地帶了。

庫爾加爾托不知道是還不了解狀況，還是格外想留下功績，打算靠安佛拉關隘的守備隊來擋下獸人族的進攻。

作戰這件事本身葛魯多亞是沒有要阻止他，可是有許多一般民眾在安佛拉關隘裡生活，葛魯多亞是希望這些民眾能在開戰前逃離此處，然而從庫爾加爾托那被欲望蒙蔽的眼神看來，怕是不可能了。

等獸人族抵達這裡時，包含民眾在內，騎士和士兵們全都會喪命。

「就算有爭取到時間，最多也就是三天吧……說不定要塞已經被攻陷了。」

「怎麼可能，卡馬爾要塞會在這麼短的時間內就被攻陷嗎！」

「敵軍可是有那傢伙在啊……坐上獸人族首領位置的那傢伙。」

「是您之前提過的，有著少年外表的怪物嗎……」

「在那傢伙面前，卡馬爾要塞的存在根本毫無意義。」

葛魯多亞的預測是對的。

只是獸人族僅花了八小時就完全壓制了卡馬爾要塞，並放火延燒了十二小時，現在正在進軍。

包含動身前的準備和距離，大概爭取到了四天的時間。

「駱克斯啊，為應付接下來的長途旅程，讓其他人早點休息吧。當然，民眾們也是。」

「民眾嗎……」

「民眾們出了什麼問題嗎？」

「不，因為我們不由分說的要求民眾撤離卡馬爾要塞，其中也有人對此決定感到不滿……」

「嗯……」

儘管預料到卡馬爾要塞會遭受襲擊，但是那時是憑著葛魯多亞的直覺下判斷的，所以民眾中也有不少人抱著「待在卡馬爾要塞反而比較安全吧？」的想法，對包含葛魯多亞將軍在內的騎士們懷有恨意。

那些被迫拋棄財產以及販售用奴隸的奴隸商人，以及前來補抓獸人的傭兵們尤其不滿，最重要的是由於他們腦中「獸人很弱」的觀念已經根深柢固，導致他們用天真的態度來看待現在所處的狀況。

而且安佛拉關隘是專門建造來迎擊敵軍的防衛據點，其中也有認為戰況順利的話，或許可以趁機大賺一筆的人在。只要唆使他們兩句，想必有人會主動說要留下來吧。

「……要請庫爾加爾托閣下幫忙嗎？」

「不了，八成沒用吧。現在還是以相信老夫，願意跟上的人為優先，捨棄那些要留下的人吧。」

「……意思是要對他們見死不救嗎？」

「我等不是神，能拯救的民眾，也僅限於這雙手所能觸及的範圍內啊。我等沒有強到能夠守護一切。儘管遺憾，但也只能拋下他們了。」

如果作戰有可能獲勝，那葛魯多亞便會選擇挺身奮戰吧。

可是唯有這次，他認為這是不可能的。

這座安佛拉關隘或許也會因為庫爾加爾托的野心而出現不必要的犧牲，但總比無人倖存好。

「總是得有人接下遭人怨恨的角色。」

「葛魯多亞將軍……」

正因為知道敵軍的可怕，才需要有人為了民眾，擔任受到眾人厭惡的角色。

然而並非所有人都接受這件事，在必須犧牲財產的緊急狀況下更是如此。

就算是為了避免造成混亂才閉口不提，對於不知情的人來說，也只會認為他們是刻意隱瞞了事實。

由於過去獸人族根本不足為敵的認知及常識早已深植人心，使得民眾一味地批評騎士們。

民眾的不滿遲早會爆發。

「如同老夫方才所說的，後天早上就要動身離開這裡。你想必也累了，不過還是拜託你把這件事也告訴其他人。」

「了解。」

葛魯多亞決定強行撤退回本國。

相較之下，安佛拉關隘的負責人則是打算徹底抗戰。

已看透未來之人與受個人欲望驅使之人，兩者今後是明是暗，已在此時定案了。

◇◇◇◇◇◇

索利斯提亞魔法王國今天也很和平。

往來於道路上的商隊也一次都沒遭到盜賊或魔物的襲擊，順利的前進著，連負責護衛的傭兵們都閒得打起了呵欠。

「啊～……好閒喔。」

「真的很閒呢～……」

「閒著沒事做呢。」

嘉內等人久違的接到了傭兵工作的委託，前來護衛商人的車隊，但是一路上實在太平靜了，害她們閒得發慌。

雖然沒發生任何事就能輕鬆的坐領酬勞，光是這樣就讓她們有種賺到的感覺，可是太缺乏變化，也是會讓人閒出毛病來。

「我很想去接觸可愛的達令，快樂地度過這段漫長的空閒時間，可是嘉內盯我盯得有夠緊的……」

「妳……果然打算對小孩子下手啊。我說過別對委託人的家人出手了吧。」

「雷娜小姐……拜託妳自制一點。妳在私人時間要做什麼我們管不著，可是工作時做這種事不好吧。」

「真失禮，我很自制吧。可是忍耐過頭對身體不好喔？主要是在精神方面就是了。」

性犯罪——應該說極度偏愛少年的雷娜，是嘉內她們這個女性傭兵小隊最令人頭痛的存在。

就像伊莉絲擔心的一樣，她只要發現自己中意的少年，就會變成獵人。

不，在某些情況下，她甚至會化為恐怖的怪物。真變成那樣就沒人能阻止她了。

畢竟她對少年的偏愛誇張到了會對委託人的孩子，或是碰巧遇上的兒童出手的程度。

在特定情況下甚至能夠無視物理法則。

她現在雖然很自制，不過到了目的地以後的行動可就無法保證了。誰都阻止不了獵人的狩獵本能。

「不時在探尋商人孩子動向的雷娜小姐，有哪裡值得我信任的？一有機會妳就會襲擊人家吧？我們可是會因為連帶責任一起挨罵耶。」

「這也沒辦法吧，我的視線就是自然而然的會追著那孩子跑啊……愛太深也是一種罪過呢。」

「在我看來，妳根本就是不分對象、看到就吃。天曉得這之中到底有沒有愛情存在。」

「當然有愛情啊。所以我才會在留下僅有一晚的羅曼史後就收手嘛。」

問題就出在這個羅曼史上。

她的癖好是美味的享用尚未有過女性經驗的小處男。

雖然每個人各有各的嗜好，可是她散發出一種為達到目的不擇手段的驚人及恐懼感。至今沒被人當成罪犯通報上去也真是不可思議。

「不過……真是和平啊。」

「叔叔也不知道上哪去了，不知道他現在在哪裡做些什麼。」

「可能投入戰場了吧？雖然有傑羅斯先生那樣的戰力，感覺馬上就能搞定了。」

「我覺得他應該是跑去哪裡狩獵危險的魔物了。」

「搞不好是跑去挖礦了吧？畢竟他有說金屬類的材料不太夠了。」

雷娜答對了。

不過對象畢竟是沒有計畫性、看當下狀況行事的大叔，她們也不敢把話說死。

「這麼說來嘉內和路賽莉絲小姐已經訂婚了吧。怎麼樣？在那之後有進展嗎？」

「沒什麼特別的……因為想避免衝動，所以我們必然不會太常碰面啊……」

「那是叫本能的失控嗎？有那麼危險嗎？」

「伊莉絲……戀愛症候群的症狀，比妳所想的更誇張喔。會有種快要迷失自我的感覺。而且嚴重起來會完全沒有自覺啊……」

「不過失控時的記憶會留下來吧。順應那份衝動也不失為一種輕鬆的做法喔？畢竟我這個人很順從自我。」

『『妳的情況只是單純的犯罪吧！』』

嘉內並不想把戀愛症候群的症狀和雷娜的毛病混為一談。

戀愛症候群是發自本能，讓適合的對象受到彼此吸引，以某方面來說也可以說是一見鍾情的現象，然而雷娜的情況是只有欲望的突發性無差別衝動。

聽到把未成年的稚嫩少年全都當成獵物的重度變態建議她順應內心的衝動，她也無法聽信。當中到底是否有包含著愛情，著實令人疑惑。

「妳啊……總有一天會被逮捕的。」

「不要緊啦。他們一開始雖然會抵抗，但最後雙方都會非常滿足的道別。而且都只是一夜情啊。」

「雷娜小姐……妳可要注意別染上什麼恐怖的病喔。」

這個世界上也有所謂的性病。

索利斯提亞魔法王國跟其他國家相比算是相當衛生的國家，然而僅次於因病亡故的死因就是梅毒造成的死亡。意外死亡或是死於魔物之手的案例恐怕占不到兩成吧。

富裕的商人和貴族染上梅毒死亡的案例更是特別多。

常跑妓院的丈夫傳染給妻子，無法治療結果夫妻雙雙死亡的案例眾多，連未出世的孩子都染病的情況更是令人不忍卒睹。

這個世界雖然認同一夫多妻或是一妻多夫制，不過基本上還是父權社會。染上的梅毒的妻子多半會被視為家族之恥，遭受過分的對待，就算原因出在丈夫身上，受責怪的仍是女方，實在是太不幸了。

而且至今還未發現治療的方法。

「叔叔能不能在雷娜小姐染病之前，做出盤尼西林來啊？」

「那是什麼？」

「我記得是能夠有效治療性病的抗生素吧？簡單來說就是一種藥。我不知道怎麼做就是了。」

「啊～……因為梅毒病人很多，妓女們應該會很感激他吧。」

「這是相當嚴重的問題呢。要是傑羅斯先生能做出那種藥，那就幫大忙了。畢竟能有效治療難治之症啊。」

在這個沒有微生物及病原體等概念的世界，盤尼西林簡直是救世主。更何況這是失傳的技術之一。

邪神戰爭後文明迅速衰退，化學藥物大多都被後人視為傳說中的祕藥，儘管持續在研究，但至今仍未有成功的案例。

魔法藥的確也能用來治療傷口或疾病，能夠發揮出使細胞活化或暫時加強免疫能力的功效，可是對病原體卻沒什麼效果。

雖然有順利治好的案例，但沒能恢復而死亡的案例也很多，要確立以醫學為基礎的技術，也必須經過反覆的調查及實驗。而這正是最困難的地方。

「我是覺得他搞不好已經做出來了。因為叔叔這個人很隨興啊。」

「如果是傑羅斯先生，的確有可能呢。」

「那個大叔的話是不無可能。」

三位女性對大叔的印象很失禮。

不過大叔惹出了很多麻煩，會讓人有這種印象也是無可奈何的事。這也是他自作自受的結果。

「是說嘉內，妳……要叫傑羅斯先生叫大叔到什麼時候啊？」

「啥？不是，他的年紀完全就是個大叔了吧。」

「啊，你們已經訂婚了嘛。不能一直叫他大叔吧。」

「跟、跟那無關吧。」

「妳想耍帥也沒用。我看妳是不知道該怎麼叫他才好吧。」

「嗯～像路賽莉絲小姐那樣叫他傑羅斯先生，或是叫老公大人？」

「老公、親愛的、達令……有很多叫法喔？」

「誰、誰有辦法突然叫得那麼親暱啊！」

雷娜和伊莉絲不懷好意地訕笑著。

嘉內很清楚她們兩個是在戲弄她。

因為至今為止她們已經用類似的方式逗弄她無數次，次數多到她都懶得數了。

「我不會再陪妳們玩了。妳們只是想戲弄我來打發時間吧。」

「哎呀呀，已經變得這麼老練了呢。以前那個可愛的嘉內上哪去了呢？」

「唉，畢竟我們一有空就會拿這件事來說嘴，她自然會習慣吧。」

「我還是說一下，這可是工作喔。妳們認真點，至少注意一下周遭的狀況吧。」

「我有在注意喔？不過有伊莉絲的探查魔法在，不用那麼緊張也沒關係啦。」

「沒錯沒錯……呃……」

襲擊就是會在人輕忽大意的時候發生。

伊莉絲雖然同時用事先設下的探查魔法，以及透過武術訓練習得的探查技能做好了戒備，但是敵人觸動了警戒網的事，仍讓伊莉絲感到一陣恐懼。

「有敵人！這是……魔物吧？」

「距離呢？」

「我們已經被包圍了。動作比哥布林還快喔。」

「動作很快？既然這樣……是獸人嗎？不，或許是地精。在這附近很少見呢。」

「現在不是說那種話的時候吧。該工作了。」

沒過多久，和她們接下同樣委託的傭兵們也發現了地精，所有人都進入了備戰狀態。

或許是知道自己被發現了吧，地精們一起從周圍的草叢及林木間射出箭矢。

「有敵襲！對手是地精，而且數量很多！」

「那些傢伙應該是靠氣味判斷距離，一路跟過來的吧。」

「反正只是些小嘍囉，一舉趕跑牠們吧。」

傭兵們拿起武器，守住貨運馬車。

地精是強度勝過哥布林，但是比獸人弱小，成群行動的魔物。

牠們個性謹慎且精於算計，擁有認定對手難以應付便會立即撤退的智能，遠比只憑蠻力行事的獸人或群體內沒有進化種的哥布林來得更危險。

地精的智商高到會製作武器，甚至會在集體作戰時，安排讓人想像不到牠們是魔物，不可小覷的作戰計畫。

「嘖，裡頭還有拿弓的傢伙。舉起盾來！」

現場已經演變成一片混戰。

地精從後方射箭進行牽制，同時派出負責近身戰鬥的部隊襲向傭兵。

由兩隻地精來應付一個人，魔物中也只有地精會使用這樣的戰術了。因為地精不會像獸人那樣靠蠻力硬闖，也不會像哥布林那樣以陷阱為主來作戰，而是會順應情勢來改變作戰方針，所以很難應付。

相較之下，傭兵這邊的各個小隊要花上一點時間才能互相配合，在習慣前多少受了一點損傷。

「咕啊！」

「不過是群狗，囂張什麼！」

「想辦法處理掉那些拿弓的！煩死人了！」

「交給我吧！『風刃』！」

伊莉絲使出的風系魔法攻向了在後頭拿弓的地精。

地精意識到有能使出遠距離攻擊的敵人後一聲嚎叫，便立刻有持盾的地精過去為弓兵擋下了攻擊。

「可惡，區區地精卻這麼合作無間！」

「別慌張，一隻一隻確實地處理掉牠們！」

「要邊保護委託人邊作戰，真是綁手綁腳啊。」

由於商人們躲在貨運馬車裡頭，傭兵們必須一邊保護他們一邊應戰。在人數不利的情況下，很有可能會屈居劣勢。

地精本身並不強算是不幸中的大幸。

「真是的，不能用大劍很難打啊……明明直接一劍掃過去比較快。」

「別抱怨了。這也是工作的一環啊。」

嘉內拿來應戰的不是平常那把能擊出火球的大劍，而是備用的長劍。這是因為她認為周遭還有其他傭兵在，拿著大劍反而不好施展身手。

雷娜則是採用了不斷移動並用盾擋下地精的攻擊，趁地精站不穩的時候瞄準弱點下手，確實擊倒敵人的戰術。

已經有好幾隻頭部或心臟被貫穿的地精倒在地上了。

「唔哇，雷娜小姐都一擊就打倒地精了……」

「像地精這種程度的對手，我還擋得下牠們的攻擊，換成獸人就很難了。」

「畢竟獸人力氣很大啊，要借力使力化解敵人的攻擊又很吃技術。我辦不到。」

伊莉絲也把杖當成棍棒來應付地精的攻擊，但是因為攻擊力太低了，很難一擊打倒地精。

除此之外伊莉絲還結合體術做到攻防一體，不讓成群的地精接近自己，趁隙使用發動速度快的單體攻擊魔法「麻痺」或「沙塵簾幕」等簡單的魔法。

麻痺或讓對手暫時失明這些小技巧雖然不起眼，卻很有效，這些輔助魔法也能幫上其他傭兵的忙。

「謝啦，小姑娘。」

「畢竟牠們就是數量多啊。」

「可是這些傢伙到底是從哪裡冒出來的啊？」

「不知道是因為缺乏糧食才跑來，還是地盤被其他魔物給搶走了，不管怎樣，我們都碰上了麻煩的對手啊。」

正因為這些地精不僅強度，還有著狡猾的個性，至少可以確定牠們不是原本生息在這一帶的魔物。比較有可能是從法芙蘭大深綠地帶周遭移動過來的吧。

地精們超乎必要的有紀律這點，考慮到牠們之前總是得面對強敵的話，也就能得到合理的解釋了。

「嘎嗚！」

「嗷嗚嗚嗚嗚嗚嗚嗚！」

或許是了解到情勢對己方不利了吧，地精們發出等於是撤退指示的長嚎後，便中斷襲擊開始撤退。

而且這些地精們撤退的動作也非常的老練。

「……牠們撤退了？還真是乾脆啊。」

「雖然不強，但感覺牠們非常習於作戰呢。如果是落單的獸人，牠們應該打得贏吧。」

「說實話，我覺得牠們很難纏耶……地精原本有這麼強嗎？」

並非個體，而是群體的強。

幸好地精們察覺到情勢不利就撤退了，不然他們此時應該已經出現死傷了吧。也就是說後方有能夠冷靜地分析戰況的首領在。

「等抵達城鎮後，還是向公會報告一下吧。」

「是啊。畢竟數量也很多。如果是只有三人的小隊，會死在牠們手裡吧。」

「看來得先暫時保持警戒比較好。」

魔物除了一般個體之外，還有高階個體或是變異個體。

他們不知道地精中是否有特殊個體存在，但是牠們比一般的地精更習於組織性行動，就這樣放置不管的話太危險了。

而且為了避免其他傭兵受害，有必要從傭兵公會透過商人公會發出警告。如果是新人或是才剛脫離菜鳥程度的傭兵，碰上這些地精根本沒得打。

正因為是幾乎每個月都會有人死在魔物手裡的職業，傭兵們一旦發現異常情形，就有義務要向公會報告。畢竟這些情報將會影響到他們的死活。

唉，雖然也有不少傭兵根本沒盡到義務就是了……

「別發生什麼事就好了……」

「嘉內小姐，妳講這種話反而更會出事啊……」

「要是真的出了什麼事，就怪嘉內發言不慎吧。」

「為什麼啊！」

在那之後三人平安的完成了護衛委託，向傭兵公會報告了這件事。

關於地精群，雖然傭兵公會基本上還是發布了警報，不過最後沒有出現任何損害，警報在三週後就解除了。

◇　◇　◇　◇　◇　◇

攻陷卡馬爾要塞的獸人聯軍，在布羅斯的帶領下，進軍到了接近安佛拉關隘的位置。

獸人們一路上都按耐著迫不及待的情緒進軍，不過布羅斯認為他們的幹勁過於危險，所以暫時停下了進軍的腳步，在平原中央休息。

因為攻下安佛拉關隘，就表示他們有了進攻梅提斯聖法神國的立足點，所以布羅斯也很能理解他們想要立刻攻下那裡的心情，可是這份幹勁要是成了一陣徒勞，反而是他們會陷入險境。

一方面也是基於不希望有人因此犧牲，布羅斯比平常更仔細地調查安佛拉關隘的戰力和警備狀況，思考著該怎麼指揮獸人們。

唉，因為他們的幹勁高到失控，能否順利的誘導他們還很難說就是了……

『城牆高度和雙層結構的城門果然很難應付啊。要是讓健美獸人們先過去，爬上左右的斷崖……不，那樣就會跟攻打卡馬爾要塞時一樣了。而且到達城牆附近後，不管怎樣都會很醒目。要是遭到狙擊也無處可躲。那就用別的方法……』

不管他想了多少攻略方式，都會有伙伴因此犧牲。

火繩槍的攻擊尤其危險，既然子彈是鉛製的，被擊中時若是沒有立刻取出，事情就麻煩了。鉛對人體有害，在戰國時代也有武將因為子彈殘留在體內而死亡。對於沒有外科手術這種醫療技術的獸人族而言，槍擊可說是致命的攻擊。

『照這樣看來，我不搶先突擊不行吧……？畢竟只要能先破壞城門就好了。』

要用從傑羅斯那裡借來的米爾科姆轉輪連發式榴彈發射器來破壞城門也行，可是子彈數量有限，他想用在減少敵軍數量上，所以不能隨便發射。

就算突破了城門，安佛拉關隘的設施果然還是集中在左右側，要是遭到敵軍從左右兩側的建築物上夾擊，容易對我軍造成莫大的損害。

布羅斯雖然覺得這時候最適合讓健美獸人們衝進去，但說實話，他不認為情緒高昂的健美獸人們會遵從他的指示。

「傑羅斯先生他們雖然說會發動砲擊來協助我們進攻，可是有辦法連續開砲嗎？如果是單發砲擊，那在他們重新填彈的期間我們就會遭到攻擊了……咦？仔細想想，砲擊要是沒射好，我軍也會受害啊……而且在那之前，要發砲至瞄準的地點，是不是需要經過嚴格的訓練啊？」

當人心中的擔憂擴大，就會開始介意起其他的事情。這讓布羅斯發現，追根究柢，傑羅斯他們到底能不能順利發砲協助他們都是個很大的問題。

光憑兩個人有辦法使用八十八公釐高射砲嗎？最讓人害怕的就是誤射。

就算已經定好射程距離，砲管的角度也會影響到著彈地點。

更何況製作者是那個傑羅斯。

八十八公釐高射砲本身有缺陷的可能性非常高。

不如說，仔細想想傑羅他們也不是軍人，不可能受過砲擊訓練，根本沒辦法確實射中瞄準的地點。

隨著他想起這些重要的事情，心中幾乎只餘下無盡的擔憂。

「……這下不妙。因為是認識的人，所以我沒多想就拜託他們了，但他們根本是最容易搞砸事情的組合嘛！我開始覺得這種時候絕對不能跟他們扯上關係了！」

亞特還另當別論，他最不信任的就是大叔。

在重要的場面絕對會出大包搞砸事情是「殲滅者」的特色，布羅斯至今不僅已經看過很多次，甚至還被拖下水過，這讓他忍不住想責備自己，居然直到剛才都沒注意到這麼重要的事情。

更何況健美獸人就已經是大叔搞出來的了……

布羅斯雖然急著想去找傑羅斯，在這之後卻立刻被老婆們給逮住，軟禁了約兩天的時間。

看來戰爭期間的精實亢奮感會活化野性本能，讓人想延續種族的渴望比平常更為強烈。

而這現象反映在獸人族身上似乎又特別嚴重。

◇　◇　◇　◇　◇　◇

第三天早上，在包含葛魯多亞在內的聖騎士團打算撤離安佛拉關隘時，問題發生了。

民眾——應該說有一部分的奴隸商人們跑來找葛魯多亞，開始抱怨起來。

「葛魯多亞將軍，我們可不接受就這樣撤離安佛拉關隘的命令喔。我們之前雖然不惜拋棄財產，遵從了將軍的命令，可是真要說起來，在攻城戰上，攻擊方要有超過守備方三倍的兵力才符合一般常識吧。仔細想想，我們根本沒道理會輸給那些野獸啊！」

「沒錯！將軍你為什麼不打跑那些傢伙？只要利用城牆，就足以取勝了吧。到底有什麼必要害怕那些野獸！」

「庫祖伊伯爵和庫爾加爾托閣下明明打算挺身抗戰……」

「我們手上也有擔任護衛的傭兵，只要齊心協力，就能彌補兵力差距了！」

無法接受葛魯多亞將軍放棄卡馬爾要塞一事的奴隸商人們，開始對撤退命令起了疑心。

『那個臭野心家，都怪他做了多餘的事……』意識到他們的行動是受到了血連同盟成員的鼓吹，葛魯多亞將軍不禁在內心如此抱怨。

然而事已至此，葛魯多亞也必須做出決斷。

是要只帶著聽從他指示的人立刻離開安佛拉關隘，還是和他們合作，與獸人族一戰。雖然他早就已經得出結論了。

「老夫也很清楚你們不能接受。不過老夫已經做出結論了，老夫不會改變撤退的決定。」

「太不負責任了吧！將軍你是打算放棄自己的職務嗎！」

「我們要留在這裡，協助庫祖伊伯爵和庫爾加爾托閣下。可以吧？」

「你們想留下就留下吧。老夫等人不會強迫你們。」

他們至今還沒有注意到獸人族的巨大轉變。

所以才會聽信那些胡言亂語。

就連魯達．伊魯路平原上的城砦幾乎全數陷落，他們也認為全是聖騎士團太不像樣造成的結果。

他們的想法確實沒錯。

在勇者岩田進軍時參戰的優秀騎士們大半殉職，新配屬到部隊裡的全是新兵或僅有少許戰鬥經驗的人。等於從未經歷過嚴苛戰場的洗禮。

這樣的人當然不可能當怪物的對手。

要說現在的葛魯多亞將軍能做到的事情，也就只有主動扛下惹人厭的角色，避免無謂的死傷。

可是他沒有愚蠢到要去保護那些想去送死的人。

「你們就好好體會留在此處的絕望吧。不過沒人會來救你們喔。因為那是你們做出的選擇。」

「哼哼哼……你這話聽起來只像是可悲的失敗者在亂吠喔？」

「那麼我們就照自己的意思去做了。不過下令撤退的責任，之後我們會再另行追究的。」

「隨你們高興。那也得要你們能活著離開安佛拉關隘就是了……」

這雖然是句不祥的預言，奴隸商人們卻完全不了解這句話的意思。

他們根本無法理解歷經無數戰鬥的老將認為無法取勝的對象，是多麼不尋常的存在，以為葛魯多亞單純只是輸不起，不把他的話當一回事。

葛魯多亞凝視著離去的奴隸商人，深深嘆了一口氣。

「錢比性命還要重要嗎？老夫實在不懂。」

「唉，他們覺得很重要吧。畢竟他們是商人。」

「老夫倒是認為既然是商人，應該更了解情報的重要性啊。」

「要是他們能了解，我想他們現在都已經是大富商了喔？就是因為不了解，才會甘於當黑社會底下無足輕重的商人吧。畢竟奴隸商人大多和犯罪組織有掛勾啊。」

「這也是令人頭痛的問題啊……」

奴隸商人們是一心只想著賺錢，和黑社會勾結的一群人。

正因為是靠他人的性命來獲取利益，他們對於財富有著強烈的執著，為了賺到更多的錢，他們可以若無其事的利用他人。這是他們的日常生活，也是常識。

其中也有更進一步地踏入了黑社會組織的人。

「……雖然人數少了一半，但想想這樣移動起來輕鬆多了，也不壞吧。」

「他們沒能弄到商品也是會死在犯罪組織手裡，所以知道就這樣回國才是最危險的吧？」

「但是因此而死就沒有意義了啊。」

奴隸買賣在黑社會中是相當重要的生意。

尤其獸人族的奴隸買賣是僅次於毒品的貴重收入來源，以卡馬爾要塞為據點活動的奴隸商人大多都有所屬的組織及奴隸販售通路，要是沒能弄到新的奴隸，難保他們不會被組織處理掉。

無論是留在安佛拉關隘還是回國，這些奴隸商人的命運都已成定局，只是這個地方若是被敵人攻陷，會對黑市交易造成嚴重的打擊。對於與黑社會無關的人來說，奴隸商人消失反而是令人感激不盡的事。

雖然為此喪失重要的據點，也讓人心情有些複雜就是了。

「多花了點時間啊……駱克斯，趕緊準備出發。要在今天內渡過溪谷。」

「了解。」

於是認為必須盡早帶著人數減半的難民回到本國的葛魯多亞將軍，急忙率眾離開了安佛拉關隘。

而沉溺於欲望，選擇留在此處的人則是帶著嘲笑，目送他們的背影離去。

在發現自從這一刻起，兩方人馬就踏上了不同的人生道路之前，他們都不改那輕蔑的態度，直到絕望逼近。

# 第六話　布羅斯的擔憂與先出發的大叔等人

在朝著安佛拉關隘移動的途中，因為各種原因耗費了三天時間的布羅斯被老婆們釋放後，立刻動身去找傑羅斯。

他雖然因為夜生活而被徹底榨乾了，不過該說幸好還有時間，讓他得以在抵達安佛拉關隘前就復活吧。

發現搭乘在貨運馬車上的傑羅斯的背影後，他便立刻過去爬上馬車——

「傑羅斯先生，我有件事要問你！」

——充滿氣勢的拋出了這句話。

布羅斯的特寫突然出現在眼前，讓傑羅斯很是困惑。

如果是神經沒特別大條的一般人，面對他驚人的氣勢恐怕會不敢隨便開口吧。

「呃……布羅斯小弟？我沒有那方面的癖好，你這樣呼著氣逼近我，我也很傷腦筋耶。」

「我也沒有那方面的癖好啊！」

可惜大叔就是神經特大條的那種人。

對方明明是認真要和他說嚴肅的話題，他卻不看場合回話。

而且還故意裝出一副歉疚的模樣，莫名的會演。

「我不是說了有事要問你嗎！你有好好聽我說話嗎？」

「嗯……那你盡量問吧。反正我閒著沒事，就陪陪你吧。」

「你幹嘛一副高高在上的樣子！唉，算了……我想問你的是，傑羅斯先生——你有過開砲的經驗嗎？」

「沒有！」

「這不是該一臉得意地回答的事吧！亞特先生呢？如果你曾經加入過自衛隊，我會很高興就是了……」

「我也沒有類似的經驗。」

布羅斯的擔憂成真了。

不，應該說他運氣不錯，在攻打安佛拉關隘前就發現了問題。

要是等到正式開打時才遭到伙伴的砲擊誤射，那事情就真的大條了。

「……喂，你們兩個都沒受過足以在後方發動援助砲擊的訓練吧？你們真的能把砲彈射到指定的地點上嗎？我很懷疑耶。」

「這種事情，只要隨便發射，再調整砲管的角度就好了吧？只要先直直的射過去就行了啦。」

「啊啊～……是這麼回事啊。你是不希望我們失手讓砲彈掉在自己人身上吧。」

「我們只是要對著城門開砲而已，不需要有砲擊的經驗吧？」

「我原本也是這樣想的。可是……就算破壞了外側的城門，裡頭的另一道門因為有城牆擋著，很難瞄準。我覺得沒辦法準確的用砲彈擊中第二扇門。要是失手誤射感覺會鬧出大事來，我很擔心啊！」

「「…………」」

大叔一副心裡有數的樣子別過頭去，亞特則是露出極為遺憾的表情。

先不管心虛的傑羅斯，過去受到殲滅者們摧殘的亞特雖然不想被視為他們的同類，可是有鑑於他明明待在大叔身邊仍沒能阻止大叔的過往，他也無法全盤否定。

「的確……傑羅斯先生感覺就會失手搞出大事呢。」

「亞特小弟，你這樣說是不是有點過分啊？雖然我把你拖下水過很多次，但你也因此得到了不少好處吧。」

「就是因為那樣，我才沒說得那麼狠啊。如果只有受害，那我肯定會站在布羅斯那一邊。」

「唉，因為和傑羅斯先生他們一起行動雖然會碰上各種慘事，但能得到更多恩惠啊。我和師傅一起行動的時候也有過類似的經驗，所以在這方面跟亞特先生一樣吧。」

「你們講的一副問題全出在我們身上的樣子。你們明明也做過不少類似的事情啊。」

「「受害的規模完全不一樣吧……」」

亞特和布羅斯就算搞砸什麼事，也頂多只是會給伙伴添麻煩的程度而已，但是殲滅者不一樣。他們會理所當然的把無關的人拖下水，只因為好玩就造成更大的損害。

廣範圍殲滅魔法失控還算是小事了，他們甚至會若無其事的把附有自爆或詛咒等負面狀態效果的裝備或道具，在舉行多人共鬥戰時發給其他人使用。

「至少我可是沒做諸如『全玩家獸耳補完計畫～再見了所有的普通玩家～』、『緊張♡新作迷幻中毒魔法藥試喝大會～也有高潮表情喔～』、『超乎常理重度咒術耐力賽』，或是『自滅的炸藥～無限爆破篇～』這類的事情喔？」

「不是，你只是沒有帶頭去做而已，可是你都有幫忙吧……尤其是最後那個，根本是傳說喔。」

「為了處理庫存而把那時候的超危險道具拿出來賣掉的，不就是傑羅斯先生嗎。還讓第三次受害的範圍變得更大了。」

「這也沒辦法吧，誰叫大家都不願意幫忙處理掉那些危險物品。而且有很多東西只要沒搞錯用途，就能派上用場喔？你們不也受了這些東西不少照顧嗎？」

「「問題就是那些東西的用途範圍太小了！」」

在『Sword and Sorcery』裡製作並散布不合理的道具，引發大騷動的殲滅者們。

其中幾個冠上了有如動畫標題名稱的事件，成了在眾多玩家間流傳的話題。

「全玩家獸耳補完計畫」是在多人共鬥時散布會讓人長出獸耳或尾巴的魔法藥，再拍下這些玩家照片，唯有身為首謀的凱摩先生玩得很開心的攝影大會。

「緊張♡新作迷幻中毒魔法藥試喝大會」是拜託認識的小隊「希望你們可以幫忙確認一下我新作的魔法藥功效」，實際上是在調查副作用會帶來的嚴重精神系負面狀態，卡儂的白老鼠實驗。唉，雖然提昇能力的效果也高得非比尋常啦……

「超乎常理重度咒術耐力賽」是在PVP模式裡，讓對戰的雙方裝備上只要使用一定會死的詛咒道具，以在限制時間內可以取得多少勝利來決定勝負，由泰德．提德舉辦，沒有贏家的死亡遊戲。因為參加者全都會死，所以甚至稱不上是生存遊戲。

「自滅的炸藥」則是裝備上由岩鐵大量製作，具有自爆效果的武器，朝多人共鬥戰的怪物突擊，靠自爆打倒怪物的瘋狂共鬥戰。就算死回來也會再度裝備上自爆武器突擊，進行永無止境的特攻。因為實在太悽慘了，成了遊戲中的傳說。

不過他們製作出來的大量道具有很多存貨，占據了據點的倉庫空間，殲滅者伙伴們若是沒那個心情，也不會去處理掉這些庫存，大叔不得已，只好作為街角的「可疑的流動攤販」，把這些東西轉賣出去。

雖然其他同伴可能覺得這樣很對不起他，所以偶爾會來幫忙啦……

不過簡單來說，殲滅者裡除了大叔之外，其他成員都很不會收拾東西。

「唉，以前的事情就算了吧。問題是砲擊吧？」

『『我們可是殲滅者（你們）手底下的受害者耶？』』

兩人的白眼讓大叔很是難受。

「我是希望你們能在突擊前就使用砲擊。畢竟陷入混戰的話，你們不可能從遠距離助攻，只要能在剛開打的時候挫挫對方的銳氣就行了。畢竟敵人應該從未體驗過砲擊。」

「所以說，最後你打算怎樣應付火繩槍？雖然之前聊起的時候是有提到『鬥獸化』跟帶盾啦。」

「也只能把木製的盾舉在頭上擋子彈了。至於這有沒有辦法實行，我想就要看我自己能不能指揮大家了。我沒打算要傑羅斯先生你們做到那麼多事。」

「盾的數量夠嗎？是說，從之前的戰鬥就已經很清楚的可以知道，那些傢伙不會聽你的命令了吧。而且我們在砲擊這方面可是外行人喔。」

「如果是在『Sword and Sorcery』裡，就可以連伙伴一起攻擊進去了，現實還真是麻煩吶。」

「「一般來說是不會波及到伙伴的好嗎！」」

大叔只是比其他殲滅者成員多少有點良知而已，說穿了仍是一丘之貉。

亞特和布羅斯忍不住吐槽他那個真有必要，就算攻擊時波及到伙伴也無所謂的思考方式。

「借給布羅斯小弟的米爾科姆轉輪連發式榴彈發射器終於要派上用場了吶。只要從正上方發射，就可以用來代替迫擊砲吧。你可以用這玩意兒將城牆上的士兵一掃而空。再來只要讓獸人族全軍成功發動奇襲就好了。啊啊……這下我也成了死亡商人的一員了呢。」

「現在說這話太遲了吧，傑羅斯先生……你願意提供武器給我來減輕伙伴的犧牲，我很感激你就是了。畢竟最優先事項就是要破壞城門，那部分也會由我來負責吧……」

三人一邊在地面上畫出安佛拉關隘的構造，一邊討論作戰計畫。

傑羅斯他們不希望被其他人知道自己參與了這場戰爭，所以希望至少能在距離一公里以外的地點發動砲擊。

可是這裡是平原。

「半履帶車……意外的大耶～要是有哪裡可以藏起這台車就好了，可是沒有那種地方的話，我們要挖個戰壕嗎？」

「不是在森林或雨林裡就不錯了吧。問題是會不會有人透過砲擊聲找出我們的所在地。」

「那應該不用擔心吧？真要說起來，這個世界根本沒有大砲這種東西，我想他們應該根本不知道自己遭受了什麼攻擊喔。頂多只會以為是魔法吧？」

「如果是那樣就輕鬆多了，可是我在意的是，要是卡馬爾要塞的指揮官人在安佛拉關隘怎麼辦？感覺他是個腦筋非常清楚的人，也確實的掌握了我們的弱點。他說不定光憑兩、三發砲擊就能鎖定射擊地點。得小心點啊。」

八十八公釐高射砲雖然威力很強，可是對於傑羅斯他們這些沒有計算彈道曲線及砲擊經驗的外行人來說負擔太大了，想確實命中瞄準的地點，最好還是直直開砲。

要擊中安佛拉關隘，必須盡量把半履帶車安排在不會發生誤射的直線位置上，為了提昇成功率，也得在較近的距離下開砲才行。

可是像這樣試圖提昇命中率，砲擊地點遭到敵人鎖定的可能性也會隨之提昇。

「要是被騎士團發現就頭痛了吶……」

「我是不覺得會輸給他們，可是單方面殲滅敵人也有點那個啊～唉，畢竟長相被看到就傷腦筋了，被發現的話也只能幹掉他們……」

「既然這樣，只要在半履帶車周遭布下結界，把車藏起來就行了吧？這傑羅斯先生你們也辦得到吧？而且在晚上發動砲擊，被發現的風險也比較低吧？」

「「啊……」」

仔細想想，傑羅斯和亞特是魔導士。

他們可以張設物理遮蔽效果較低，讓砲彈能夠穿過的薄型結界，只要利用光的折射，也能夠做出類似光學迷彩的效果。再加上在夜間發動砲擊，確實能降低被發現的風險。

因為八十八公釐高射砲是現代兵器，他們便沒想到能用魔法來隱藏這個方法。

「為什麼會沒注意到啊……我們至今明明用了那麼多魔法……」

「是因為我們根本上還是殘留著生活在物質社會時的良知吧？可以推斷是由於我們的潛意識深處已經染上了熟悉的世界常識，才會在無意識的瞬間表現出來。」

「原來如此……因為當下無意識，所以我們才會忽略這點，經人一說才想起有魔法這個方便的能力啊。這麼說來，我好像也沒在戰鬥中使用過魔法吧？明明三天兩頭就在做魔導鍊成，真不可思議。」

「不，這次是因為有三個同類型的人在場，我們才發現了這件事，如果這發生在迷宮裡或戰鬥途中會怎麼樣啊？我們因為等級夠高，所以還有辦法解決，和我們一樣是轉生者的人當中，也有等級遠比我們還低的人在。這樣豈不是一不小心就有可能會鬧出人命嗎？」

「其他人會怎樣根本無所謂吧？」

「「布羅斯（小弟）你還真無情啊……」」

不管其他人怎樣，布羅斯覺得保護現在的伙伴們更為重要。

在這層意義上，可以說他已經完全適應了這個世界，不過從別的角度來看，這表示他認為「獸人族以外的人怎樣都不關我的事」，再更進一步來說，對於傑羅斯他們，他也覺得是「只有利用價值的關係」。遑論其他轉生者，根本連塵芥都不如。

對布羅斯而言，他和傑羅斯、亞特的關係不過是「比無關的人好一點」的程度，沒有在這之上或之下的想法。

「（唉……雖然這我早就知道了）把話題拉回來吧。既然已經決定好砲擊事前準備的方針了，接下來就是要發動援助砲擊了，可是我果然還是覺得該在哪裡練習一次比較好吶。」

「沒有那種時間了。問題就在於我們儲備的糧食有限，想要早點攻下安佛拉關隘啊。」

「可是要是誤射傷到了獸人，布羅斯會對我們發脾氣吧？」

「那當然啊。」

兩人也覺得要是惹布羅斯生氣那就麻煩了。

既然這樣，可行的方法也只有先練習而已了吧。

「我們只能移動到比布羅斯他們更前面的位置練習了嗎……亞特，要請你跟我一起去喔。」

「事情變成這樣了啊……因為至少需要填彈手跟砲手兩個人才能開砲，所以這也沒辦法，不過我們有幾發砲彈？」

「嗯？普通的砲彈有二十三發吧。可以封入魔法的特殊砲彈有五發……」

「那根本沒得浪費吧！」

「所以我才想把練習用試射次數控制在最底限，正式上的時候以運用特殊砲彈為優先啊。雖然這樣敵軍的死傷多半會變得更慘重，但總比布羅斯小弟因為誤射生氣，化為狂戰士大鬧好啊。反正不管怎樣聖騎士團都註定會死光光了，比起痛苦的死去，用特殊砲彈瞬間殺死他們，反而是救贖吧……」

「這算是慈悲心嗎？還是介錯？罪惡感好重啊……」

「我也不想做出這種虐殺行為啊。可是讓獸人族攻進去，他們只會不斷做出更甚於此的殘虐行為。那麼讓他們至少能死得痛快點還比較好。尤其是殘忍的布羅斯小弟衝進去的話……對吧。」

「你們兩個會不會太過分了啊？」

獸人族在卡馬爾要塞任由憤怒驅使，連老人都不放過地狠狠虐殺。

雖然單純說著「我們要加倍奉還」，實際的現場卻是一片彷彿體現了獸人族的恨意，宛如地獄的景象。有眾多的人類在絕望中慘遭殺害。

傑羅斯他們的特殊砲彈，對於註定會痛苦悽慘地死去的聖騎士團騎士們來說甚至是一種慈悲。

因為只要直接被砲彈擊中，他們就不用受苦，瞬間就會結束了。

「唉，雖然僅限於在城牆及城門前待命的聖騎士啦。其他人就只能當作運氣不好，請他們死心了。」

「這也無可奈何吧。要是搶了獸人族的風頭，我們會遭到怨恨的。」

「有需要憐憫他們嗎？聖騎士團那種垃圾，讓他們變成肉片就好了吧。」

「你比較過分吧？」

布羅斯是個個子小的惡鬼。

「…………喂，傑羅斯先生。我剛剛想到了一件事……」

「什麼事？」

「以結論來說，我們要張設結界，在夜間發動砲擊吧？」

「是啊。」

「既然這樣，就我們先過去，不要做什麼練習，直接破壞城門不就好了？畢竟砲彈數量有限，這樣我們也不用顧慮獸人們，而且也不會遭到誤射波及。」

亞特的提案非常合理。

只是這同時也有幾個問題。

「……這樣第一次就要來真的了耶？而且在白天移動到砲擊地點的話，被聖騎士團發現的風險會提高。因為半履帶車上是稀有金屬製成的複合裝甲，也很難在上面施展隱蔽魔法。就算真的施加了隱蔽魔法，要是移動中揚起的沙塵被敵人看見，行蹤馬上就會曝光了吧？」

「那只要稍微繞個路就好啦。反正騎士巡邏也只會沿著道路移動，我不覺得他們會跑到沒鋪設道路的地方。要開在不平整的地面上這點小事不成問題吧。」

「今天的亞特小弟腦筋很清楚呢……平常明明被老婆吃得死死的。難道你是想早點回去女兒身邊嗎？」

大叔若無其事說出的玩笑話，卻讓某人起了反應。

沒錯，那就是現在擁有超過三十個老婆，現在還在持續增加中的布羅斯。

「什麼？亞特先生有老婆？原來亞特先生跟我一樣是已婚人士啊。這樣等我有小孩之後，或許能從你那邊得到一些不錯的建議。」

「雖然是個心理病態恐怖驚悚的病嬌老婆……」

「咦……真的假的？亞特先生……是被虐狂嗎？」

「讓我們為老婆早就挖好洞給他跳，已經無法逃掉的可憐亞特獻上哀悼的一杯酒……」

「雖然都是事實，可是你也太失禮了吧！」

「那麼讓各位久等了。我這就拿出今日初次亮相的半履帶車。」

傑羅斯邊說邊打開了道具欄。

在出現黑色孔洞的同時響起了「咚！」沉重聲音後，那東西出現了。

車身整體都漆成了深綠色的鋼鐵卡車。

乍看之下雖然很像在日本也很常見的大型車輛，可是看向貨架的位置，就會發現履帶取代了後輪，貨架上的八十八公釐高射砲也無謂的醒目。

「…………傑羅斯先生。」

「什麼事？布羅斯小弟。」

「你是打算在世界上掀起戰爭嗎？」

「這只是興趣。所以才會為了自我滿足，做些完全沒有實用性的東西啊。」

「看到這種東西，其他國家一定會著手開發研究吧。關於這點，傑羅斯先生你是怎麼想的啊。光是半履帶車就已經有威脅性了耶？」

「既然沒有像地球那樣的技術，他們不管怎樣都得仰賴稀有金屬。只是這樣一來，在成本上就會出現極大的問題，所以我想他們應該無法量產吧。光是生產個兩到三輛，就會耗盡國家預算了。而且我還直接拿了魔導文明期的組件來用，實在不是實用取向的東西，所以應該沒問題吧？」

「你想得還真簡單……可是國家就是會不惜使用任何手段來提昇軍事實力喔？而且就是因為缺乏技術才會著手研究啊。」

這話在大叔聽來非常刺耳。

實際上，光是索利斯提亞魔法王國在開發「魔導槍」這件事，就讓他無法斷言「不可能會發生這種事」了。正因為如此，他才會藏起這東西的……

「那我們去去就回，布羅斯你們悠哉的從後面跟上來就好。」

「咦？已經要出發了嗎？」

「那是當然的吧，亞特……我也不想一直待在這片平原上啊。我還想回去做很多有的沒的來玩呢。」

「你……根本就過著以興趣為優先的人生吧？」

「這我不否認。不如說我還想全力肯定呢。」

『『傑羅斯先生果然也和其他的殲滅者一樣，屬於奇人怪人啊……是命中注定只會受到同類的吸引嗎？』』

一群腦袋裡充滿愉快想法的傢伙湊在一起，因為相乘效果而創造出各種慘案。

想想就是幾個人格扭曲的人意氣相投，不顧他人的困擾，想做什麼就做什麼，可是很奇妙的，從未看過他們的小隊裡起爭執或是有意見衝突。

現在思考起來，被稱為「殲滅者」的這幾人，在各種意義上都是極為怪異的人種。

「亞特你在拖拖拉拉什麼啊？趕快坐上來。」

「喔？喔喔……」

「傑羅斯先生，你可別不小心就把他們全數殲滅了喔？要是獵物全死光了，我們就失去立場了。」

「這問題你可以問砲彈嗎？要是擔心就盡快趕過來吧。那我們就～出發啦～♪」

「等等，我還沒上車……唔喔！」

差一步才要搭上車的亞特因為車子突然開動，以幾乎是掛在車門上的形式被拖著走，儘管內心慌張，還是靠著肌力強行翻上了副駕駛座。

其實傑羅斯雖然有駕照，但只開過輕型車。這是他第一次開大型卡車。

儘管覺得視線高度不太對勁仍沒多想便踩下的油門，帶來了比傑羅斯預期中更強的反應，讓相當於後輪的履帶急速旋轉，產生出異常的加速力。

「太危險了吧！」

「反正你都搭上來了，沒差吧。不過後輪明明是履帶，加速力卻很驚人啊。是不是魔導力引擎的魔力直接流進魔力馬達裡了啊？這樣能轉彎嗎……反應比自排車還要敏感，很難調整車速啊。」

「你也稍微體貼我一下吧！」

獸人族雖然被狂奔而去的半履帶車嚇到，一時陷入混亂，但還是沒有妨礙到車輛行進，目送半履帶車離去了。

正確來說是他們初次看見大型車輛，怕得什麼都做不了才對。

「老大……那是什麼？」

「嗯～……傑羅斯先生做的玩具吧。」

「那玩意兒用很誇張的速度衝走了耶……」

「我們也要追上去喔。畢竟是那兩個人，我們抵達的時候，安佛拉關隘有可能已經被打得不留半點痕跡了呢。」

「我們……應該有機會表現吧？」

「天曉得嘍？」

布羅斯也知道可以在這個世界上打造車輛之類的交通工具，可是看到半履帶車，讓他重新理解到現在就連要打造地球上的兵器都不是難事，默默地流了一身冷汗。

他不知道八十八公釐高射砲有多大的威力，不過既然製作者是傑羅斯，那絕對是非常誇張的玩意兒，毋庸置疑。還有沒有機會輪到獸人族們上場都很難說。

光是作為敵人與他對峙時，不知道會冒出什麼東西來，就沒有比這更恐怖的對手了吧。

布羅斯凝視著以高速朝著安佛拉關隘而去，上頭坐著傑羅斯他們的車輛，打從心底認為大叔他們不是敵人真是太好了。

不知道布羅斯這番心境的獸人族，只想著不能落於人後，加快了進攻的腳步，朝著安佛拉關隘前進。

◇　◇　◇　◇　◇　◇

半履帶車揚起沙塵，在沒有好好整理過的不平整道路上狂奔。

那速度快到馬車根本無法相提並論的程度，也有加裝阻尼器跟懸吊系統，所以不太會晃動，實在是相當舒適的兜風過程。

「嗯～……果然還是搭車比較輕鬆呢。」

「雖然這有一半算是戰車啦。」

「開得這麼快，感覺心情都嗨起來了呢。乾脆來唱首拔刀隊的歌好了。」

「這……我是不介意啦。比起那個，你知道安佛拉關隘的位置在哪裡嗎？我可不知道喔。」

「亞特啊，我會補魔法符給你，你可不可以用使魔稍微調查一下啊？因為我們要從距離關隘約兩千公尺處的位置開砲，要是能找個半履帶車不會被看見的位置就更好了。」

「我是來代替導航系統的喔……知道了。」

亞特照傑羅斯所說的，用魔法符叫出了使魔，從空中展開偵查。

地球的戰車上所配備的八十八公釐高射砲，射程距離大約是一千八百公尺。

可是這輛半履帶車上搭載的玩意兒是靠魔力驅動，完全不同的東西，砲管的耐用度和射擊性能與地球的製品相比極為出色，至今仍不確定的射程距離也有可能比傑羅斯所知的八十八公釐高射砲更長。把這東西當成跟地球上的八十八公釐高射砲一樣的玩意兒那就錯了。

可是因為傑羅斯自己也並未掌握這東西的性能，只能以地球的知識為基礎來進行砲擊，包含性能測試在內，他得硬著頭皮直接上陣開一砲才行。

「距離拉得更長一點也行吧？」

「我是很想這麼做啦……可是我們太不了解後頭這玩意兒的性能了。要是離太遠，砲擊說不定會打不中目標。」

「你是不相信那東西的性能喔。」

「因為那不但是從迷宮裡摸回來的戰利品，還被我們隨意加工過耶？你覺得可以信任嗎？」

「嗯，說得也是。尤其是隨意加工過這點……」

異世界的八十八公釐高射砲為了方便量產，比地球上的更為簡略，不過基本構造和索利斯提亞魔法王國正在生產的魔導槍一樣，是利用魔力產生的爆發力擊發砲彈的。

問題在於射程距離，考慮到彈道曲線，很難說他們能不能順利擊中目標，最重要的問題是，正如布羅斯所言，他們兩個沒有砲擊經驗。

簡單來說，因為他們沒有砲擊的相關知識，所以就連要擊中不會動的目標都很難。

這跟拿魔導槍製成的突擊步槍盡情掃射的感覺完全不同。

「我不想浪費砲彈啊～……」

「畢竟只有二十三發一般砲彈跟五發特殊砲彈嘛。」

「特殊砲彈……總覺得這個名詞聽起來讓人有股非常不好的預感啊。」

和其他殲滅者不同，傑羅斯經手的武器很少帶有會波及旁人的機能，可是在威力上常常都不是鬧著玩的。

極端的提昇武器性能的結果，不知道為何出現了連使用者能力都會一併提昇的附加效果，讓武器的破壞力倍增。

這是因為加入了加強魔力傳導率、加強耐用度、加強魔力儲藏量、加強威力等各種術式後，各個魔導術式互斥使得注入的魔力發生氾濫現象，溢出的術式效果甚至對使用者造成了影響。

本來就已經超越上限的武器還強制的提高了使用者的上限值，雙方加成的結果下自然造就了過強的殺傷力。

而超越了上限的使用者當然有著悲慘的下場，就因為知道有這樣的前例在，亞特才不相信傑羅斯加工過的八十八公釐高射砲。

「後面那玩意兒………沒問題吧？你應該沒有在我不知道的時候加裝什麼奇怪的機能上去吧？」

「我從多腳戰車裡頭取出這玩意兒之後，雖然改造成了可以手動操作的形式，但除此之外沒有多做什麼喔。因為我忙著設計跟製作半履帶車，很忙啊。」

「那就好。看來我是多操心了……」

傑羅斯雖然會裝出不知情的模樣騙人，但是會乾脆的否定他沒有參與的事。雖然也有「不能信任」的部分，不過亞特對他的認知是「不能大意的人」。

「是說特殊砲彈是什麼？」

「你記得『魔封管』嗎？就是在遊戲裡用來對付PK玩家用的地雷替代品。」

「喔……我是記得啊？那玩意兒俗稱『PK地雷』吧。不過因為生產成本太高，所以後來只運用了那個技術，做出『魔封炸彈』來當手榴彈使用對吧？我記得材料是寶石和魔石，可以封入一般的範圍魔法。就算威力不夠，也可以用數量彌補這個缺點，用起來方便……」

「沒錯，可是『魔封炸彈』只能單次使用。相對的『魔封管』可以重複使用。嗯，前提是有辦法回收啦。」

「那個特殊砲彈該不會也能重複使用吧？可是砲彈也是只能單次使用的玩意兒吧。」

「切入點不對喔。我啊，是想做可以封入廣範圍殲滅魔法的東西。魔封炸彈的生產性是很好沒錯喔？可是沒辦法封入廣範圍殲滅魔法這種高密度的術式。假設真的成功了，也無法順利發動。因為那只是把術式封進去，發動的威力要看魔封炸彈內藏的魔力量。也就是說……」

「雖然魔封管的生產成本高，可是能封入廣範圍殲滅魔法……所以說特殊砲彈簡單來說就是劣化版的魔封管？」

「就是這麼回事。」

魔封管是用祕銀跟山銅這些特殊礦物製成的金屬管。

只是直接拿魔封管來做成砲彈不僅浪費稀有金屬，生產成本也很高。

所以他將特殊砲彈的內側挖空，在內部刻上封印術式後再加上一層薄薄的稀有金屬塗層，做了能夠封入廣範圍殲滅魔法的加工。

要是沒有撿來的作業機械，他連要做都做不出來吧。

「順帶一提，我借給布羅斯小弟的米爾科姆轉輪連發式榴彈發射器的子彈彈殼也是改良魔封管後製成的喔。」

「你該不會在子彈裡封入了廣範圍殲滅魔法吧？」

「那個大小頂多只能封入『爆破』啦。我在試製的時候發現，如果做得像對ＰＫ玩家用地雷那麼大，是可以封入廣範圍殲滅魔法，可是因為堅固程度的問題，封進去的魔法大概十秒後就會爆炸了。畢竟那只是試製品嘛。」

「你居然真的封了『爆破』進去！不……等一下，該不會……所謂的特殊砲彈也會爆炸……」

「啊～這倒是不用擔心。特殊砲彈是設計成要當場封入魔法，再透過八十八公釐高射砲射出的規格，所以在爆炸前就會擊中某處了。而且我有做得比較堅固，避免爆炸啦。」

「…………」

他正與危險比鄰而居。

在使用特殊砲彈時，需要可以確實地操控八十八公釐高射砲的操作能力，要問現在的亞特跟傑羅斯是否能辦到這件事，只能說很困難。

也就是說，對安佛拉關隘的砲擊在別種意義上會威脅到他們的性命。

亞特身上流下不舒服的冷汗，同時繼續使用使魔監視周遭。

「是說從上空看到的情況怎麼樣？我是覺得應該沒有開錯路啦。」

「嗯～……總之直直開就對了。」

「這麼說來……你好像是個路痴喔？」

「……不太對。我在走路移動的時候沒有迷路過，只是開車的時候不知道為什麼會開錯路。到底是為什麼呢？」

「你問我也沒用啊。而且……總覺得你在說謊。你是不是在逞強？」

「……我收回。我在自己的地盤是不會迷路，可是來了這個異世界後，就需要有人幫我帶路。因為沒有能用來辨識的地標，所以我不知道自己該往哪邊前進。」

「還真難搞啊。」

亞特老實的承認了自己是個大路痴。

唉，這雖然不是要幫他說話，不過就算是亞特，只要反覆走過同樣的路好幾次，他也是會記住的。要是有路標或是明顯的地標，他就能以該處為基準前往目的地，不會迷路，可是為此他必須在同樣的路上來回走過好幾次。

他似乎只是要花上比別人更多的時間才能記住路而已。

「亞特……那根本是你決定性的弱點吧？」

「我要是現在和傑羅斯先生分開行動，我有自信我一定會迷路喔。」

「你對這種事情這麼有自信，我也很傷腦筋啊～也不是會找不到路的年紀了……還真是難搞的體質。真虧你能在這個世界活下來啊。」

「我運氣好。我來到這裡之後立刻就迷路了，要是沒有碰巧遇上莉莎和夏克緹，我應該已經死在荒郊野外了吧。」

在戰力上非常可靠但會迷路的亞特。以及戰力不足，可是在各方面都很能信賴的莉莎和夏克緹湊在一起恰恰好，才能互相合作，在嚴苛的條件下生存下來吧。

此外，因為亞特深知唯的可怕，而不會發展成對那兩人出手的狀況。也是他們之間能夠築起良好關係的原因之一。

亞特沒發現，其實他們三個人可以平安存活下來，實際上也可以說是唯的功勞。

畢竟被丟到未知的世界，是很有可能會被一時的感情給帶動的。

「嗯？這就是安佛拉關隘嗎……城牆有兩層，像是把『目』字打橫的構造呢。要是穿過中央的城門，就會從左右兩側遭到夾擊，除了此外的地方會遭受來自前後兩方的攻擊，雖然早就知道了，但還真難應付啊。」

「城牆上沒有用來射箭的狙擊窗嗎？」

「有。雖然主要在內側……也就是說城牆裡面是空心的？」

「我想裡頭應該設有用來搬運物資的通道，但恐怕只有城牆的上半部有吧。低於射擊窗的位置應該有城牆應有的厚度。」

「內側的牆上有花紋呢。這是術式嗎？我想應該是『屏障』跟『強化魔法』……」

「既然這樣，就得在他們使用這些術式前破壞城牆了……」

重要的據點會用上失傳的舊時代技術。

雖然這些技術主要是用來應付大型魔物的，不過要是敵軍使用了屏障或強化魔法，就會大幅提昇城牆的防禦力，不知道能否用砲擊破壞了。

追根究柢，他們也不清楚八十八公釐高射砲的威力，所以全都只能憑著臆測來行動，很有可能會發生意想不到的狀況。

「外牆跟內牆之間的間隔很窄喔？在布羅斯他們來之前，我們能破壞城牆跟城門嗎？」

「再怎麼厚的城牆，一旦從內側爆炸，我想應該都會壞啦。既然這樣……得在第一發就確實做出成果才行呢。」

「這意思是？」

「要是他們發動了內牆上的屏障魔法或是強化魔法，效果也會滲透到城牆內部。光是這樣就會讓打穿城牆一事變得更為困難，砲彈也很有可能會被彈開。所以我們得用極少的次數造成決定性的打擊。」

「光靠神官的魔力有辦法防下砲彈嗎？」

「要是重複施展了同樣的魔法，我覺得會很難纏喔。唉，雖然我想只有短時間內有效啦。不過要破壞內側城牆，外側的城牆太礙事了。既然這樣，只能使用特殊砲彈，一口氣破壞兩道牆了。」

設置在內側城牆上的術式雖然很難應付，但效果會受到神官的人數所左右。

以魔導士的觀念來說，這是一種儀式魔法術式，需要莫大的魔力才能完美發動。

也就是說要發動內牆上的強化術式，需要由大量神官使出人海戰術，可是這種邊境地區不可能會有那麼大量的神官。從這點來看，必然能看出他們不適合長期的防衛戰。

「利用第一發的觀測射擊決定發射的角度，從第二發開始使用特殊砲彈吧……你能幫我找找適合發動砲擊的地點嗎？最好在約兩公里的範圍內。」

「等一下，我正在找……呃…………在稍遠的地方有座山丘。或許能從那座山丘後面發動砲擊。」

「只露出砲管，在周遭設下結界，利用光魔法做好讓人看不見車體的偽裝作業……為了保險起見，也得防範聖騎士團有沒有出來巡邏。」

「我是不覺得會被那些視魔法為異端的傢伙發現啦，雖然還是謹慎一點比較好。感覺從頭到尾都很費神呢。」

「要是移動的大砲這種東西被看見了。不知道消息幾時會傳到各國去吶。如果只是魔法，反正我和亞特都會搞出誇張的大事，要怎樣蒙混過去都行。」

威力先不提，照傑羅斯的預想，移動大砲本身應該只要有個兩～三年，各國就能做出個樣子來了。可是他必須要防患未然，避免各國用這東西引發戰爭。

就算不可能防得住，他至少能拖慢發生的時間。

「要是國家主動參與技術開發，就會進步得很快啊。技術急遽革新感覺就不會是什麼好事。你的意思是與其如此，不如用有強大魔導士存在的消息來掩蓋這件事嗎？」

「若有其他勢力參與攻擊安佛拉關隘，首先會遭到懷疑的就是索利斯提亞魔法王國啊。要是這消息傳到目前政治情勢混亂的梅提斯聖法神國，難保他們不會因為過度的信仰而失控。發動砲擊時得徹底做好偽裝才行吶。」

「他們會做出這麼欠思慮的行動嗎？」

「畢竟他們不知道為什麼很敵視魔法啊，要是他們看見了半履帶車，一定會起疑的。讓他們有名義可以攻打過去可不好。梅提斯聖法神國一直覺得違背了國教教誨的索利斯提亞魔法王國很礙眼，這對他們來說正是適合利用信仰煽動國民的好題材啊。可是換成是神祕的轉生者在暗中活躍的話，他們就無法發動戰爭了。他們雖然知道我們的存在，可是我和亞特使用『暴食之深淵』的時期不同，所以他們應該會認為至少有兩名以上的強大魔導士存在。要是隨便攻打索利斯提亞，把強大魔導士給引出來，他們就傷腦筋了。」

「說到礙眼的國家，那葛拉納多斯帝國呢？」

「葛拉納多斯帝國國力太強了。要是全面開戰，梅提斯聖法神國的國土搞不好會全被搶走，所以首先就不可能找葛拉納多斯帝國下手。」

「原來如此……要透過政治宣傳來煽動人民，索利斯提亞魔法王國是最合適的對象啊。」

「不過他們還不清楚轉生者魔導士隸屬於哪個國家。雖然要進攻小國不難，可是要是打錯地方，這次就換成其他國家……尤其是葛拉納多斯帝國獲得攻打梅提斯聖法神國的名義了。只要無法鎖定暗中活躍的人物，他們就無法隨便發動戰爭。」

國內情勢愈糟，他們就會愈想讓國民們的眼光轉向周遭諸國。

就算只是暫時性的也好，要是能讓國內批判的聲音轉往其他方向，就可以爭取時間來重振國家，然而梅提斯聖法神國處在連要做到這件事都有困難的狀況下。

若不是格外愚蠢的執政者，想必不會做出那樣的賭博性行為，不過現實中沒有所謂的絕對。

這不是一個絕無可能的選項。

「所以說砲擊地點離這裡不遠嗎？亞特小弟你不幫忙帶路，我會很頭痛的。」

「等一下，我用使魔確認……喔，確認到半履帶車的位置了。從這裡開始往右偏一點。對，就維持這個角度直直往前進。」

「了解。喔……是那座山丘嗎？」

「沒有聖騎士在那附近巡邏就好了。」

「這點就只能碰運氣啦。那麼我們來做今晚的攻擊準備吧。」

半履帶車開始朝著位於偏離道路處的丘陵前進。

砲擊的準備正在悄悄地進行中。

# 第七話　大叔讓砲聲響徹天際

用土木魔法「蓋亞操控」挖開傾斜的丘陵，做出可以放的下一輛半履帶車的窪地後，傑羅斯讓車體側面朝著安佛拉關隘，把車停了下來。

亞特拿出可以利用光的折射讓人看不見車體的魔導具張設結界，再把茂密的雜草種在附近，做好偽裝後，開始確認搭載在貨架上的八十八公釐高射砲要怎麼操作。

「傑羅斯先生……要怎麼改變砲管發射的角度啊？」

「砲管下的抽屜裡裝了遙控器，你就用那個控制方向跟發射角度吧。順帶一提裝填砲彈要手動裝填。」

「總覺得這個……我好像在戰車的模型裡看過耶？雖然用起來很方便啦……」

「你也組過啊？我第一次組的是四號戰車。哎呀～真懷念呢。」

「車身有點傾斜呢。為了可以確實擊中，啟動固定的腳架好了。畢竟太陽也快下山了，得加快腳步才行。」

「要施加偽裝很吃時間啊……我稍微探查一下周遭。」

傑羅斯在運用探查魔法探索周遭的氣息時，亞特用遙控器叫出固定腳架，調整半履帶車的水平，同時讓八十八公釐高射砲的砲管對準安佛拉關隘。

雖然砲擊有可能會破壞結界，不過他們認為晚上砲管被敵人發現的可能性不高，稍微喘了口氣。

「角度調整成這樣就行了嗎？要是有瞄準器就輕鬆多了。」

「望遠鏡的話是有啦，有總比沒有好，你要用看看嗎？」

「是說變成夜間砲擊了呢。就算擊中了，附近那麼暗，也看不出城牆的狀況吧？」

「這方面我是打算利用使魔來修正彈著點。可以的話我想在今晚內打掉城牆啊。」

「只要能開個大洞就夠了吧。」

這場戰爭再怎麼樣都是獸人族的戰爭。

雖說幫太多忙感覺也會引發問題，不過主要的問題還是出在傑羅斯身上。

他常會隨著當下的心情改變原本的預定，他們因此遇上一些慘事也不是一次兩次的事了。不知道他在想什麼這點，讓亞特心中留有一絲擔憂。

「你要不要喝杯咖啡？」

「有砂糖嗎？我沒辦法喝黑咖啡。」

「既然這樣也加點牛奶吧？順便吃點什麼好了……」

「畢竟搞不好得花上很長的時間才能搞定，先吃點東西比較好吧。」

考慮到可能發生的狀況，兩人開始做出能夠對應各種情況的行動。

夜逐漸加深，兩人在星空下閒聊，打發時間。

三個小時之後——

「所以說，我覺得跟蘿莉妹子兩個人單獨去住溫泉旅館，這顯然很奇怪啊。而且在那之前，跟國高中生外宿，為人師表的人，做這種事情真的好嗎？我覺得根本該立刻把主角逮捕歸案啊。」

「不是，那畢竟是遊戲吧？這樣劇情會進展不下去啊。有年齡差距的主角和女主角，事到如今根本多不勝數吧。而且這不也是現實中常見的事嗎。」

「現實中確實也有雙方年齡差距很大的戀情，這點我認同。可是我站在主角的角度來看，只覺得他不是道德觀念淪喪，就是原本就沒什麼道德觀念。但這樣一來，就會導出主角的人格從一開始就有缺陷的結論啊……」

「這世上還是有些無法靠理性解決的事情吧？人畢竟是靠感情驅動的生物，彼此喜歡的兩個人，在只有兩人獨處的情境下，也是有感情會勝過理性的時候吧。」

——兩人在討論遊戲與現實中的戀愛問題。

然而話題一路發展下去，變成在針對會牴觸道德觀念的情境講起大道理了。

「可是你覺得這是就算外表是小蘿莉，只要把年齡設定在十八歲以上，就能被容許的問題嗎？我只覺得這是想硬闖過關，或是事後才加上去的藉口啊。這不是用一句娃娃臉就能帶過的問題喔？一般來說這就是犯罪行為啊。」

「那是角色設計的問題吧？現實中也有身高不高的成年人，這絕對不是不可能發生的事。傑羅斯先生覺得有問題的地方不只有道德觀念吧。」

「我覺得那是最重要的就是了。成人色情遊戲的作品風格不是原本就欠缺道德觀念，就是後來逐漸道德淪喪，所以這方面我們先不提，可是手機遊戲的角色不能這樣吧。出成同人誌的時候世界觀很容易遭到破壞啊。」

「關於色情方面，雖然有分成正常或病態的作品，但就算是這樣，也不能說那些就不現實。畢竟現實中也有人渣，也不能說那一定就是錯的吧。」

「遊戲與現實中的共通點，只有世上都有男性跟女性存在而已。就算因為被壁咚而感到心跳不已的場景，照一般的理論來看，也有可能是吊橋效應。一時性的恐懼反而被當事人誤以為是好感了吧？」

「是沒錯，如果有個高大美型帥哥突然逼近自己，依照正常人的感性，比起感到心動，應該會先被他的魄力給嚇到吧。是說你是想說什麼？是要說少女遊戲的女主角都處在類似患上了一時性輕度斯德哥爾摩症候群的狀況下嗎？」

「這也不是不可能。尤其是少女遊戲的可攻略角色，有滿多都是不管在家庭還是個性上都很麻煩的角色啊。在普通家庭中長大的女主角卻會和這些人產生共鳴，感覺很不妙耶？也太容易迷上新興宗教或罪犯了吧。」

「那些會迷上這種女主角的傢伙，感覺也很糟糕吧？」

兩人一再偏離原有的話題，話題的內容也逐漸變得奇怪了起來。

真要說起來，把虛構的世界代換成現實這件事本身就沒有意義，不過閒著沒事做的他們為了打發時間，便刻意去追究，然後討論得非常投入。

「雖然也要看遊戲的角色設定啦。只是會想要以後宮結局為目標的人，可能不分男女都很糟糕吧。」

「如果是男人，那不是野心家就是沒節操。如果是女人，不是魔女就是魅魔吧。而且根本沒辦法用『一切都平安落幕』來收尾吧。如果是設定在中世紀水平的文明，那男人因為處在父權社會，所以還可以理解，但在現代就是個下半身沒節操的變態。」

「不，就算是中世紀文明，女性要是能被好幾個男人圍繞著，也是相當厲害的女豪了。我覺得那已經是才智過人，可以在檯面下操控國家的程度了吧。」

「那根本就是妲己等級了吧？要是換成現代的話，那樣都足以當上總統或是總理大臣了喔。我是覺得啊………………是說傑羅斯先生，差不多是時候了吧？」

「你是指什麼事？我還想說………………啊！砲擊的時間啊！我完全忘了。」

本來聊得很投入的亞特回過神來，而被亞特這麼一說，傑羅斯也想起了自己之所以會待在這裡的原因。

大叔差點就要忘記自己原本的目的了。

「不過就算我們在這麼近的地方架起了砲擊據點，對方好像也完全沒發現啊。一般來說不是會拿望遠鏡之類的東西戒備周遭的狀況嗎？」

「這表示他們就是這麼瞧不起獸人族，或是根本不把獸人族當成敵手看待吧。不管怎樣，我想他們怠忽職守是不爭的事實啦。」

「或是望遠鏡的性能沒那麼好？」

「啊～……也是有這種可能。我想在製作技術這方面，索利斯提亞魔法王國應該比他們厲害，製作鏡片得靠工匠動手。畢竟這種類型的工作都由以矮人為主的工匠協會一手包下了，他們不可能會協助迫害亞人種的梅提斯聖法神國吧。照這樣看來，他們的望遠鏡品質或許是真的很差。」

正因為索利斯提亞魔法王國是魔導士構築的國家，總是不遺餘力地在開發及研究各種技術。

相較之下，魔導士和亞人種是梅提斯聖法神國迫害的對象，所以在提昇技術這方面也只能委由人類執行，可是民眾大多也都看不起這些工匠。

技術的發展來自於研究及其失敗累積下來的經驗，然而這些事情被歸類在鍊金術的領域，在梅提斯聖法神國是被禁止的行為。

然而火藥的製作方法也是源自物理理論，要讓國家承認這點也經過了一番曲折。

因為化學領域看起來像是魔法，所以神官們遲遲不願接受，在某些情況下甚至會做出懲罰研究家的暴行。

正因為是由神官來進行這些審查，更是拖慢了發展的腳步。

「舉例來說，假設某人開發了發電用的馬達，利用風力來發電。可是他們不懂電力從何而來，所以會把這定義為魔法，將開發者抓去處刑。因為無知所以不懂未知的技術和魔法之間的差異，容易陷入不經大腦就決定要懲罰所有可疑事物的思考模式。」

「……那些傢伙有在召喚勇者對吧？一般來說應該會知道那些是透過技術做出來的東西啊。」

「關於這個啊，因為他們好像覺得雷電是自然發生的魔法現象，把引擎視為一種魔導具啊。也就是說那些都是他們取締的對象。」

「他們也太蠢了吧？」

梅提斯聖法神國不承認神聖魔法以外的魔法。

他們不容許否定自身信仰教義的事物存在，反覆進行政治宣傳，結果導致國民的知識水平低落，直至今日。

就算國民普遍的識字率高，若是刻意流出充滿謊言的消息，民眾也只會照單全收，沒有辦法辨別這個消息的正確與否。

雖說人民愈愚笨就愈好掌控，但反過來說，這也使得梅提斯聖法神國成了容易受感情所左右的國家，神官們要是施政有誤，國民的不滿就會爆發，化為暴徒。

可是國家一開始就預料到這種事了，他們認為暴徒化反而是讓國民發洩的一種活動。

所以國家在讓那些化為暴徒的民眾鬧了一陣子之後，便會以他們犯下了違背教義的行為為由，強制逮捕並處理掉他們。使得治安不會因此下滑。

「跟周遭的國家相比，這國家的國民文化水平也太低落了吧。他們完全沒有打算要提昇一下嗎？」

「他們怎麼可能會有那種打算。國民的生活過得愈好，就會出現愈多的知識分子啊。要是被那種國民推翻，他們豈不就不能繼續撈油水了。」

「還真是過分啊。」

「因為對於執政者來說，人民愈無知愈好統治吶。只要會簡單的算術跟讀寫就夠了。要是能大致看懂羅列的困難專門術語，就算是相當優秀了。在鄉下地方，完全看不懂的民眾可是壓倒性的占了多數。也因為這樣，他們容易做出情緒性的突發行動，不過民眾要是不聽話，也只要用武力逼他們就範就行了。還真的只有中世紀水平呢。」

「那建築方面呢？不會專門設計或是複雜的計算不行吧？」

「這些專門職業都是菁英階級。不是代代都是貴族，就是僅限一代的法袍貴族吧？」

亞特到現在才第一次知道，他至今都以為是大國的梅提斯聖法神國，其實是個比開發中國家還落後的國家。伊薩拉斯王國的發展程度都還比較高。

「所以說是怎樣……能成為菁英的只有特權階級，或是類似的富裕階級嗎？喂喂喂，真的假的。在教育方面，伊薩拉斯王國都比他們進步耶。」

「就算努力也不會有回報。你現在也知道神官們為什麼都不想回國了吧？因為他們透過醫療行為賺來的錢幾乎全都要送回本國，上繳國庫。當然存不了錢。」

「是因為這樣神官才會過著苦哈哈的貧困生活喔？然後有什麼不滿都會被高層用信仰蒙混過去……那當然沒人會想回國啊。」

「可是他們也已經不能用這種手段了。既然魔導士可以利用回復魔法或魔法藥從事醫療行為，民眾就不會花大錢仰賴神聖魔法。生意做不成啦～」

「而且他們也得不到比較好的待遇了。會被趕回去吧。」

不想回國的神官們內心現在應該很焦急吧。

收取高額的治療費用，私吞一部分要送回本國的資金，拿這些錢過著奢侈生活的報應終於要來了。

不過這是他們自作自受，所以也沒什麼好說的。

傑羅斯雖然嘴上滔滔不絕地說著，仍從道具欄裡取出望遠鏡，確認安佛拉關隘的狀況。

不過他也只看得到接近篝火的士兵，沒辦法確實掌握位在暗處的人影。大叔對於自己太小看夜間戰鬥這件事，自嘲地咂了咂嘴。

「……還是有守衛呢。雖然看起來很懶散。」

「用肉眼也能看到火把的光。差不多要開始準備了嗎？」

「是啊～趕快打爛那面牆吧。」

兩人爬上半履帶車的貨架後，坐上設置在八十八公釐高射砲左右的椅子，以肉眼對準目標。因為他們打算要先來一發觀測射擊，所以總之先把射擊角度調到大約三十度的位置，再讓砲管對準安佛拉關隘的城牆，慢慢微調角度。

「砲彈呢？」

「用一般的喔。因為第一發是觀測射擊。亞特你用使魔從上空確認一下。」

「好。」

亞特再度使用魔法符派出使魔，開始從上空觀測。

傑羅斯從閉鎖機的後方放入砲彈，關上鎖栓後注入自己的魔力。

「呃，要用我們自己的魔力嗎！」

「只有魔力得靠自己啊。因為是設計成透過刻劃在鎖栓內側的術式來引爆的形式，不用消耗太多魔力算是不幸中的大幸啦。魔力會藉由戴在手腕上的手環，經由這條導線傳進去。」

「……唉，算了。射擊角度就用這個角度嗎？」

「嗯……這樣大概十五度吧？彈道曲線會有多彎呢……總之先瞄準因為中央的篝火所以特別亮的那個位置吧。光用肉眼看，整個城牆都籠罩在陰影底下，看不清楚。」

「用使魔觀測彈著點啊……所以可以發射了嗎？」

「請。」

「好喔。」

——嘶咚————————！

砲管伴隨著巨響擊出砲彈。

有如流星般劃過天空的砲彈擊中了城牆，雖然彈著點似乎在外牆偏下方的地方，不過他們不清楚正確的位置。

「命中～～！」

「我確認一下。」

他拿起望遠鏡確認安佛拉關隘的狀況。

聖騎士不知道發生了什麼事而驚慌失措的身影，以及在城牆上轟出的巨大凹洞，訴說著八十八公釐高射砲的強大威力。

「已確認彈著點位在右城牆面下方。射擊角度再往上調一點比較好，彈著點不僅比目標位置更低，砲彈還往右偏了。果然沒打穿城牆啊……」

「畢竟那城牆感覺很厚實啊，要破壞外牆跟內牆，得再射多少發才行啊。」

「接下來要用用看魔封彈嗎？」

「要封入什麼魔法好呢～？如果用中距離範圍魔法，就算可以削去一些，還是不足以破壞城牆吧。用『重力引爆』應該差不多吧？」

「突然就用重力系範圍魔法？不是，這時候用『爆破』就好了吧？」

「如果用爆破，我會有點擔心威力啊。要確實破壞城牆，應該要選威力有一定強度的魔法吧。」

亞特本來想說些什麼，但想想還是算了。

大叔喜孜孜地把危險的魔法封進特殊砲彈裡，再將砲彈填入大砲中。

「第二發，發射！」

——嘶咚————————————！

「放煙火嘍～！」

第二發砲彈擊中外牆後，他們用望遠鏡確認到封入其中的魔法釋放出來，粉碎了城牆，開出了一個大洞。因為打穿了外牆，總算可以直接看到內牆了。

上方的城牆還殘留在原處，沒有崩塌簡直是奇蹟。

「打穿了一個洞呢……」

「是打穿了呢～」

「城牆完全沒有垮耶？外牆好像比我們推測的還要厚。」

「魔封彈的數量也不多，是不是該用更強一點的魔法呢……」

「我有種不好的預感……」

他們再度填入魔封彈，把砲管稍稍往左移了點。

然後射出了第三發。

砲彈擊中城門右側後，城牆的建材像是被什麼拖進了砲彈開出的大洞裡，全被吸了進去，最後因為重力球的重力塌縮引發了劇烈的爆炸。

那是傑羅斯精心打造的魔法，「暴食之深淵」。

「…………真慘。人被衝擊波直接炸飛消失了喔。外牆徹底崩塌……這該說是崩塌嗎？我看起來只覺得像是被黑洞給吞沒了耶……」

「對內牆造成了多少損傷？」

「等一下……外牆連同城門，從中央處開始完全消失了，內牆……雖然變得破破爛爛的，但還沒垮。內牆的城門連同門扉都還在。這是在開玩笑吧，吃了那一記為什麼還沒垮啊！」

「看來他們用了非常好的建材，堅固到讓我想問問他們到底是用了什麼吶。」

「那是暴食之深淵吧。威力是不是下滑了啊？你是有手下留情嗎？」

「我可是超手下留情的。可是……總覺得威力比我預期得還要小啊，是為什麼呢？」

暴食之深淵的威力之所以下滑，是刻劃在城牆的祕銀上的強化魔法及屏障魔法術式的效果所造成的。

魔封彈內的魔法被釋放出來並發動的瞬間，祕銀上的術式對散發出的魔力起了反應，瞬間提昇了魔法屏障及強化魔法的強度。

儘管如此，城牆還是無法完全擋下從內側炸裂開來的暴食之深淵的威力，安佛拉關隘的第一道城牆，也就是外牆崩塌了。不過強度上升的屏障魔法和強化魔法還是減輕了暴食之深淵的威力，所以作為第二道城牆的內牆成功地擋下了對內側的傷害。

儘管如此，內牆的損傷程度仍非比尋常。

雖然不清楚這第二道城牆是什麼時代建造的，不過要是有龐大的魔力，這城牆或許擁有最強的防禦力。

「攻擊內牆吧。」

「直接用爆破就好了吧？吃了剛剛暴食之深淵那一擊，城牆已經搖搖欲墜了喔。」

「畢竟也不能搶走獸人族的獵物吶。等用完特殊砲彈後，就用一般砲彈老老實實的攻擊吧。」

一發又一發的砲擊。

雖然已經大幅偏離了原本「用極少的次數完成目的」的預定，不過對傑羅斯他們來說這也是稀鬆平常的事。

在外牆崩塌後，他們便盡情地攻擊失去了遮蔽物的內牆。

沒發動術式強化的內牆十分脆弱，或許是暴食之深淵的衝擊讓內牆變得比傑羅斯他們所想的更為脆弱了吧，在爆破魔法的爆發力下，在短短的時間內就落入了與外牆相同的下場。

散亂的瓦礫成了榮華衰敗的象徵，只留下了悲傷的痕跡。

◇◇◇◇◇◇

人只要活著，就會遇到好幾次無法挽回的事態。

也正因為如此，這座安佛拉關隘的聖騎士們將迎接最慘烈的命運。

明知道獸人族會攻來，他們卻沒什麼防備，以嘲笑棄守卡馬爾要塞的葛魯多亞將軍來當作下酒的話題，疏於原本不應懈怠的警備工作。

怠忽職守——駐守在這座關隘的聖騎士們，已經徹底腐化到連這句話都不足以形容的程度了。

風紀之所以會如此敗壞，原因出在統管安佛拉關隘的庫祖伊伯爵身上。

他以「為了被派遣到邊境的騎士們著想，有必要多加體恤他們，盡量減少他們精神上的負擔」為由，帶頭充實設施內的賭場或妓院等設施的數量。但是就算騎士們因此變得缺乏緊張感，導致所有騎士的士氣低落且失去戰意，伯爵也沒有導正他們墮落的風氣。

照庫祖伊伯爵的說法是「要他們每天都繃緊神經，反而會導致士氣下滑，稍微放縱一點也無所謂吧」。

就某方面來講，他這樣說也沒錯。

可是凡事都是有限度的。

他們沒在最前線戰鬥過，最初被分配到的安佛拉關隘裡又有豐富的娛樂設施，還可以盡情享受女人和美酒。

不用說，這些原本跨越了嚴苛訓練的騎士們，技術和決心都沉入了名為墮落的甜美泥沼最深處，已經不是能夠作戰的狀態了。

身為最高負責人的庫祖伊伯爵自己也是從大白天就在花天酒地，這頹廢的風氣瞬間就傳了開來，已經擴展到了無法摘除病灶的程度。

再加上他們都徹底的瞧不起獸人族。

也不管他們根本沒有過像樣的戰鬥經驗，騎士們跟死在卡馬爾要塞的奴隸商人和傭兵一樣，只有「獸人很弱」這個毫無根據的觀念，在場沒人知道獸人們的可怕之處。

唉，雖然不管他們心裡怎麼想，即將到來的未來都不會改變就是了……

「…………嗯？」

「怎麼了？」

「不是，總覺得平原那邊好像有道光閃了一下……而且遠方響起了某個我從未聽過的聲音。」

「你已經喝醉啦？」

或許是攝取太多酒精了吧，他們漏聽了平常根本不可能會漏聽的聲音。

隨著慢了一拍才產生的劇烈搖晃，傳出了「轟隆！」的巨響。

騎士們被這過去從未聽過的聲音嚇到了。

「這、這什麼聲音！」

「喂，發生什麼事了！剛剛那聲音是什麼！」

「不清楚。好像是有什麼擊中了城牆……」

「報告的內容要清楚正確！還不趕快去確認！」

衛兵和騎士們突然急急忙忙的開始行動。

在此同時，平原的另一端再度閃現光芒，這次他們則是親眼目睹了作為外牆的第一道城牆隨著「轟隆隆隆隆隆隆隆隆隆隆隆隆！」的爆炸聲被炸飛開來的瞬間。

左側的城牆上開出了一個令人難以置信的大洞。

瓦礫散落在內側，顯示城牆是被來自外側且具有強大破壞力的力量給炸碎的，然而腦袋一片混亂的他們還無法消化這個事實。

「剛、剛剛那個……是怎樣……」

「爆炸？該不會……是敵襲！敵襲！」

封有重力引爆的砲彈陷入城牆，從內側爆發開來的威力沿著老朽產生的龜裂擴散，硬是撐開這些裂痕，一口氣縮短了城牆的壽命。

堅固的城牆擋下破壞力道造成的反作用力導致威力倍增，使城牆上開出了一個巨大的空洞。

城牆上半部因為嵌在城牆裡的強化術式發揮了作用，所以沒有崩塌，但是作為一道用來防衛的城牆，幾乎已經失去了存在的意義。

不熟悉魔法的聖騎士和衛兵們只關注城牆上開了一個大洞的事，沒人理解到這件事所代表的意義。

「是、是魔法攻擊嗎！」

「怎麼會……這城牆可是以硬度最高的布拉瑪夫石製成的。這種事……」

「施術者……施術者在哪裡！快把人找出來！」

布拉瑪夫石是粉末細緻，硬度勝過混凝土的天然石材，然而產地有限，是非常稀少的高貴石材。

由於安佛拉關隘的城牆全是用這種石材建成的，碰上這石材的硬度，就算是魔法也無法傷其分毫。

所以這裡才會以不敗的關隘聞名，讓他們面對獸人族時能夠保有優勢。

不只刻劃在城牆上的祕銀魔法術式，堅不可摧硬度的城牆本身也是這裡成了無敵關隘的原因。然而這個無敵的神話就在剛剛被破除了。

在一片混亂中，第三發砲擊毫不留情地降臨。

「這是怎樣……這到底是什麼啊！」

「城門被……」

「被黑暗給……吞沒了……」

「這什麼……這種魔法，我聽都沒聽過！」

發動了暴食之深淵。

超重力球將城牆的建材分解為粒子並吞入其中，就連周圍的光線都隨之扭曲，黑暗逐漸擴大，將附近一帶染成漆黑的世界。

而擋下這片黑暗的，就是對暴食之深淵產生反應的屏障魔法和強化魔法。

黑暗與光之屏障相互衝擊。

這光景在人們的眼中看起來簡直神聖得像是神話重現。

「『神光屏障』……是誰！不，不可能有人能擋下這種程度的魔法……」

「難道是四神為了拯救我們……」

「啊啊……神啊…………」

人們在碰上超出自己理解範圍的現象時，便會從中看到神的身影。

就算是紀律敗壞至極的騎士和防衛隊的衛兵，仍因關乎生死的危險狀況恐懼不已，對防止其發生的魔法屏障甚至產生了敬畏。

要是屏障就這樣擋下了暴食之深淵，他們想必會成為虔誠的信徒吧。

然而現實沒有這麼天真，重力塌縮產生的衝擊波連同屏障一併吞噬了他們，殘酷地將外側的城牆連同城門炸得灰飛煙滅。

方才在真正的意義上對信仰覺醒，淚流滿面的人們瞬間化為芥塵，餘波襲向內側的第二道城牆，撼動了整座安佛拉關隘，強猛的破壞威力靠爆破氣流炸飛了原先設置於外牆第一道城門的鐵製門扉後，又以驚人的衝勁直擊第二道城門的門扉，將其破壞。

即便如此衝擊波仍未停歇，爆破氣流沿著溪谷加速，徹底蹂躪了溪谷內的建築物。

許多物品及人，甚至連馬匹都被這股氣流無情的帶走，建築物也成了瓦礫堆。

就在這個時候，從外頭吹進來的爆破氣流，將正在自己的房間裡和妓女睡在豪華大床上的庫祖伊伯爵連人帶床一起吹翻，讓他因為撞上牆壁的痛楚而醒了過來。

「唔……怎、怎麼了！發生了什麼事！」

全身赤裸起身的他所看到的，是一片狼藉，變得有如廢墟的寢室。

床上躺著他非常中意，特別花大錢叫來這裡的高級妓女屍體。那往奇怪的方向折斷的脖子簡直令人不忍卒睹。

「是怎樣……這狀況到底是怎麼回事！」

他在這完全搞不懂的狀況下拚命地叫人過來，卻沒人來到他身邊。

傳入耳中的全是哀號或是陷入恐慌的人們的驚叫聲，看來是陷入了無法收拾的狀況。

「沒辦法……我只能親自去確認了。」

他穿上睡前隨意脫在一旁的衣服，急忙走到政務官邸外頭，想趕緊確認外面的狀況。

眼前是一片令他懷疑自己是不是看錯了的景象。

沿著斷崖建造的建築物窗戶玻璃全都破了，老舊的建築物全都崩塌成了瓦礫，衛兵們正在營救受困於倒塌的建築物下的民眾。

簡直像是碰上了發生在局部地區的天災。

「這……到底是什麼狀況。來人說明一下！庫爾加爾托、庫爾加爾托不在嗎！」

就算呼喚他認為是忠實部下的庫爾加爾托，庫爾加爾托仍未現身。

在這時候，一位負責蒐集情報的衛兵注意到了庫祖伊伯爵。

「庫祖伊伯爵大人，您平安無事啊。」

「我問你，這到底是怎麼回事？究竟是發生了什麼事，這裡才會變成這樣……」

「在下不是很確定，但恐怕是遭受了魔法攻擊。」

「你說……魔法攻擊？」

聽了衛兵的報告，庫祖伊伯爵驚愕地說道。

他基本上也是四神教的信徒，所以擁有許多關於魔導士這種敵人——尤其是索利斯提亞魔法王國的詳細知識。於是一聽到可以造成強大破壞的魔法，他第一時間便想起了據說是四大公爵家代代流傳的祕寶魔法。不過同時也認為那不是能對安佛拉關隘造成毀滅性損害的魔法，立刻否定了自己的想法。

當然這點會依據施術者的使用方式而改變，但至少就他們的推測來看，四大公爵家的祕寶魔法是僅注重威力，大約中規模的範圍魔法。

梅提斯聖法神國是認為這些魔法雖然具有威脅性，但不足以成為左右戰局的決定性要素。

可是現在破壞了安佛拉關隘的城牆，可能是魔法的這股力量，跟他所知的魔法威力截然不同。簡直等同於天災。

普通的魔導士不可能辦得到這種事，唯一有可能辦到的，是庫祖伊伯爵自己從記憶中消去的存在——打倒了勇者岩田，據說是轉生者的魔導士。

「那現在的受損程度如何？這波攻擊對安佛拉關隘造成了多大的損傷？」

「這個……在外側的第一道城牆徹底毀損，在內側的第二道城牆雖然保住了原形，可是門扉已遭到破壞。等於已經失去城牆的功用了……」

「不、不行……門扉遭到破壞，等於是允許敵人長驅直入啊！立刻在內門前架起防衛柵欄！為求保險起見，也要設置路障，防止敵人入侵！不管怎樣都要在內門把敵人攔下來！」

「可是瓦礫下還有需要救助的民眾……」

「那種事情晚點再說！比起傷患，先做好防衛！這是命令！」

「遵、遵命……」

原先負責營救工作的眾多士兵停下了手上的工作，蒐集起散落在周遭的瓦礫或貨運馬車殘骸，開始在遭到破壞的城門前架起路障。

庫祖伊伯爵雖然無能，卻是個為求保身不惜一切的人。

「該說第二道城牆沒事是不幸中的大幸嗎……」

第二道城牆──防衛內牆雖然嚴重受損，不過還勉強保有防衛效果。

然而內門門扉遭到破壞是相當慘痛的損失。

只能說幸好安佛拉關隘的入口只有北邊和南邊兩處，只要在沒了門扉的城門前築起防衛陣地，就可以防止敵軍入侵，也可以從逃過一劫的城牆上使用火繩槍攻擊，便可以輕易的應付敵軍。

「現在得想辦法爭取時間加強防守，等待援軍吧。在那之前得先向本國求援才行……」

基於防衛安佛拉關隘負責人的立場，他不能拋下這裡。

再加上他無視了葛魯多亞將軍的忠告，根本沒有不和敵軍交戰就逃離這裡的選項。真要說起來，要是他什麼都沒做就回到本國，那肯定會成為高層處罰的對象。

他已經沒有立場笑葛魯多亞將軍了。

就在庫祖伊伯爵的眼前，第二道城門發出響聲崩塌了。

「糟糕……這下糟透了啊。」

一向以自保為優先的庫祖伊伯爵，有生以來第一次受到心臟彷彿快被壓扁的不安感折磨。

吹過的夜風令只想著保身的愚蠢負責人心中感到無比的寒冷。

# 第八話　安佛拉關隘的災難

庫爾加爾托正在從城牆上確認安佛拉關隘的狀況。

他的面色蒼白，無從判斷他握緊的拳頭究竟是因為憤怒，還是因為恐懼而顫抖。

「怎、怎麼可能……發生這種蠢事……」

第一道城牆的中央部分完全消失，剩下那些被截成左右兩段的部分也因爆破氣流而崩塌，內側的第二道城牆也逃不過這非比尋常的破壞力，模樣悽慘無比，不管何時崩塌都不奇怪。

「……難、難道這……這是轉生者幹的好事嗎！這跟我們所知的魔導士差太多了。要是憑個人之力就能做到這種事，那根本不是人類應有的力量，而是怪物了……」

現況慘不忍睹。

葛魯多亞將軍格外防範轉生者，關於這點庫爾加爾托也收到了他的忠告。

追根究柢，對方會棄守卡馬爾要塞主要也是受到了加入獸人族陣營的轉生者影響，只是他不承認這世界上有比梅提斯聖法神國召喚來的勇者更強的存在，不重視這件事的結果，就是這片慘狀。

就因為這是基於判斷失誤而疏於防範所造就的結果，他免不了要受罰。

「嘖……這下我也沒有退路了。這種狀況……誰能料想得到啊！」

庫爾加爾托在真正的意義上，終於理解到四神就算要下達神諭，也要叮嚀他們戒備的轉生者有多恐怖了。看到這座安佛拉關隘的慘狀，不管是誰都會視他們為危險分子吧。

負責防衛第一道城門的士兵們全數陣亡，他是透過內側第二道城牆倖存下來的衛兵們的證詞，才釐清了事情的詳細經過。

照衛兵們的說法，是深不見底的黑暗包覆住外門及第一道城牆，接著引發不合理的強力爆炸，徹底摧毀了第一道城牆。

『是我太小看他們了嗎…………勇者的實力跟他們確實沒得比。這也是勇者岩田之所以落敗的原因嗎！』

庫爾加爾托壓抑著由憤恨引起的煩躁感，再次體認到轉生者是四神的敵人。

不過就算有了這層體認，他也不認為自己能贏。

『明明在築起四神啟示的樂園之前，我們是不許落敗的啊……』

庫爾加爾托盲目地信奉著四神教的教義。

麻煩的是除了教義上所寫的東西之外，他甚至連人命都視如芥塵，認真覺得要不惜付出任何犧牲，直到築起四神教誨中的永恆樂土。

對他來說神才是絕對的。像他這種思想極端的人，聚集起來組成的地下組織就是血連同盟。

而血連同盟最優先考慮的事情，就是掌握這個國家的實權。

『這下豈不只是證明了葛魯多亞的主張嗎！別說要讓葛魯多亞接受降級處分了，反而是我會因為庫祖伊的連帶責任受罰。我得想點辦法才行……』

為了避免部下犧牲，葛魯多亞將軍放棄了卡馬爾要塞。

他本來是想利用這件事讓葛魯多亞失勢，趁機讓血連同盟的同志擔任軍務職，可是發生了這種肯定葛魯多亞意見的事態，葛魯多亞反而很有可能會受到眾人的擁護。

這樣別說計畫泡湯了，輕忽狀況的自己也會有生命危險。

既然想要獲得權力，他就只剩下一個方法了。

『事已至此，只能把轉生者這些神敵和野獸們一併殲滅了。不管得使出什麼手段……』

無視葛魯多亞將軍的忠告，導致庫爾加爾托陷入了毫無退路的窘境。

投身於幾乎可說是有勇無謀的戰役，若未立下戰果甚至無法歸國。

唯有天上的繁星凝視著他燃起對四神的忠誠及野心，將一切賭在一縷希望上的身影。

◇◇◇◇◇◇

結束砲擊後傑羅斯並沒有立刻撤退，而是在觀察安佛拉關隘的狀況。

「……看來他們沒派人出來偵查。」

「是啊。那邊現在到底是什麼情況呢。」

「我確認一下。」

他們雖然利用望遠鏡確認外牆崩塌了，可是在大爆炸之後，整個安佛拉關隘就籠罩煙塵之中，就算透過望遠鏡，也只能隱約看到疑似內牆的黑影。

亞特立刻改用使魔來蒐集情報。

「說起這座安佛拉關隘的地形，原本是有河川流過吧？以溪谷來說這地形意外的單純，就是直直一條路耶……」

「應該是那樣吧？我想多半是自然界受到勇者召喚魔法陣的影響而失去魔力，導致自然環境出現了極大的改變吧？由於水源枯竭、草木枯萎，動植物急速減少，因此裸露出來的大地以及殘留下的溪谷接受日曬雨淋，不斷被侵蝕，最後才化為了現在的模樣……」

「那麼，那道城牆是……」

「外牆另當別論，從內牆的堅固程度來看，那很有可能是舊魔導文明期的水道橋。實際上怎樣我是不知道啦。比起那種事情，你可以幫我確認一下狀況嗎？」

大叔擅自做起毫無根據的建築物歷史考察，又擅自結束了這個話題，再度開口催促亞特蒐集情報跟確認狀況。

「各處都有建築物崩塌。這是爆破氣流流入造成的影響吧？」

「衛兵該不會也被爆破氣流波及，全被幹掉了吧……？」

「不，好像還留下了不少衛兵喔。」

他們差點就要引發最糟糕的狀況了。

要是用來讓獸人們報仇雪恨的活祭品——應該說敵人徹底剷除了，獸人們的怨氣很有可能會全都集中到傑羅斯他們身上。

可以說光是還有人倖存下來，獸人族的矛頭就不會指向他們了。

「沒考慮到地形效果帶來的額外物理性損害吶～差點就要出事了。」

「這時候該感謝他們的生命力嗎？老實說我不是很想這麼做就是了。」

「我也是啊。」

傑羅斯和亞特對獸人族也沒有歧視，真要問起他們的立場，他們還比較同情獸人族周遭的環境。

對在現代日本成長的他們來說，本來就很難接受奴隸買賣這種生意，遑論是梅提斯聖法神國那種露骨的無視人權，歧視獸人族的行為，簡直令人憤怒。

索利斯提亞魔法王國雖然也有在做奴隸買賣的生意，不過那基本上是為了幫有特殊狀況的家庭介紹工作，除了重罪奴隸之外的奴隸都擁有人權，所以儘管多少有些意見，他們還是可以將那視為行政作業的一環。

光是奴隸的這個名詞，兩國之間就有著明確的落差。

「不僅行政上容忍那種硬是逼人就範的作法，甚至還把這拿來當作發動侵略的名目，那個國家還是毀滅掉一次比較好。不管那些傢伙死了多少人，都是在償還他們過去欠下的債，所以這也是無可奈何的事。」

「我也有同感。畢竟聖騎士也是奴隸商人的幫凶。他們還是該受點教訓比較好。」

「雖然那份教訓附了兩倍以上的利息吶。」

「這更該說是他們自作自受吧。責任不在我們身上。」

「既然這樣，反正要辦的事情也辦完了，還有時間，我們回去和布羅斯小弟他們會合吧。」

「比起掉頭回去，在這裡等他們就好了吧？反正他們也是要到安佛拉關隘來，抵達這裡大概也只要半天的時間吧？」

「嗯……」

現在安佛拉關隘內正陷入一片混亂，沒有餘力派出偵查部隊。所以他們被發現的風險很低，也沒必要特地回到正在進軍的獸人族那裡去，就算待在現場，也能平安的和他們會合吧。

「的確……他們現在害怕的是獸人族來襲。既然這樣……他們接下來會採取的行動，應該是在營救民眾的同時，利用瓦礫築起路障吧？」

「要是他們嚇得撤退就省事了說……」

「換成是我一定會立刻選擇撤退，不過很難說呢～如果不是特別愚蠢或是沒有後路的人，應該不會有人選擇抗戰到底吧？」

「如果兩者皆是呢？」

「那就確定會被布羅斯小弟他們殺光光啦。阿彌陀佛～」

在這個接下來將會化為悽慘殺戮現場的地方，這兩人真的很悠哉。

對他們來說，除了身邊認識的人或是朋友，其他人會有怎樣的下場那都是無關緊要的事，就算等下會有大量的人死去，他們也不太在意。

既然支持四神，那些他們未曾謀面的聖騎士或衛兵們就算遭到獸人族虐殺，他們心中也只會湧現「真可憐，算他們運氣不好。」這種程度的感情。實際上也有眾多騎士死於「暴食之深淵」，但在他們心中，這只是以結果而言騎士們遭到了波及而已，不過是「我們從一開始就沒打算要殺那些騎士啊。這是意外啦，意外。」這樣的小事。

在決定要執行遠距離砲擊時也是，傑羅斯和亞特完全沒注意到他們非常不重視敵人的性命。也不排除他們可能受到了某種精神操控。

唉，畢竟梅提斯聖法神國靠召喚陣從異世界誘拐勇者來恣意利用，最後還暗中把勇者們給處理掉，所以他們兩個對這國家的印象肯定是糟透了。

而且世界還因此陷入了即將毀滅的危機，所以在他們的認知裡，這國家是需要徹底根除的害蟲。

「……是說亞特。」

「什麼事？」

「是我的錯覺嗎？總覺得東北方向傳來一股劍拔弩張的氣息……」

「……該不會是布羅斯他們正在接近這裡吧？」

「不不不，他們不會這麼早到吧。而且腳程也太快了吧，在開戰前浪費體力是想幹嘛啊。」

「可是對象是那群獸人耶？要是他們知道我們正在破壞城牆……」

「啊～……他們反而會猛烈的燃起幹勁跟殺意嗎？想來必定有這種發展呢……我們似乎又太小看他們了。」

滿腦子肌肉，完全用肌肉在思考。

在思考之前身體就先動起來，順著當下的情緒及衝動奔向天涯海角，靠蠻力解決所有問題的種族。用比較老派的說法來形容他們，就是「事後才會思考的一群人」。

他們雖然會順著感情行動，但事後會反省，絕對不是一群愚蠢之徒。然而在有好好反省的情況下，他們發揮創意所想出的辦法到最後還是會偏向用體力來解決問題。他們就是這樣的種族。

兩人以魔力波動的形式，感覺到了他們正在平原上狂奔，逐漸接近這裡的氣息。

「基於保險起見，我去確認一下好了。拜託亞特你繼續監視安佛拉關隘的動靜。」

「了解～」

傑羅斯取出魔法符，朝著天空放出使魔。

他推測獸人族成群移動過來的方向，從上空觀察後，馬上就看到了他們的身影。

他們現在正以驚人的氣勢往前猛衝。

「…………看到了。真的來了耶……要我形容的話，就像是經過第四彎道後一口氣加速，打算超越前方馬匹的賽馬一樣的猛烈進擊喔。負責拖馬車的馬和驢子也被他們影響了吧？正用強到讓人傻眼的腳力往這邊過來。」

「賽馬……是有很像的種族啦。我記得好像叫瑪族喔？」

「那些傢伙比什麼馬娘好戰多了吧。事實上，你說的那個很像的種族，現在就在最前面領頭狂奔喔。而且眼神很不對勁。」

「真的假的啊……布羅斯那傢伙在幹嘛啊。」

「這我也確認一下。我看看……」

大叔用使魔尋找布羅斯的身影後，只見他正抱著頭，坐在貨運馬車上。

該說果然嗎，對於這種在戰鬥前就會耗盡體力的全力狂奔行為，可以看得出他沒能成功阻止獸人們，被他們得逞了。

「雖然說年輕人就是該吃點苦，不過照這樣下去，布羅斯小弟可能會禿頭啊～以常人的精神力是沒辦法駕馭他們的。」

「看來這沒輕鬆到只靠毛茸茸愛好者程度的愛就能撐過去呢……我們該幫他準備生髮水嗎？」

「……也是。唉，雖然我想布羅斯收到應該不會高興吧。」

布羅斯雖然有著頭目、老大、族長等各式各樣的頭銜，可是在做的事情就是平息及居中協調各部族間的不合，說起來就是個打雜的。

缺乏統合性的獸人族在面對梅提斯聖法神國這個共同敵人時，乍看之下像是決定要團結起來一同應對，根本上卻沒有任何改變。

他們只會展現力量，擊潰對手到體無完膚為止。對踐踏自身部族尊嚴的敵人燃起激烈的怒火。

布羅斯一個人根本不可能阻止因為這些激烈的情緒而失控的他們。

「雖然是無關緊要的事，可是獸人族的大家……眼神真的很不對勁耶。已經到了不能讓小孩子看的程度。」

「有這麼誇張？」

「他們一副打算就這樣突擊安佛拉關隘的氣勢。雙眼充血，怎麼看都不像還有理智的樣子。不，他們或許真的會突擊……」

「不不不，這不可能吧。照常理來說，這時候不是應該先設好陣地，休息之後再發動攻擊嗎！」

「我實在不覺得這常理能適用在他們身上啊。他們簡直像是嗑了什麼危～險的藥物，陷入了極度亢奮的狀態耶。」

「……那就算不是布羅斯，也會讓人忍不住想抱頭啊。」

順著怒氣失控的獸人族不會停下。

沒人能阻止他們。

而且他們也不知道要停下。

「……已經差不多可以用肉眼看見領頭的那群獸人了。」

「是那邊揚起的沙塵嗎？」

「跑得比較快的部族正在最前面全力狂奔。他們的體力似乎超出我的想像吶，完全看不出他們身上有疲累的樣子。」

「只是分泌了大量的腎上腺素，所以才感覺不到疲勞吧？」

「這就是所謂的跑者愉悅感嗎……」

獸人族的身體能力遠勝過人類。

而且這點雖然不太為人所知，但是他們的體力恢復能力也非比尋常。

住在索利斯提亞魔法王國的獸人們也經常因為出色的身體能力而受到矚目，但真正具有威脅性的反而是他們的耐力。

「他們的精力雖然很誇張，可是從疲勞狀態中恢復的速度也未免太快了。之前在玩『Sword and Sorcery』時，布羅斯好像一開始就先把技能點數都點在強化魔力上就是了。」

「為什麼？」

「為了幫自己使用回復魔法啊。因為他用的角色是獸人，所以身體能力（能力參數）就算放著不管也會長到一定程度。練到途中覺得不夠再用道具強化體能。」

「那拿到現實中來說，就是興奮劑嘛……」

「所以就算是不耐魔法攻擊的獸人角色，也能展現出簡直異常的強度啊。疲勞狀態也能靠自己立刻恢復，所以戰鬥拉得愈長就愈是有利。畢竟要是選魔導士開局，一開始會碰到的瓶頸就是體力吶。布羅斯也是拜此所賜，才能毫不留情的打倒那些PK魔導士。」

「因為魔導士馬上就會發生精力用盡的狀況嘛。而且魔法用光了，魔導士就跟稻草人沒兩樣，再加上『鬥獸化』的技能……不用特別強力的魔法根本沒戲唱啊。」

「而且在近身戰鬥上又壓倒性的強。是說我不知道這些獸人族是受了布羅斯的影響有在自主訓練，還是布羅斯鍛鍊他們的，但總覺得他們的持有魔力量偏高啊。」

「……哇喔。」

持有魔力量在使用魔法上是相當重要的因素，不過對處於疲勞狀態下的自然恢復速度也會造成不小的影響。而且魔力愈多，體力的恢復量跟速度也會等比例的上升。

就算一開始恢復不了太多，只要持續鍛鍊，效果就會逐漸增強，續戰力也會變得更好。而且持有魔力量也會多少跟著增加一些。

結果造就出了這些異常強韌的戰士。

「真要說起來，獸人們懂得怎麼運用魔力嗎？」

「這方面應該是靠毅力學會的吧？他們的種族技能『鬥獸化』基本上也算是一種操縱魔力的技能，不過他們好像是憑本能學會的啊。通常會用魔法的獸人都是比較接近人族的混血兒，但我總覺得他們應該是為了變強，所以靠體力硬是學會了魔法……畢竟他們就會蠻幹啊。」

「我完全找不到任何要素來否定你的說法……我彷彿可以看見他們靠著幹勁與毅力狂奔的模樣。」

「一想到他們如果學會了回復魔法或輔助型的附加魔法會怎樣，我就怕得不得了啊。不知道該不該說幸好，不過獸人族能靠卷軸學會的魔法有限。該說這是種族特性嗎？他們能學會魔法很少呢～」

「要是他們連魔法都能登峰造極，那根本就是怪物了吧。」

「雖然路菲伊爾族符合剛才所說的定義，不過他們雖有翅膀，卻不是獸人。而是和高階精靈一樣，是古代種族吶。」

不知為何，獸人族能記憶在潛意識領域的術式有限。

這個特性的成因至今依然成謎，要是沒有這個特性，他們就會成為擁有強韌的肉體及魔法力，極為強大的種族了吧。

也不會一直敗給梅提斯聖法神國了。

學者們共同的見解是獸人們單純不適合使用要靠術式發動的魔法。

「在我們閒聊的期間，已經可以看見跑在最前面的獸人了喔……呃，咦？」

「喂喂喂……他們沒有要停下來耶。該不會真的打算就這樣突擊吧？」

「不如說他們要是在那裡停下來，會被後面的人給踩扁吧。」

「那些傢伙有笨到這種程度嗎？」

跑在最前面的獸人們別說停下腳步了，他們甚至開始全力衝刺，又加快了速度。後面的獸人們也跟著加速，朝著安佛拉關隘衝去。

◇　◇　◇　◇　◇　◇　◇

凱摩．布羅斯在狂奔的貨運馬車上抱著頭。

事情之所以會變成這樣，都是從幾位獸人族側近得知傑羅斯他們前去破壞安佛拉關隘的城牆後，便大聲喊著「好！我們也現在就動身吧。只要沒了那礙事的城牆，就跟贏了沒兩樣啦！」這種話，那份幹勁也傳染給了周遭的人開始的。

對獸人族來說，高聳的城門和城牆是令他們憤恨的存在，一知道那玩意兒要消失了，他們的情緒一下子漲到最高點，沒接受到布羅斯的命令就擅自行動了起來。

『我有阻止他們……我有阻止過他們了……』

沒錯，布羅斯剛開始也有試著要他們冷靜下來。

說穿了，他們不可能追上半履帶車的速度，不管怎麼催馬車加速，也都得耗費半天以上的時間。

就算急著進軍最快也是半夜抵達，慢的話要隔天早上才會到吧。

而且那還是全力狂奔的情況。抵達安佛拉關隘他們肯定已經疲憊不堪了。

可是他們完全不聽布羅斯的勸告。

『我太天真了。光是這樣怎麼可能阻止得了大家……應該說，想說服他們這件事，從根本上來說就是錯的。』

至今為止不管發生什麼事，獸人們都會聽布羅斯的話。

但那只是因為獸人們沒有能夠突破連連落敗現況的方法，在發現他們可以靠布羅斯壓倒性的實力獲勝的時候，獸人們便產生了「咦？這樣下去我們就能輕鬆獲勝了嘛」的想法。

然而那只是布羅斯一個人的勝利，而不是獸人們親手奪下的勝利。

他們完全感覺不到自己獲勝了，靠著無人能及的強大力量單方面打倒敵人，這樣獲得的勝利根本毫無價值。

獸人們的心中逐漸累積起對於自己過於弱小的不滿，以及無法徹底燃燒的鬱悶情緒。

抱有這種想法的他們在卡馬爾要塞殲滅了敵人，感受到了勝利的喜悅。

結果就是——

『辦得到！我們辦得到！』

『我要讓那些綁架犯好看！』

『下一個就是安佛拉關隘了！臭蟲們，給我等著吧！』

——一次的大勝利讓他們過去受壓抑的鬥爭心徹底爆發了。

會變成這樣也是因為布羅斯一直獨自戰鬥，奪下了太多勝利。

布羅斯不合理的強大實力害他們喪失了自信，精神狀態低落到部族聯軍差點解散，不得已之下只好在襲擊卡馬爾要塞讓他們當主力進攻，結果卻解開了他們內心的枷鎖。

也就是「我們果然超強的嘛！」這種想法。

由於他們是容易從一個極端走向另一個極端的種族，讓他們從嚴重喪失自信的狀態下完美的反轉，一下子進入了連其他人的話都聽不進去，宛如怒濤般意氣昂揚的狀態。

簡直是集體失控。

『情況不妙、情況不妙、情況不妙啊……』

他的話傳不進他們的耳中。

可是他也不希望有伙伴因此犧牲。

這畢竟是戰爭，他應該要捨棄想要不犧牲任何人就獲得勝利這種天真的想法，可是就算腦中已經做好了覺悟，他的心仍不斷訴說著他不願看到接納了自己的獸人們死去。

當然，這裡頭也含有擔心戰力會減少的戰略意義。

「……我也該稍微做點什麼來挽救現況吧。」

隨著逐漸接近安佛拉關隘，布羅斯的思緒也變得冷靜起來。

他立刻放出使魔，透過共享視覺開始蒐集情報。

『第一道城門已經完全被破壞了。第二道城門雖然還在，但實際上已經半毀了吧？不過感覺還是可以拿弓從城牆上攻擊。應該要多加防範……因為第一道城門已經壞了，所以要入侵是不難，可是他們似乎在搭路障。要讓大家一起破壞這路障太花時間了，應該要第一個就把這些路障破壞掉……』

他開始構思起不浪費這股衝勁，直接攻下安佛拉關隘的計畫。

布羅斯自己就是計畫能否成功的關鍵，要是第一步慢了，就有可能會造成眾多犧牲，所以他必須迅速展開行動。

幸好布羅斯手邊就有能用的武器。

「老公，可以看見關隘了喔。」

「是啊。那麼我也要先去打頭陣了。」

「太狡猾了！老公你又打算拋下我們，一個人搶在前頭了嗎？」

「不是啦。就算這樣衝過去也會在門前被攔下來。我會先把礙事的東西處理掉，那些傢伙就交給大家去應付了。儘管大開殺戒吧。」

「那樣是可以，不過老公你太強了，所以很有可能會搶走所有獵物啊。希望你能多少留一點機會讓我們表現呢。」

「啊哈哈……我只是要除掉路障和弓兵啦。這次我也不會妨礙大家的。那我先走一步嘍。」

布羅斯從貨運馬車上下來後，以非比尋常的速度狂奔而去。

目送他的背影離去的老婆們，眼中宿有像是要前往獵場時一樣凶猛且危險的光芒。平常可說是過度犧牲奉獻地服務布羅斯的老婆們，畢竟還是獸人。

乍看之下有純樸型、大姊姊型、千金小姐型，這些形形色色，連傑羅斯他們都會忍不住想說「這是哪來的色情遊戲？」的眾多老婆們都露出了殘虐的笑意，可見獸人在戰場上變臉的程度有多可怕。反過來說，這也表示了他們心中就是蘊藏著如此強大的怒氣。

在戰場上順著感情行事是很危險的。

尤其是憤怒之類的感情會讓人失去冷靜，做出欠缺思慮的愚蠢行動。大量的獸人們什麼都沒想，只顧著衝向安佛拉關隘，就是鐵錚錚的證據。

『我可不能讓他們變成火繩槍的標靶！』

他是不知道梅提斯聖法神國的新武器火繩槍威力如何，但開發這種武器既然有可能是勇者或來自異世界的人，子彈的形狀就八成不是圓球狀。

為了提昇貫穿力，子彈不排除加工成了布羅斯熟知的形狀，除此之外還有可能做了在上面刻劃出螺旋狀的溝槽，藉此提昇威力的膛線加工。

雖然戰爭中根本沒有所謂的卑鄙，不過既然對方要用那種武器來對付我方，那我方自然也需要採取相應的手段。布羅斯馬上決定要在我方中槍前擊垮對手，排除危險了。

「呃？」

「老大？」

「等等，超快的！」

「咦？老大？等一下！呃，完全追不上啊！」

布羅斯從後方追過跑在前頭的獸人們，一路衝到了領先集團的前面。

他從道具欄中取出並用雙手拿著傑羅斯寄放在他這邊的米爾科姆轉輪連發式榴彈發射器，就這樣直直地朝著架在毀壞城門前的路障前進。

不出所料，周遭有許多手上拿著火繩槍的士兵們。

「我才不會讓你們得逞！」

射來的子彈掠過布羅斯身旁，但是他沒有停下來，高高跳起，在空中對著路障以及城牆上那些拿著火繩槍的士兵，一口氣射出了所有榴彈（裡頭封入了範圍魔法爆破的魔封彈）。

榴彈引發了連續大爆炸，路障、城牆和狙擊手全被炸飛了。

面對這壓倒性的壓制能力，就連射出榴彈的布羅斯本人都驚呆了。

『咦？這什麼……根本比榴彈還恐怖嘛！傑羅斯先生到底做了什麼鬼玩意兒出來啊！』

只是把趕製出來的路障炸飛就算了。

問題是把經過傑羅斯他們的砲擊，已經變得沒那麼堅固的內牆——也就是第二道城牆連同狙擊手一起炸飛的威力。

城牆已經崩垮到只剩下三分之一的高度，勉強保有外型的城門也完全崩場。最大的問題是不管是誰都能輕鬆的使用這把米爾科姆轉輪連發式榴彈發射器。

等他回過神來才發現，從後方狂奔而來的獸人們也因為這出乎預料的事態而愣住了。

『……不要管那些小事了，現在得把握這個機會！』

布羅斯深吸一口氣。

「礙事的傢伙已經被我除掉了！現在正是復仇之時，毫不留情的蹂躪敵人吧！讓那些與我等為敵的混帳東西後悔至死！」

接著如此高聲大喊道。

一瞬的寂靜。

然後——

「「「「唔喔喔喔喔喔喔喔喔喔喔喔！」」」」

——咆嘯響徹了整片魯達．伊魯路平原。

獸人們如雪崩般湧入，使長久以來被譽為不敗關隘的安佛拉關隘接受了敵人的入侵，化為充滿血腥味的殺戮現場。

◇◇◇◇◇◇◇

在庫爾加爾托的帶頭指揮下，儘管尚未完成，但安佛拉關隘的城門前築起了用瓦礫製成的路障。

在他打算多少強化防衛時，立刻傳來了不幸的消息。

「庫爾加爾托大人！前、前方揚起了沙塵……是獸人們！那些傢伙正以驚人的氣勢打算要突擊這裡！」

「你、你說什麼！」

庫爾加爾托急著想確認狀況，爬上了已經受損到有可能會崩塌的內牆上，透過望遠鏡觀察。

因為天色很暗所以看不清楚，不過看起來數量有超過我方士兵一倍的獸人們正以難以置信的速度逼近。

「太、太快了……」

在尚未做好防備的情況下，逐步逼近的敵人。

雖說這世上沒有能做好萬全準備再作戰的戰場，但安佛拉關隘已經受到了嚴重的打擊，不得不說戰況現在對他們而言相當不利。

這完全是一場註定會輸的戰役。

「準備火繩槍！把他們引誘到最靠近的地方，再把鉛彈射進他們身體裡。另外叫拿長槍的士兵聚集到路障前面。」

「遵命。」

原本就已經很混亂的狀況又更加惡化了。

火繩槍雖然經過不斷改良，威力也提昇了，可是從裝下一發子彈到再發射這中間還是得耗費不少時間，不管怎樣都會讓敵人得以接近。

然而就關隘的構造，獸人們想入侵關隘唯有通過第二道門一途，反過來說，只要把兵力集中在那裡，就能爭取到足夠的時間。

趁這段時間，他們可以從城牆上使用火繩槍，確實的減少敵人的數量。

『這裡常備的火繩槍加上從葛魯多亞那邊接收過來的份，加起來有上百把。只要運用這些火繩槍，就能輕鬆打跑那些野獸們。讓他們見識看看文明的力量吧！』

庫爾加爾托不在此立下功績就無路可退了，所以他也是拚了老命。

在士兵急著做戰鬥準備時，只有庫爾加爾托對毫無根據的勝利深信不疑。明明在戰場上根本不知道會發生什麼事。

該說畢竟是碰上了緊急狀況，還是感覺到了自己有生命危險呢，聖騎士和士兵們的行動非常迅速。

他們中斷了營救民眾及收拾瓦礫的行動，拿著長槍的士兵們在門前排排站好，手拿火繩槍的狙擊手也已經在快崩塌的城牆上就定位等待著。

「敵人來了！」

「好好瞄準，一定要確實地解決……嗯？」

「喂喂喂，有個小鬼率先衝過來了耶。看來他是真的想找死。」

「他都努力來到這裡了，我們就回應一下他的期望吧。」

看到拋下獸人們突擊而來，頭上戴著外型像是龍的魔物頭骨的少年，騎士們紛紛嘲笑起他的有勇無謀。

然而只有庫爾加爾托感到不太對勁。

『……不是……野獸？而且他手上的武器該不會是…………槍？』

少年手上的武器跟火繩槍的形狀不同。

可是面對不管怎麼看都是用先進技術製成的那個東西，有股難以言喻的不安感重重地壓在他的心頭上。

手上拿著怎麼想都不像是獸人族能製作出來的武器，對於那個少年，庫爾加爾托馬上就想到了他的身分，一股不祥的預感竄過庫爾加爾托的全身。

「……開槍。」

「啊？」

「趕快開槍殺了那個小鬼！那傢伙是神敵……是轉生者！」

在庫爾加爾托的命令下，火繩槍一起響起了槍聲。

然而少年完全不在乎交錯飛舞的子彈，不僅如此他還更是加速逼近城牆，接著以不合理的跳躍力往上跳起，立刻使用了手中的武器。

隨著「咻啵啵」的奇怪聲音一起擊出的某個東西，有兩發朝著城門前的路障飛去，剩下的全擊向了在城牆上的狙擊手。

同樣待在城牆上的庫爾加爾托憑著直覺，比誰都快地往樓梯的方向逃了出去。

接著馬上就發生了。

——咚轟轟轟轟轟轟轟轟轟轟轟轟轟轟轟轟轟轟轟轟轟！

「咿、咿咿咿咿咿咿咿咿咿咿！」

連續發生的大爆炸。

在先前的攻擊中已經嚴重受損的城牆因為這起連續爆炸，上半部完全消失，四處散落著原本是人類的肉片。

或許是到極限了吧，作為防衛關鍵處的內牆正隨著巨響逐漸崩塌。

庫爾加爾托拔腿狂奔，急忙從正在崩塌的內牆上跑向用來搬運物資的階梯。

有好幾位士兵受到內牆崩塌的波及，發出慘叫聲摔了下去。

他太小看獸人族了。

他太小看轉生者的力量和技術所帶來的影響了。

他太相信己方的實力了。

在對此有所自覺，體悟到自己將步向的命運時——

「哈哈……哈哈哈哈，咿～嘻嘻嘻嘻……」

——庫爾加爾托的精神拒絕了現實。

◇◇◇◇◇◇◇

傑羅斯和亞特從遠方觀察著安佛拉關隘的狀況。

他們當然也看到了在城牆上拿著火繩槍待命的士兵們。

「設置陣地……看來他們沒打算這麼做啊。這樣突擊過去很危險吧？」

「畢竟有狙擊手在等著他們啊。不過他們的衝勁是停不下來的。適度的疲勞是用來迎接愉快戰鬥的調味料吧？」

「我是不覺得布羅斯會放他們就這樣衝進去啦……」

「啊，看到布羅斯了。他從外圈一口氣追上來，衝到最前面了呢。真是漂亮的後來居上啊。」

「你打算玩賽馬哏玩到什麼時候啊……嗯？布羅斯手上拿著的武器是……」

原本悠哉地旁觀的兩人注意到了布羅斯手上的米爾科姆轉輪連發式榴彈發射器。

「馬上就拿出來用啦，布羅斯小弟！」

「那個……沒問題吧？」

「我是在榴彈裡面封入了威力減輕版的爆破魔法啦。唉，不過試製彈裡頭的是威力正常的爆破魔法啦。」

「……你沒把試製彈也一起拿給布羅斯吧？總覺得這是什麼不好的前兆……」

「沒啊，我應該有把試製彈分開放才對。」

「真的嗎～？傑羅斯先生你啊～每次都這樣說，最後還是要蠢搞砸事情耶……」

力。

「你很失禮耶。怎麼可能會……」

連續發生大爆炸的第二道城門以及在城門前搭起的路障。

那威力實在不像傑羅斯所說的「威力減輕版」，和傑羅斯使出全力施放的爆破魔法具有同等的破壞力。

「發生這種事呢…………我本來是打算這麼說的。」

「傑羅斯先生……你又搞砸了呢。」

「看來是……我好像不小心拿錯了。」

「唉，就是傑羅斯先生會做的事情嘛。跟平常沒兩樣啦。」

「我雖然想說你這樣說很過分，可是我完全無法反駁。真是沒臉見人……」

由於連續發生的爆破，導致嚴重毀損的內牆開始崩塌。

這使得安佛拉關隘完全失去了防衛能力，幾乎只是個建在溪谷內的小小邊境城鎮了。

「獸人們都嚇傻了喔。」

「因為他們沒看過那種武器嘛，當然會嚇破膽。」

「既然有火繩槍存在，你不覺得他們不知道有比火繩槍更進步的武器有點奇怪嗎？難道只有我覺得勇者應該至少會傳授他們一點知識嗎？」

「如果只是知識，那他們應該知道吧？只是他們想像不出那實際上會是怎樣的東西。就算看到米爾科姆轉輪連發式榴彈發射器可以理解那是和火繩槍同類型的東西，我想他們也很難推測出那玩意兒的威力有多強吧。」

用閒聊來打發時間的兩人。

他們完全沒打算要離開原地，就只是一邊閒聊，一邊旁觀獸人族發動的總攻擊。

# 第九話　獸人們的復仇化為狂猛暴風，愚者的懺悔無法傳達給上天

如怒濤般湧入的獸人族，讓安佛拉關隘與卡馬爾要塞一樣，化為了慘劇的現場。

前一天還囂張的說著諸如：「像野獸那種玩意兒，我還不把他們全給趕跑！」或是：「他們不過是烏合之眾。公的抓來就馬上拿去賣了當奴隸，母的就好好疼愛一下之後再賣吧。」這種話的傭兵們，也完全無法應付率領著大軍攻來的獸人們，接連成為刀下亡魂。

「這、這跟原本說好的不一樣啊……」

「快逃……快逃啊，唔哇！」

「救救我啊！」

本以為可以輕鬆擊敗獸人族的傭兵們到了現在才知道自己想得太簡單了，全都逃跑了。

士兵們雖然拚命地想留下他們，可是說穿了傭兵們就是沒有忠誠心也沒有信念的小混混預備軍，就算拚命說服他們也沒有意義，士兵們也只能選擇後退。

「可惡！那些傭兵……之前話說得那麼大聲，居然帶頭開溜！」

「我們也要往後退了喔！待在這裡會沒命的，利用南門迎擊他們！」

「結果傭兵不過就是群小混混啊。根本成不了戰力。」

安佛拉關隘是利用原本有河流經過的溪谷打造的天然要塞，雖然地形蜿蜒，不過他們利用自然地形

建造了北邊和南邊兩道城牆，不通過城門這個唯一的出入口，是不可能侵入關隘的。在兩側的崖壁上也設置了不少設施。

重要的設施是用挖空岩壁的方式打造的，主要是成排的士兵宿舍和用來保管物資的倉庫。沒有多餘的路，中心處有著寬闊的公用道路，由北邊一路延伸到南邊。

此外，他們在原本是山的岩壁正上方，東西向地築起了約五公尺高的北側城牆，從安佛拉關隘的正面來看，這裡呈現中間凹陷的形狀，藉由將兵力集中在凹陷的中心區域，使得這裡具有優異的防衛能力，是一座和卡馬爾要塞在不同方向性上難以攻略的防衛設施。

然而現在獸人族突破了北門，並非戰鬥人員的商人、妓女，包含作為護衛來到這裡的傭兵全都逃出屋外，並且為了逃回梅提斯聖法神國而擠到了南門口……然而卻被身體能力優於人族的獸人們給追上，不由分說地遭到單方面的獵殺。

儘管當中的確有在混亂的情況下仍試圖冷靜對應的人，但因為他們的能力也沒有出色到足以重整態勢，反而率先死在獸人的手裡。

「建築物上面有弓兵！」

「交給我們吧。走了，小子們！」

「呀哈哈哈哈哈♪」

肉體經過改造的健美獸人們也大為活躍，竟然光靠腳力就沿著建築物的牆壁跑了上去，襲向弓兵。

在他們能夠赤手空拳擊穿堅硬牆壁的拳頭及踢腿之下，弓兵們迎接了讓人不敢形容的悽慘下場。

儘管個人能力不差，可是擅長組織性集體戰鬥的聖騎士們也根本無法在他們擅長的領域作戰，敗在極為原始的暴力之下。

庫爾加爾托在已經失去城牆，徒具形式的階梯上眺望著這片悲慘的光景。

「這不是真的這不是真的這不是真的這不是真的……」

他已經失去理性，陷入錯亂了。

不管是裝備了火繩槍的狙擊部隊，還是為了迎擊而配置在城門前的長槍兵，都被布羅斯方才使用米爾科姆轉輪連發式榴彈發射器發動的攻擊一掃而空，防衛相關的原則已經徹底被顛覆了。

在兵力上，「戰鬥就是以量制勝啊，大哥」的原則是獸人族壓倒性的占了上風。而使用火繩槍的「戰鬥就是要靠火力取勝啊，大姊」的戰術，也被傑羅斯製作的半履帶車發動的砲擊，以及米爾科姆轉輪連發式榴彈發射器的火力給粉碎了。

勇者這個例外所帶來的異世界技術，在轉生者這個更是例外的存在所帶來的不合常規技術前根本不具意義，只突顯了梅提斯聖法神國的過度自負。

以信奉四神，盲目遵從教義的庫爾加爾托的角度來看，他簡直就是被天命給拋棄了。

他不可能接受這樣的現實。

「喂，這傢伙……不是神官嗎？」

「他好像在碎碎唸著什麼耶。真噁心…………」

「要殺了他嗎？」

「殺了吧。他變成這樣，已經沒辦法正常生活了吧。我還真是溫柔啊～♪」

要是他沒有失去理智，應該還能逃跑吧。

獸人隨意揮下的劍，輕鬆地擊碎了庫爾加爾托的頭。

不把獸人族當成人，覺得要獸人聽命於人是理所當然的事，總是嘲弄、諷刺獸人的庫爾加爾托，在無法顛覆的殘忍（或者說超乎常理）的現實面前，拉下了人生的最後一幕。

不過就是小奸小惡程度的野心，結果也沒能做出任何成果，無意義的消失了。

◇◇◇◇◇◇

理應是安佛拉關隘總負責人的庫祖伊伯爵帶著少數的士兵，率先逃離了關隘。

和中意的妓女享樂一番過後，因為突如其來的痛楚而醒過來的他，眼前所見的是遭受了某種攻擊而毀壞的城鎮。

他也找不到國家高層派來的庫爾加爾托，根據他想辦法從附近的人身上問出的情報，得知了創造出這片慘況的是獸人族的事實。

而他一得知作為外牆存在的第一道城牆已經被摧毀的消息，便立刻收拾行李，不像庫爾加爾托選擇抗戰到底，而是率先開始準備逃跑。

他也和庫爾加爾托一樣處在沒有後路可退的狀況下，遺憾的是他沒有優秀到能夠考慮到那些層面的事，無論如何都會以保身為優先。

以某方面來說這也是正確的選擇。

「呼哈……呼哈……你們在幹什麼，不能走快點嗎！」

「說是這樣說，可是庫祖伊大人……行李太重了……」

「請您至少稍微減少一點數量吧。這樣下去我們不知道什麼時候會被那些野獸們追上啊。」

「你們有空在那邊說喪氣話，不能再多動動腳嗎！」

庫祖伊在接下防守這座安佛拉關隘的職務時，從自己的宅邸把喜歡的家具和擺飾帶了過來，現在則是利用部下，盡可能地把這些東西也一併帶走。

要是沒花時間打包這些東西，他們現在已經成功逃脫了吧。

誰叫他就是個會優先保護自身財產的典型人渣。

「真要說起來……這種畫作有必要帶出來嗎？太占空間了，很礙事啊……」

「你在說什麼！這可是尼歐烏・歐瑪爾的《黃昏鬱憤的少女》。所以說你們這些不懂藝術的低俗之人就是——」

「怎麼看都是看不懂的塗鴉啊。」

而且自己完全不拿行李，全都推給別人。

他就是個只會對人頤指氣使的無能之徒，還嫉妒像葛魯多亞將軍這種有實力的人，試圖扯他的後腿，想把他從現在的位置上拉下來，無可救藥的傢伙。

是那種大家最不希望碰到的上司。

可是部下無權挑選上司，結果他底下都是些只想靠著阿諛奉承來獲得好處的傢伙，害得這座安佛拉關隘的規矩及秩序徹底的敗壞腐化。

「這個品味很差的黃金像也丟掉比較好吧？」

「那可是色可貝奇．哀羅耶斯的『開腿美神像』！比你們薪水價值高上幾百倍的最高傑作，怎麼能丟在這種地方！」

「是是是……（在我看來只是個全裸又雙腿大張，色情又金光閃閃的裸女像啊。）」

「無法理解這種光是存在就會令人湧上情感的藝術作品，我的部下還真是沒有所謂的品味啊。」

「「「…………（你湧上的是情慾吧。不，這個絕對不是藝術！）」」」

關於這方面的意見，士兵們才是對的。

庫祖伊伯爵雖然自詡為藝術家，實際上只是有著低俗的品味。

而且價值觀也偏向暴發戶的喜好。

「別多嘴了，趕快前進。你們得優先保護我的性命。」

「所以說，行李太重了啊……」

不但揹著黃金像還拿著各式各樣的裝飾品級美術品，他們移動速度當然會因為這些重量而慢下來。

而且他們現在所走的祕密通道有如挖穿岩石開闢出的坑道，路面未經整修，很難抱著巨大的行李前進。低俗的畫作跟黃金像那些東西都只會礙事。

而且庫祖伊伯爵還威脅他們「要是東西受損，你們就得拿命來賠」，所以他們必須謹慎行動，要花更多時間才能脫離這裡。光是前進一百公尺的距離就花了二十分鐘，不管怎麼想都沒辦法成功脫逃。

『……喂，怎麼辦？』

『……這樣下去不妙啊。雖說不是絕對，但我不覺得我們這樣能逃得掉。』

『不知道何時會再遭到那種攻擊。既然這樣，只帶走值錢的東西吧？』

『是啊。雖然這傢伙讓我們過得滿爽的，但也差不多是時候了。』

士兵們——尤其是對他們這些利用他人的不良士兵來說，庫祖伊伯爵是非常便於他們行事的長官。只要稍微捧他一下，他就會在安佛拉關隘內增設妓院、設置賭場，只要讓他心情愉悅，他就會在酒場設宴招待所有部隊成員，真的是很好的上司。

雖然沒得到部下的敬重，不過他肯定是個非常有利用價值的人。至今為止，他讓眾多的士兵們不用自掏腰包，就盡情地享用了美酒和女人。

可是現在庫祖伊伯爵已經失去利用價值。不如說他的存在反而礙事。

『不用留下這個品味很差的雕像吧？』

『如果是純金，只要熔掉就拿去賣了，不過我想這玩意兒八成只是在石膏像外頭貼了金箔吧……』

『體積太大的東西只能留在這裡了。只帶貴金屬走吧。』

『因為他是個大方的人，我想他應該很樂意把這些東西讓給我們吧。』

他們之所以會一路跟著走到這裡，是因為他們在對敵人壓倒性強大的攻擊力感到絕望，正打算搶走一些值錢的東西就逃跑時，遇到了庫祖伊伯爵。

他們利用聽完狀況報告後便臉色蒼白，開始準備逃亡的庫祖伊伯爵，以「引導上司逃脫」為名目，使用密道逃出了危險的地方。

可是庫祖伊伯爵的任性反而拖慢了逃走的速度，讓他們必須背負著若是獸人們一湧而入，遲早會被發現的風險。

無論是誰都注意到了，在各種意義上，他們都必須要捨棄「多餘的負擔」。

簡單來說就是跟庫祖伊伯爵一樣，他們也是人渣。

其中一人把手伸向了繫在腰間的短劍。

「喔……」

士兵手上裝有貴金屬的袋子伴隨著沉重的聲音落在堅硬的地面上，裡頭的東西散落一地。

「你、你這傢伙！那裡頭可是裝了我重要的東西。你就不能再小心點嗎！」

「就算您這麼說，不僅行李重，這裡的地面也很凹凸不平啊？走路時當然會絆到腳。」

「我不要聽藉口！啊啊……我的寶石都掉到地上了……」

「完全散落一地了呢。」

「趕快全部撿起來啊！真是的……一群派不上用場的傢伙。」

明明知道安佛拉關隘正處於危險的狀況，庫祖伊伯爵卻趴在地上，專心一意地開始撿起散落在周遭的珠寶飾品。

人居然可以對物品執著到這種程度，這讓士兵們都有些傻眼了。

「你們在做什麼，趕快來撿啊！」

「是是是……都聽您的！」

「咕！咳哈……」

背上傳來一陣尖銳的痛楚，讓庫祖伊伯爵腦中一片混亂地倒臥在地。

從嘴裡吐出血的疼痛感令他痛苦的在地上打滾時，他看到士兵手上拿著正滴著血的小刀，才知道自己被捅了。

「你…………你做什麼……」

「抱歉啊。但我們可沒打算要死在這。像你這種沉重的行李，我們只想趕快丟掉啊。」

「我們就順便收下這些當薪水啦。礙事的雕像跟畫作我們會留下來就是了。」

「你之前都是個很不錯的上司喔～？因為只要捧你一下，你就會像笨蛋一樣請客。雖然這前提是要排除你那些令人不快的言行啦～」

對庫祖伊伯爵來說，部下就跟奴隸沒兩樣。

他是真心認為自己的地位應當受到敬重，底下的人服從他也是理所當然。就他的認知，部下會危害他這簡直是不可能發生的事。

然而到了現在，他才用最糟糕的方式了解到自己傲慢的想法錯了。

「你……你們這些傢伙……別以為你們做出這種事還能平安無事……」

「我們沒這樣想喔。可是啊，不管是誰都沒辦法制裁我們了喔？」

「你也注意到了吧？安佛拉關隘已經完蛋了。所以你才會打算逃出這裡啊～」

「所以說，沒能守好國家重要防衛據點的責任，到底該由誰來負責呢～？也只有你了吧。」

他知道士兵們想說些什麼了。

庫祖伊伯爵就算回到梅提斯聖法神國，也免不了受罰。

士兵們就是在盤算著，反正他橫豎都得死，那還不如在這裡殺了他，還能當作是名譽的戰死。

「死人不需要奢侈品吧？所以我們就感激地收下了。」

「這算是忠心的部下為你獻上的最後的忠誠啦。」

「我們也是滿為上司著想的對吧？」

「開……開什麼……這是……我的東西。我不會讓給……」

「永別啦，庫祖伊伯爵。雖然不知道會是什麼時候，但等我們死了之後，在那個世界再請我們喝酒吧。」

庫祖伊伯爵臨終前的最後一句話，在途中就被人為因素給打斷了。

在意識逐漸遠去時，他想著要是自己有聽葛魯多亞將軍的忠告，事情就不會演變成這樣了，帶著後悔離開了人世。

「那我們來撿這些散落一地的寶石吧。」

「是你搞得這些東西全掉在地上的吧。可是……這些東西要賣出去是不是很麻煩啊？」

「不會啦～我有認識的人可以不留下任何證據，就把東西給賣出去。只要讓他多少拿點甜頭，他就會幫我們處理好了。」

於是庫祖伊伯爵重要的收藏品除了不方便帶著移動的東西外，全都被帶走，私下轉賣處理掉了。

他順從自己的欲望蒐集而來，自豪的眾多收藏品，最後只因為要填滿小混混的荷包而佚失，過去他不惜耗費人生執著地收集，如今全都成了毫無意義的行為。

◇　◇　◇　◇　◇　◇

儘管獸人族仍在安佛拉關隘進行虐殺，但那也漸漸變得不太重要了。

面對如怒濤般闖入的大軍團，敵軍完全失去了統率，成了只要從背後砍殺逃亡者的簡單工作。

完全沒有布羅斯出場的餘地。

「……總覺得好像會比卡馬爾要塞更早結束耶～」

「沒了城牆就是這麼簡單的事啊，老大。」

「畢竟我們人數比較多，對方也只有剛開始用了火繩槍……」

「再說他們也跟城牆一起被炸飛啦。還是老大下的手……」

「而且他們又很弱……」

「靠人類的體力是贏不了我們的喔？因為他們就種族上來說很脆弱啊。」

敵軍雖然因為傑羅斯他們的砲擊而有所防備，將士兵配置在城門正面，仍被米爾科姆轉輪連發式榴彈發射器的一擊給漂亮的炸飛了。

在近身戰上也是，敵人根本沒有用魔法屏障防禦，防禦力低到一擊就會被打倒。

『因為他們身上穿的就算是比較好的裝備，也就是混了祕銀的鐵製裝備，根本沒有用附加魔法強化過啊～梅提斯聖法神國要是沒迫害魔導士的話，兵力也不至於弱成這樣吧……嗯，他們真的是笨蛋。』

「Sword and Sorcery」裡的ＮＰＣ騎士身上穿的裝備都比他們好多了。

就算只附加了神聖魔法——光屬性魔法，應該也能獲得不錯的防禦力，可是騎士們的裝備卻看不出有用附加魔法強化過的痕跡，感覺就是在地球歷史上會出現的普通中世紀鎧甲。

劍技也只是加入了魔力的普通招式，實在敵不過現在的獸人族。

「他們……很弱耶。」

「是他們變弱了，還是我們變得太強了，這有點難判斷啊。」

「說不定兩者皆是喔。」

雖然贏得很輕鬆，布羅斯仍沒有大意，持續保持著警戒。

南門處也有城牆，那邊要是不用盾防著，很難攻進去。

感覺又得拜託傑羅斯他們發動砲擊了。

「要是他們守在南門裡就麻煩了。」

「就算守著不出來，也爭取不了多少時間吧。因為奴隸商人好像也跟他們在一起。」

「身邊還跟著非戰鬥人員啊～畢竟要打守城戰也需要糧食，要攻下來應該花不了多少時間吧？我也不覺得那些傢伙有就算餓死也要死守這裡的氣概。」

「那麼就這樣順著氣勢攻過去？」

「是啊。不過要小心火繩槍。畢竟敵人會從遠距離狙擊。」

「我會去告訴那些腦袋已經冷靜下來的傢伙。」

原本腦中充滿多巴胺和腎上腺素，處於興奮狀態的獸人們，可能也實在是厭倦了這種單方面的戰鬥吧，多少有些人冷靜下來了。

現在還在大殺四方的，只有以那些肉體經過改造，簡直化為生物兵器的獸人們為中心的集團，他們的氣勢完全沒有要減退的樣子，讓其他人看了都有點怕起來了。

『傑羅斯先生……他們完全沒有要變回原樣的感覺耶？我到底該拿他們怎麼辦啊～……』

或許是對獸耳的愛太過強烈了吧，布羅斯仍放不下希望他們變回原樣的心情，現在依然期待著。

這雖然是後話了，不過直到布羅斯理解他們變回原樣的日子永遠不會到來的事實為止，大約花了半年的時間。不過這也不是什麼重要的事。

◇　◇　◇　◇　◇　◇

「來來！」

「喔？打算進攻嗎？還真強勢呢。」

「你沒要配對我就聽牌了喔！」

「很遺憾，我要拿月牌。而且拿了這張，我就湊齊五光了。賞月兼賞花，配上一杯酒。」

「可惡！」

在布羅斯他們的戰鬥進入最終階段時，在一開始進行了致命性先發攻擊的傑羅斯和亞特，現在正悠哉的在玩花牌。

他們在這裡已經沒事好做，雖然想說至少最後跟布羅斯打聲招呼再回去，可是不想被敵人看見他們的真面目，所以想避免在戰鬥結束前和獸人族會合。

「不過亞特啊……你很不擅長玩卡牌遊戲耶。」

「唔……我從以前就是這樣。在玩某個卡牌對戰遊戲的時候，我也是一開始決鬥就突然被一回合秒殺，就算賭氣繼續挑戰也是接連輸到底。」

「不是，那根本是對方作弊吧？一般來說根本不可能連續一回合秒殺啊。對方的牌組長怎樣啊？」

「大概是遊戲規則愈來愈複雜，在我記住之前，對手就已經超越我了的感覺吧。他在自己的回合裡就把牌送進墓地又回到手牌裡好幾次，靠特殊效果及魔法效果永無止境的進行他的回合……再用特殊效果跟高階怪物的總攻擊一發幹掉我。我在那個時候才了解到，人到最後還是得靠財力啊。」

「啊～是那種買東西不手軟的人吧。整盒都買下來再來編排牌組，這有點卑鄙啊。」

「以一般家庭的零用錢來說，預算很有限。也不可能一發就抽中很強的卡，同樣的，手上也不可能有很多張強卡。畢竟除此之外也還有很多想買的東西，不能隨便亂花錢啊。」

亞特的背影顯得很消沉。

看來他是連續輸給家境富裕的孩子，留下了心靈創傷。

「那傢伙……他挖苦我的那句『就算花光零用錢也該把好的卡片湊齊啊』，到現在還殘留在我的腦海中。我的零用錢就有限啊，那樣太亂來了吧。」

「對方還真是相當討人厭的少年呢。」

「那個人是泰德喔？」

「…………啥？」

「泰德．提德」——在「Sword and Sorcery」裡和傑羅斯同為殲滅者的一員，是擅長死靈魔術和詛咒的死靈術師。

他和亞特是現實生活中的兒時玩伴，有著被唯甩掉而變成了家裡蹲的過去，到現在還惱羞成怒地對亞特懷恨在心。

當然，他剛剛說的是泰德被唯甩掉好幾年之前的事了，所以兩者之間沒有關聯性，不過這件事明顯反映出泰德的個性，傑羅斯倒是多少能理解。

「啊～……泰德啊。因為他不太懂得體恤別人的心情，自尊心又莫名的強啊～他從小時候就很喜歡受到矚目吧？」

「他確實是有不受矚目就不甘心的傾向。雖然被唯甩掉之後，他好像身心都嚴重受創了……」

「就因為自尊心很強，所以不太擅長面對精神上的打擊吧。關於唯小姐的事，他也是真心認為『既然我這麼喜歡她，那唯小姐一定也喜歡我才對』吧？」

「他的確是這樣想的吧。畢竟他就是個會對自己認定的事深信不疑，陽光又自我中心的傢伙……但被唯甩掉之後他就變得超陰沉。沒想到他的精神脆弱到這種程度……他明明還滿厚臉皮的說～雖然我不太清楚他家的狀況，不過他應該是從小被寵到大的吧～……」

「我認識他的時候，他就已經變得很陰沉了喔？前後居然會有這麼大的落差，看來他格外的對自己有自信啊……」

對傑羅斯來說，他並不覺得泰德失戀有什麼好可憐的。

雖然他有感覺到泰德多少有些恣意妄為的傾向，不過畢竟雙方只是網友，所以他把關係劃分得很清楚，也會注意不要隨意探人隱私。

像卡儂或岩鐵這種人家沒問也會主動說出來的其他伙伴，或許算是比較特殊的人吧。凱摩先生這個小隊領袖倒是充滿了謎團……

「因為那傢伙家裡很有錢啊，他跟我的零用錢當然也不一樣吧。因為他會把抽到重複的卡送給其他人，所以在男生之間很受歡迎。」

「不不不，那些人只是被東西給釣上鉤的吧。不是他人品特別好。」

「嗯，女生都很討厭他就是了。」

「我想也是～……泰德自己在這方面上有自覺嗎？」

「傑羅斯先生你覺得照那傢伙的個性，他會有自覺嗎？」

「不會呢。」

大叔說得斬釘截鐵。

「就我的角度來說，我是真心期望那笨蛋沒有來到這個世界。要是他在這個世界，絕對會搞出什麼事件……」

「這裡會化為充滿殭屍的末日世界吧……而且他根本不會想隱藏自己的力量，肯定會失手變成邪惡的大魔王。」

「難保他不會認真的想成為新世界的神呢……他絕對會喊著『新世界不需要現充』這種話，不分對象的殲滅所有情侶吧……」

「表示他自我陶醉到本末倒置的程度了呢。唉，雖然這也是早就知道的事……」

泰德經常會做出瞧不起人的行為。

老實說他的個性偏差到如果不是在線上遊戲裡，大叔根本不會想跟他往來，在現實世界裡，應該沒有比他更難在社會上生存的人了吧。

「我覺得他也是會讚賞他人優點的喔？只是他認為就算如此，他自己還是最優秀的，所以不管怎樣都會做出瞧不起他人的行為。在被唯甩掉之前，他也只覺得我是跟在他身邊討好他的人之一吧？」

「從他的個性來看，恐怕是這樣沒錯吧。畢竟他做的事情都很誇張，只要自己能引人注目，根本不管會不會造成其他人的困擾。」

「這點傑羅斯先生也一樣吧。」

「別把話說得這麼難聽。我的情況頂多只是結果變得很誇張而已，我絕對不是故意的喔。雖然我也是有亂惡搞的時候啦。」

「你的那個亂惡搞明明就最惡劣，你還真好意思說……」

在亞特看來，傑羅斯跟泰德兩人只是方向性不同，但自我中心的部分是一樣的。

泰德是個重度自我陶醉的自戀狂，而傑羅斯則是給人隨興又漂泊不定的印象。可是只看結果的話，在給他人添麻煩的層面上這兩人可說是同類。

唉，跟在現實社會中的言行舉止也和遊戲中沒兩樣的泰德相比，傑羅斯還過著在常識範疇內的生活。就這點來看，簡單來說他們就差在擁有多少良知吧。

雖然那個良知放到異世界來看也很難下定論就是了……

「比起這個，另一個沒常識的傢伙現在怎麼樣了呢？用使魔看一下吧。」

「看起來已經快搞定了喔？大概是傭兵跟商人吧？他們一起從南門逃出去了。」

「我看看……嗯，這是虐殺呢。這不是能讓小孩子看到的景象吶。」

「在道德上完全出局了啊。沒想到人的憎恨能引發這樣的慘劇……至少該給他們一個痛快吧。」

「反正他們在卡馬爾要塞也做了一樣的事，說這話也太遲了吧。而且我們也沒資格說別人。畢竟我們用火力強大的魔法讓人徹底消失了啊。光是還留有屍體，他們就比我們還有良心了吧？」

「是被魔法攻擊瞬間死亡，還是受物理攻擊折磨而死的差別吧。我很難說哪邊比較殘忍就是了。」

揮動武器擊殺人類，以及利用技術結晶製造出的兵器，將人連一點痕跡都不留的消滅，實在很難判斷哪一邊比較野蠻。

就大量屠殺人類這點來看，兩邊在定義上都是一樣的。

「比起發動戰爭，要結束戰爭更為困難。獸人族反抗的原因出在梅提斯聖法神國身上，可是他們不承認這點吶。」

「那樣不會演變成永無止境的戰爭嗎？」

「一般來說是會變成那樣沒錯，可是梅提斯聖法神國正直直的朝著滅亡之路前進。而大國滅亡就會迎來群雄割據的時代，一定會流下更多的鮮血。宗教國家的地位確實會一落千丈，但也只是被武力主義取代而已。伊薩拉斯王國這時候也絕對會參戰，爭奪廣大中原的戰爭應該會持續很長的一段時間吧。雖然很煩，但這也是所謂的時代趨勢吧……我是希望在那之前四神就能現身啦……」

「為什麼會提到四神？」

對四神來說，梅提斯聖法神國是很方便利用的棋子。

然而對她們而言，人類怎麼想根本不重要，只要能幫她們達成目的，基本上她們都放任不管。對國家之間的戰爭也沒有興趣。

可是要是她們會因此失去自己的手下呢？

四神的目的是發展文明，一言以蔽之就是「讓無聊的世界變得有趣起來」。

傑羅斯認為重點就在於她們會不會放任漫長的戰亂時代到來。

「我不覺得那些只顧享樂又隨便的傢伙會坐視不管，任憑以暴制暴的領土紛爭持續進行下去。她們說不定會以神罰為名，一口氣燒光一整個國家喔？」

「這推論還真草率……」

「因為她們需要的是能提昇現有文明的存在啊。我想她們還是會隨便幫幫哪個當權人士，再準備一群好用的手下吧。雖然後續的事她們應該就會置之不理了。」

「也太隨便了吧……唉，雖然我也覺得她們做得出這種事……」

「不管是用怎樣的方式，我都認為四神會現身。然後小邪神就會採取行動了吧～」

「我們真的可以相信那女神嗎？她以前盛大的破壞了各種文明吧？你不覺得為了達成目的，她會不擇手段嗎？」

小邪神以前為了從四神手中取回世界的管理權限，接連破壞了高度的魔導文明。這就是作為傳說流傳至今的邪神戰爭的真相。

過去雖然靠著從異世界綁架——或者說召喚了大量的勇者，以人海戰術的方式勉強封印了邪神，但這次行不通了。四神手上的最終王牌，也就是勇者召喚魔法陣和神器早就都不在了，要是邪神再度現身，她們想必會無計可施的落敗吧。

問題是這個過程會對周遭帶來的影響。

「……喂。」

「什麼事啊？亞特……」

「你覺得……阿爾菲雅會手下留情嗎？」

「小邪神說過，『這世上沒有會讓人類順心如意的神』……對她來說，生命不過是觀測各種現象的對象之一，她根本不在乎單一人類的生死。就算規模放大為數千萬人也一樣。像她這樣的神會手下留情？你覺得她會嗎？」

「天啊～～～……」

小邪神的目的是奪回剩下的管理權限，只要能達成目的，就算要消滅一顆星球她也無所謂。當她成了完全體，就連時間的概念都能夠跳脫，能從高次元進行干涉，操縱時間事象。也就是說她能讓行星消滅的事實變成從未發生過的事。

可是四神逃進「聖域」的話，仍是不完全體的小邪神就無法干預，所以為了確實的取回管理權限，必須要營造出四神無處可逃的狀況。

傑羅斯雖然也想到了這個層面的事，可是他沒能掌握小邪神現在在哪裡做些什麼事。現在就怕她會惹出什麼大事。

「那種危險的存在就這樣被放著不管，在世界各地到處晃來晃去……」

「小邪神雖然有著人類的外型，可是想法和人類相去甚遠。把她當成有著非比尋常計算機能的超級電腦比較好吧？」

「可是最慘的情況下，這顆星球會被消滅吧？我的女兒都出生了，這樣太過分了吧？」

「我也是有兩個年輕貌美的未婚妻啊？都還沒結婚就要跟著整顆星球一起爆炸，我也死不瞑目啊。可以的話我是希望她能溫和處理呢～」

「之前老是在那邊叫人『去死算了』還是『趕快爆炸啦』，現在換你自己變成現充了嘛。你最好下面斷掉啦！」

「我有說過嗎～？那是好色村小弟說的吧？另外，我之後要把你說的話告訴唯小姐。」

「別說啦！那樣我會被她拿刀捅吧！」

同一時間，人在伊斯特魯魔法學院某處的好色村打了個噴嚏。不過這不重要。

「真要說起來，你覺得我們所知的神到底是什麼？在神話傳說中，神多半有著恣意妄為的個性，不僅如此，還經常做出給旁人添麻煩，甚至可說是傲慢的行為。照這樣來看，把這些神明視為人類創造出來的創作物也無所謂吧？仔細去探討『神就是這樣的存在！』的話，就會覺得神好像都是些個性很差的角色……我看著小邪神，就產生了這種想法。」

「傑羅斯先生……你現在是想找宗教跟神話的麻煩嗎？」

儘管人們信仰的神大多都在宣揚生命的寶貴，可是仔細探討，就會發現那不過是在讚頌人類。北歐神話或希臘神話的諸神所表現出的思想，更有人性且忠於自己的欲望。這有很大一部分的原因是以人類為基礎的傳說造成的吧。

會寫在聖典中的內容，多半都是關於人性的哲學。

可是小邪神不一樣。至少傑羅斯是這樣想的。

「說不定我們平常所看到的模樣只是虛構的，神原本可能是更無法理解的東西。遺憾的是人類無法推想出那是怎樣的東西吧。」

「不是，你說那個個性是虛構的……那神原本的個性到底是怎樣啊？」

「我想應該很像無機物，沒有所謂的感情吧。我是用人工生命體為基礎讓她復活的，大概是因為這樣，她才配合三次元世界的身體建構了人格吧。」

「你說建構人格……」

「這全是我的臆測就是了。只是和小邪神說話時，我不時會感受到一股難以言喻的異樣感。雖然這幾乎只是我的直覺，沒有明確的證據。」

「唉，畢竟她身上充滿了謎團，搞不好傑羅斯先生的直覺意外的猜中了呢。」

好歹也是被稱為神的存在，傑羅斯實在不認為神會有那種少女般的人格，可是他也沒有證據可以證明這件事。

雖說他也只是覺得不對勁，但他認為神恐怕只是為了方便與知性生命體交流，才建構出一個人格，只要神有那個意思，不管是人格還是外表都能夠重新建構。

「啊……」

「怎麼了？亞特……」

「戰鬥好像結束了。布羅斯他們壓倒性獲勝。」

「結束了啊……好了，往後的歷史會怎麼發展呢。」

朝陽升起，在溫暖的陽光照亮魯達·伊魯路平原時，獸人們的戰鬥劃下了句點。

獸人族在這座安佛拉關隘拿下的勝利，本來應該會是嚴重威脅到梅提斯聖法神國本土，會被大肆傳播的事件，然而卻被同一天發生的另一個緊急事件的消息給蓋過，沒在聖法神國內傳開……

# 第十話　從天而降的復仇者

同一天中午。

地點在梅提斯聖法神國的聖都「瑪哈．魯塔特」。

那巨大的身軀降臨在築起了好幾層的城牆前。

擁有五個頭，張著兩對巨大的翅膀，從根部分成了三條的長長尾巴拍打著大地的模樣，簡直是足以被稱為龍王的威容。

從頭部延伸到尾巴的背鰭持續在放電，從那裡漏出的電流有如雷電般傾注於大地。

「出、出現了！」

「準備弩砲！不管怎樣都得阻止這條龍侵入聖都！」

「神官們用神聖魔法展開屏障！光是碰到那些雷都會有危險！」

「龍開始前進了！」

龍伴隨著沉重的響聲，逐步接近城牆。

士兵們因為那從未見過的巨大身軀接近的模樣而戰慄，不知道他們是因為盡忠職守，還是擠出了微乎其微的勇氣，儘管身體不斷顫抖，仍繼續待在現場。

「弩砲準備完畢！」

「投石機也準備好了！」

「好，等目標夠接近之後再一起攻擊。可別衝動了。」

巨龍的五個頭分別動著，用睥睨的眼神瞪著士兵和騎士們。

堂堂前進的模樣簡直像是王者的行進。

「發動攻擊！」

弩砲和投石機配合號令，一同擊出了巨大的箭矢和石頭，然而大多都被纏繞在龍周遭的雷電給擋了下來，發出巨響碎裂。

看到這個景象，屬於生產系職業的勇者「佐佐木學」喃喃說著：「簡、簡直是防護罩啊……」

他之所以會出現在這裡，是因為試製的大砲已經設置在城牆上各處。

另一方面，遭受攻擊仍持續前進的巨龍──「滅魔龍賈巴沃克」的內心裡有許多思緒盤旋著。

這副宿有眾多勇者魂魄的巨大身軀，總是在進行著各種對話。

『……看啊，那些傢伙慌張的模樣。有夠好笑的～♪』

『不是，我們幹嘛刻意從都市外圍進攻啊？直接從空中發動襲擊不就好了嗎？』

『你不懂啦～他們可是為了自己方便，就殺了我們喔？這時候當然要讓他們嚇得屁滾尿流，後悔到死啊。』

『唉，我覺得這樣做很壞心眼就是了。不過要是瞬間解決掉他們，又沒辦法消除我們的怨氣。畢竟我們可是被殺手一路追殺後才喪命的。』

『我也有同感。雖然跟品行不良的傢伙意見相同感覺有點不爽，但我可沒忘記那時的恐懼。得報仇雪恨才行。』

在賈巴沃克體內，聚集了包含戰死、突然遭到襲擊或暗殺、毒殺等各式各樣死法的人。每個人都帶著遺憾化為亡靈，在這世界上徘徊，靠著與同類結合化為惡靈保住了自我意志，等待著復仇的機會。

也幸好他們在這過程中遇見了擁有強大力量的神。所以他們終於像這樣迎來了復仇的時刻……

『城牆怎麼辦？打爛嗎？』

『那當然。因為我的屍體被當成人柱埋在裡頭了。狠狠把這城牆給轟飛吧！』

『真的假的。好，大家一起來了卻妳的遺憾吧。』

『準備使出吐息！』

有如劍身般長齊了的背鰭，發出能夠照亮周遭的光芒，開始猛烈的釋放出電流。感覺到龐大的能量流向頭部，勇者們的魂魄團結起來，將那股能量凝聚到極限，再朝著同一個方向釋放出去。

青白色的閃光直直衝向城牆，在即將碰到城牆時雖然直接擊中了魔法屏障，仍輕鬆地貫穿屏障，以高溫溶解並漂亮地打穿了城牆。

而且釋放出的閃光沒有消失，就這樣繼續前進，直達位於遙遠前方的城牆，在那裡引起了大爆炸。

這道光束攻擊的熱能也讓城內林立的建築物起火燃燒，引發了火災。

『……等等，這樣做得太過火了吧？』

『反正把礙事的城牆打掉了一部分，只要結果是好的就沒問題了吧？』

『不是，這下引發火災了耶……我沒打算要波及一般民眾的啊。』

『少說那種傻話了。那些傢伙可是厚顏無恥的在我們的犧牲上活到了現在耶？不讓他們遇上一點危險說不過去吧。』

『是啊。這些傢伙的祖先利用後殺害我們，他們卻什麼都不知道，過著安穩生活呢。想到就氣。』

瑪哈・魯塔特是有著悠久歷史的都市。

幾乎所有勇者都是以此為據點，出發進行遠征或討伐的。其中也有沒能回到這裡就死去的人，然而活下來的勇者都遭到暗中殺害，屍體也被拋棄在這裡的地下深處。

也有勇者得知內幕後逃跑，但是也幾乎都被追兵給追上並處理掉了，甚至還有人成了地縛靈，目睹自己的身體逐漸腐敗。

也有人成了老鼠或野獸的食物。

雖然勇者們都一致認為聖都不過是空有其名的腐敗之都，他們內心只想徹底燒光、毀滅這座都市，可是也有很多民眾是從完全無關的地方移居到這裡的。

要連這些無關的人都一併殲滅，良心上還是過意不去。

至少在距今相對比較近的時代受召喚前來的人是有類似的想法，可是上千年前被召喚來的人就不一樣了。他們憎恨著這整個世界。

尤其是邪神戰爭時期受召喚前來的人，那份恨意更是強烈。

『說什麼玩笑話。不想殺害無關的人？那你是要怎樣分辨哪些是無關的人？』

『追根究柢，我們明明跟這世界毫無瓜葛，卻被召喚過來，還不由分說的要我們跟邪神戰鬥。其中甚至有人在受召喚前來的瞬間，連理由都還搞不清楚就被消滅了。』

『而且那些傢伙還說謊騙我們，說不打倒邪神就回不去。從一開始就不給我們任何選擇。我們當然有權利殺光那些傢伙的子孫。因為他們能有今天，都是建立在我們的犧牲上啊！』

『你們也想想看。那些傢伙只不過是在利用我們，而且他們後來做了什麼，你們也知道吧？那些傢伙只把從異世界召喚過來的人當成道具看待啊。』

『而且現在依然沒人知道真相，任憑他們利用。我們必須將他們所犯下的罪公諸於世。』

『我懂你們不想造成犧牲的心情，可是這座城塞都市是他們的大本營。你們要理解，只有現在我們必須要變得冷酷無情。』

愈是古老的魂魄，所累積的恨意就愈深、愈強。

受到他們的想法衝擊，比較新加入的魂魄們儘管無法全盤接受，仍了解到這是必要的行為，說了『……就這次我們會幫忙』，表示理解。

賈巴沃克繼續前進，從熔解的城牆緩緩侵入聖都。

「…………該怎麼辦，我們根本應付不了那種怪物啊。」

「弩砲跟投石都沒用……不用魔法攻擊根本拿那怪物沒轍啊。」

「這國家哪裡有魔導士啊。而且你這發言會被當成異端喔。」

「現在才向索利斯提亞魔法王國求援也來不及了。再說我也不覺得他們會願意幫忙……」

「畢竟這國家招來了許多國家的不滿啊……」

這個國家不承認神聖魔法以外的魔法，對他們而言，除了投入大量人員進行壓制攻擊外，沒有別的手段能打倒敵人了。遑論對手是巨大的魔獸，他們根本無法與之抗衡。

真要說起來，他們完全沒有應付類似賈巴沃克這種巨大魔獸的相關知識，腦中總是想著對人作戰，所以只能被動的應對。從沒預想過有會施放強力魔法的魔獸存在。

不對，在防禦上他們原本是有用魔法對抗的方法，然而賈巴沃克已經破壞了他們的防衛手段。

那方法就是將魔力注入用埋在城牆內的祕銀線刻劃而成的魔法術式，便能提昇城牆的強度以及展開魔法屏障，可是城牆遭到雷射吐息帶來的莫大熱能直擊後熔解，就這麼輕易地允許了賈巴沃克的入侵。

在信仰上是絕對強大力量的神聖魔法被破解，令神官們難掩內心的動搖。

「……勇者阿佐大人，請容我們使用那個。」

「這這這、這也沒辦法了……可是我不知道那個可以用幾次，要是過熱也有可能會引發爆炸，所以使用上要小心……還有，要是沒用的話，就就……就逃跑吧。」

「我了解了。我會讓那怪物見識一下我們的骨氣！」

「你完全沒聽懂呢。」

梅提斯聖法神國的最新兵器。

阿姆斯壯砲的填彈作業開始了。

◇　◇　◇　◇　◇　◇　◇

這消息傳到了在馬魯多哈恩德魯大神殿崩塌後，再度成為行政中樞據點的舊大神殿。包含米哈洛夫法皇在內，大神官和勇者們正忙著做對應。

「……那條龍終於出現在聖都了。現在第一道城牆已經進入了交戰狀態。」

在用來召開重要會議的辦公室裡，米哈洛夫沉重地開口說道。

聚集在此的人們也知道龍那壓倒性強大的實力，各個臉色都很蒼白。

「勇者龍臣，迎擊的準備進行得怎麼樣了？」

「開發班在短時間內趕製出來的試製大砲已經配置在城牆上了……不過沒試著用用看，也不知道能不能發揮效用吧。」

「畢竟龍的周遭一直維持在釋放出高壓電流的狀態，雖然不是絕對不行，但不太可能進行近身戰鬥。我也調查過相當於我們救命稻草的聖劍了，聖劍確實蘊藏著龐大的力量，可是我想只要使用一次就一定會毀損。」

「八坂，現在沒在問你話喔？別插嘴。」

「我可不想被笹木你說這種話。而且我這只是在報告現況而已。」

「……嘖。」

身為勇者的八坂學和笹木大地到了這時候突然對立起來，讓同為勇者的川本龍臣也很傷腦筋。

什麼事都丟給別人去做的大地，和總是抽到下下籤的學。

既然屬於戰鬥職業的勇者只剩下這三個人，他們之中的某個人就得上前線去指揮作戰，可是他們雙方都在互相推卸責任，導致討論完全無法進行下去。

大地雖然不想和龍臣對立，卻會找理由把工作推給學，當然不難理解學會累積許多不滿。

然而現在是緊急狀況，龍臣真的很希望他們在這種時候不要起內鬨。

「報告！龍的吐息攻擊破壞了第一道城牆，貫穿城牆的吐息直接命中了第二道城牆，導致第二道城牆崩塌！此外受到這次的攻擊影響，城鎮裡發生了火災。」

「盡量召集人手，趕緊進行滅火工作。也要優先引導民眾去避難。」

「了解。我會去傳達給各個部門。」

學發現了剛剛的報告中含有相當重要的情報。

大地板著一張臉，龍臣也一臉嚴肅的看著地圖，可是他們完全沒有發現到剛才的報告內容中，釐清了敵人的危險性。

「川本……」

「什麼事？」

「既然建築物會因為空氣傳導的熱而燃燒起來，你覺得龍的吐息含帶了多少熱量？」

「我不懂你想表達什麼。」

「第一道城牆……我想應該像熔岩那樣熔解了吧。而且吐息還直接貫穿，直接擊中了第二道城牆。甚至還波及周遭，引發了火災。那肯定有幾千度以上的熱量吧？」

「「！」」

空氣的密度很低，熱傳導率並不高。

可是光靠擴散的餘熱就能引發火災，就表示龍的吐息攻擊具有等同於動畫中宇宙戰艦搭載的主砲，或是因為哪來的放射能而進化的怪獸般的威力。

而且他們也已經接到了龍有五個頭，可以分別從不同的口中發出高出力的雷射，還有背上的鰭能朝著全方位使出光束攻擊這種誇張能力的相關報告。

「聖劍……就算用了也沒有意義吧～出在根本上的問題就是人類無法接近那條龍。真要說起來，根本無法進行近身戰鬥吧。」

「那就只能靠噁心阿宅做的大砲啦。」

「笹木……你稍微動一下腦袋再說話吧。那條龍就算釋放出那種非比尋常的熱量，也不會被自己的吐息弄傷喔。你覺得憑大砲的威力能打倒那條龍嗎？光是能傷到龍的一片龍鱗就不錯了吧？」

「那只是因為八坂你不想跟龍作戰吧？」

「喔～我是不想啊。既然這樣，你去當龍的對手不就好了。畢竟這主意本來就是你提的。」

「唔咕……」

「你們兩個，不要起內鬨啦。」

明明處在緊急狀況下，兩人卻不肯放下對立。

大地和學在個性上可說是水火不容的關係。

龍臣是想挺學的意見，可是隨便開口，法皇很有可能會把麻煩事推給他去做，所以除了開口阻止兩人之外，其他的事他打算先不發表意見，靜觀其變。

說是這樣說，但就算勇者們齊心協力，也沒人覺得他們能勝過那條龍。那條龍的等級和棲息在迷宮內的怪物相比實在差太多了。

簡直就是活著的災害。

「八坂，你覺得龍的目的是什麼？」

「嗯？為什麼突然問我這個問題？」

「不是，雖然說在遊戲裡面也是這樣，不過據說龍擁有與人類相當的智慧吧？你不覺得那種生物為什麼會襲擊梅提斯聖法神國這點，很令人疑惑嗎？」

「那不過就是隻蜥蜴，根本什麼都沒在想吧？」

「笹木你閉嘴！」」

勇者兩人怒斥隨便回答的大地。

然後無視撇過頭去的他，繼續說了下去。

「一般來說是人類襲擊了龍的巢穴，或是偷了龍蛋吧。可是根本沒接過有這種龍出沒的報告。」

「我也翻過以前的資料，完全沒看到類似的情報。雖然也有可能是從迷宮裡出來的，可是搞不懂那條龍襲擊神殿及教會的原因。」

「那條龍很明顯是刻意地在襲擊神殿及教會吧？」

「這就算是笨蛋都看得出來吧。可是原因……不，不可能吧…………」

學從以前就想過某種可能性。

在路那．沙克城體驗過的殭屍大軍襲擊。

從在哪裡遇見的轉生者口中聽來的消息。

從那件事推敲得出，從未對任何人說過，封印在內心裡的推測。

而且現在要是說出來，就算答案是錯的，事情結束後他也有可能被視為是危險分子，被暗中處理掉。

再說他也只有狀況證據，等於沒有能讓他確信自己的想法為真的依據。

「你有想到什麼可能嗎？」

「沒、沒啦～……畢竟我這想法很異想天開啊～？而且只是沒有任何證據的推測～……」

「只要能釐清原因，說不定就能應付那條龍了吧。不管什麼都好，我想要一點頭緒。」

「這、這樣啊？那麼……那條龍啊……真的是龍嗎？不是什麼其他的生物嗎？」

「「「…………」」」

龍臣、大地，以及至今為止都沒有開口插話的米哈洛夫法皇，三個人都瞪大了眼睛看著學。

三人的視線中看起來夾帶著「這傢伙在說什麼啊？」的想法。

會用這種方式來說，也是因為他想選擇最能模糊真相的講法，給人留下他所知道的真相的一部分不過只是推測的印象。

要是說得太白，他就會有生命危險了。

「追根究柢，那條龍是抱持著明確的意志，去破壞神殿相關設施的吧？這時候就能確定那條龍具有等同於人類的智慧了。而且那條龍的襲擊行為感覺非常執著吧？簡直像是為了報仇雪恨才有的行動。」

「……的確是這樣吶。八坂閣下的推測或許是說中了。」

「那麼，那玩意兒是什麼啊～？可別沒創意的跟我說是怪獸喔？」

「笹木你不要多嘴。所以說八坂，你覺得那條龍的真實身分是什麼？」

「……不死族。而且還是至今為止遭到梅提斯聖法神國殺害，那些人們的亡靈聚集而成的惡靈。」

學絞盡腦汁，利用「遭到梅提斯聖法神國殺害」這個說法，藏起其中也包括了勇者的含意。

他雖然沒說出事情的核心，但也沒有說謊。

「怎、怎麼可能……你說那條龍是亡靈構成的死靈？不對……經你這麼一說，確實有些地方會讓人產生這樣的聯想，可是……」

「原來如此。如果這是事實，那我就能理解了……不知道是其他國家、過去曾繁榮過的國家，還是獸人族……只要回溯歷史，必然會有很多懷恨死去的人吧。」

「不是，就算這樣我還是無法接受這說法啊。如果真是那樣，那為什麼那玩意兒到了現在才突然動起來啊？」

「笹木你啊～川本也叫你『多動動腦筋』了吧。你在問什麼傻問題啊？不是到現在才突然動起來，而是花了漫長的時間才儲備好足以活動的力量，終於動起來了。」

「也、也就是說……那條龍的真實身分是…………」

「來自過去的復仇者們。」

學總算是想辦法說完了。

而且他話中沒有提到勇者，所以並未讓人起疑。

學真想好好誇獎儘管事出突然，還是想出了這個解決辦法的自己。

「不不不，八坂！這太奇怪了。根據報告，那條龍以前四處破壞城塞都市時，吃了像蜈蚣女的怪物吧？那牠就不是不死族，而是生物吧。」

「要是那個蜈蚣女也是同類呢？因為同樣是惡靈所以可以將對方納入體內，化為自己的力量，這樣想比較合理吧？」

「也就是說，是兩隻惡靈在互相爭奪力量？因為龍這邊獲勝，所以進化了嗎？」

「答對了！不愧是川本。」

如果敵人是亡靈，那感覺靠神聖魔法也有辦法可以對應。

可是這也還有個很大的問題。

「……假設那條龍是亡靈的集合體，那到底聚集了多少人類的靈魂啊？可以破壞城牆這也太不尋常了吧……」

「而且物理攻擊還對牠無效。如果不是含有魔力的武器，應該傷不了牠分毫吧。」

「所以才要拿著聖劍去突擊那條龍吧？加油啊～八坂～」

「如果是亡靈，感覺可以用神聖魔法對應……可是我不認為能確實的打倒那條龍。」

神聖魔法中的「淨化」對亡靈之類的不死系魔物的確有效，可是使用的效果要看使用魔法的神官本身的魔力持有量。

要淨化眾多的亡靈，就得消耗同等的魔力。

而且既然是足以形成巨龍數量的亡靈，就算動員所有神官，能不能消滅都還很難說。不如說那條龍很有可能會反擊，並吃掉神官的靈魂。

「等一下！物理攻擊對亡靈沒用……對吧？」

「是啊……所以呢？」

「那、那麼……設置在城牆上的大砲…………」

「「「…………啊！」」」

使用預算和人力，硬是想辦法趕工製造出來，配置在各處的大砲。

然而要是物理攻擊起不了作用，這大砲也就沒有意義了。

在他們注意到這個可能性之後，遠處立刻響起了砲聲。

◇◇◇◇◇◇

從設置在城牆上的大砲接連擊出的砲彈。

儘管有幾發直接命中了賈巴沃克，仍有一部分沒命中目標，擊中了民宅。

儘管如此賈巴沃克仍未停下動作，持續向前邁進。

『等等，明明直接命中了啊……簡直沒有半點效果嘛。』

「佐佐木學」（綽號阿佐）對自己打造出的大砲性能非常失望。

雖說缺乏時間但他還是召集了人手，以阿姆斯壯砲為基礎製作了大砲，甚至還加以改良，卻依然沒能發揮出他期望中的效果。

正確來說，這大砲作為兵器已經發揮了十足的威力。

奇怪的是賈巴沃克被大砲擊中後，身體就像石頭丟進水面一樣濺起了水花，然後立刻就重生了。

簡直就像是史萊姆。

『那條龍……總覺得很奇怪啊。外外外、外觀看起來雖然像一般生物，但或許該把牠視為某種軟體膠狀生物。』

賈巴沃克吞下了所有的攻擊。

而且從賈巴沃克幾乎是沒有受到半點損傷的模樣來看，他不認為靠物理攻擊能夠打倒賈巴沃克。真要發揮效果的話，只能靠魔法攻擊了吧。

『風間已經不在了……沒沒沒沒，沒有人能使用有可能是弱點的魔法攻擊啊。』

身為勇者，同時也是魔導士的「風間卓實」在和阿爾特姆皇國的戰爭中和眾多伙伴一同戰死了。

雖然那也只是紀錄上這麼寫，但就算他還活著，也不會為了梅提斯聖法神國而戰吧。畢竟這是個厭惡魔導士的國家。

「可惡，新兵器也一點用都沒有啊！」

「那真的是生物嗎！這個大砲明明也是強力的武器……」

「表面看起來雖然有堅硬的鱗片覆蓋著，受到攻擊卻又會變得像水一樣柔軟。簡直就像是巨大的史萊姆嘛。」

「那種玩意兒……到底要怎樣才能打倒啊！」

狀況非常絕望。

龍背上的鰭又再度迸射出耀眼的電漿，開始準備攻擊。

以人類的身體無法阻止這巨大生物的攻擊，只能眼睜睜的看著。

而且第二次的攻擊還是全方位攻擊。

從背鰭射出的無數光線燒毀民宅，斬斷城牆，餘波的熱能誘發了火藥爆炸。牠們還順便用吐息攻擊了第二城牆，硬是劃出一條路。

總算可以看出一點復興跡象的城鎮也瞬間被烈火所籠罩。

在這片地獄景象中，發生了正在搬運火藥的騎士不幸被大砲的爆炸捲入的不幸意外，卻不知為何被視為是賈巴沃克所為。

「確認受損狀況！」

「東北的城牆，崩塌！市街已經……」

「方才的攻擊讓好幾台大砲無法再攻擊了……恐怕是用來引火的東西……」

「趕快幫忙鎮上滅火！城鎮會因為大規模的火災而徹底毀滅啊！」

「優先引導居民去避難！怎麼會發生這樣的事……」

面對賈巴沃克壓倒性的力量，現場嚴重的陷入混亂。

簡直已經不是攻擊不攻擊的問題了。大家逐漸把存活下來當成最優先的目的。

「不行！這樣下去龍就會進入行政地區了！」

「可是我們要怎樣阻止那種怪物啊。」

「就連最新兵器都起不了作用……」

曾是行政中心的馬魯多哈恩德魯大神殿原本所在的位址留下了巨大的隕石坑，就在那附近，有著從觀光景點再度變為行政中樞的舊大神殿。

只要破壞這裡，梅提斯聖法神國這個國家就完蛋了。

因為這裡也是信仰中的聖地，要是不能想辦法阻止這場魔獸災難，那在各種意義上聖法神國都會一落千丈，對四神的信仰也會完全結束吧。

「是說那條龍……從牠的動作來看，牠好像知道這座城鎮哪裡有些什麼耶。」

「怎麼可能……」

「這就難說了喔？牠襲擊了各地的神殿和教會，也從這個城鎮的上空經過了好幾次。說不定是為了掌握地形才會這樣飛來飛去的。」

「既然這樣，那條龍為什麼會襲擊各地的神殿和教會？」

「那說不定是為了掌握我們的據點所在位置才做的挑釁行為，或是利用多次現身來煽動我們的恐懼感，企圖奪走我們冷靜判斷的能力。」

龍幾乎已經化為傳說，據說其中有些擁有能夠理解人類話語的智慧。他們大多沒有和巨龍對峙過的經驗，不過從民間傳承中習得了跟龍有關的粗略知識，行動的判斷基準也來自於那些傳承。

然而知識也不過就是知識，跟自己體驗的現實容易產生巨大的落差。

傳承是否正確，必須經過親自確認。

他們需要仔細檢視行動得來的情報，修正傳承的內容，規劃能夠在有利情況下進行討伐的作戰計畫，可是這次太缺乏時間了。

就算同樣是龍，也可能會有不一樣的行動模式，由於棲息區域的環境差異導致能力完全不同也是常有的事，遑論是初次遭遇的龍。他們幾乎等於是沒有任何這條龍的情報。

關於這條龍的情報，他們唯一知道的就是牠會刻意破壞與四神教有關的設施，但在不清楚其目的的情況下，也無法利用設施來誘導牠。

而且在那之前，光是要鎖定龍是現身在散布於梅提斯聖法神國內的哪一個相關設施這件事，本身就是天方夜譚。

「怎麼辦？照這樣下去……」

「如果只是飛龍那我們還能想點辦法，那個已經超過我們所知的常識範疇了。人類沒有辦法抑制住那個的。」

「既然防衛線如此輕易的就被牠突破，光靠我們是拿牠沒辦法的。」

「我們只好盡量把犧牲人數控制在最低限度了。不，應該說我們也只能做到這件事了。」

「那麼……」

「嗯……優先引導鎮上的居民去避難。最慘的情況下……我們必須放棄這座聖都吧。」

面對遠遠勝過他們，無法觸及的壓倒性強大力量，無力的人類甚至無法反抗。

騎士和士兵們不禁認為要是不花時間做防衛，從一開始就優先疏散民眾去避難，或許就能把受害範圍控制在最小限度了。在對高層的命令感到憤慨的同時，他們也依據各自的裁量，開始引導居民們前去避難。

◇◇◇◇◇◇◇

「報告！龍現在正在朝這裡進攻！已經……沒辦法只靠聖騎士團壓制住了！」

「你說什麼！」

傳來了為對付龍而耗費大量資金和人力所打造的新兵器大砲，在龍的面前也毫無意義的報告內容。

米哈洛夫法皇用蒼白的表情看向勇者，可是勇者們全低著頭，默默地搖了搖頭。他們完全沒有其他的辦法。

「法皇大人……我們只能放棄這座城鎮了。對手太強了。」

「龍臣閣下……可是……」

「對方原本就是超乎我們想像的怪物。被那種東西盯上的時候，我們就已經無計可施了。比起那樣，還是逃出這裡比較好。」

學一邊嘆氣一邊站起身來。

他們不僅已經沒有什麼事情好討論的了，也沒有能夠打倒龍的作戰計畫。

得到的情報全都陳述著最糟糕的狀況，要是不立刻逃出去，他們就會死在這裡。學雖然在個性上一向不會反抗強權，可是他也不想白白喪命。

「緊急報告！龍正以驚人的速度接近這裡。請各位立刻逃離……」

——轟隆隆隆隆隆隆隆隆隆隆隆隆隆隆隆！

隨著新來的報告，周遭響起了牆壁崩塌的巨響。

人類築起的建築物在巨大生物面前根本不構成阻礙，因那巨大身軀施展的力量化為了瓦礫，五顆頭從飛舞的煙塵中現身，用吐息掃蕩了周遭。

打磨得光滑亮麗的大理石牆，現在化為了悽慘的殘骸，四位女神像倒落在地，在他們眼前被巨大的前腳給踩碎。

甚至打算與神為敵的邪龍威容，這一刻正存在於他們的眼前。

「這、這就是……」

「龍……太巨大了。」

「啊～……完蛋了。這下沒戲唱啦……」

在場的所有人都像是被蛇給盯上的青蛙般停下了動作。

所謂的巨大，表示光是那樣就具有充分的魄力來震懾他人，本能的恐懼阻撓了他們的行動。

無論是誰都理解到，就算逃跑也是沒用的。

『終於啊……終於迎來這一刻了。』

『四神的奴僕，你們做好覺悟了吧？』

『我們可是特地襲擊神殿和教會，知會過你們了喔？』

『我是絕對不會饒過你們的！』

『現在正是我們復仇的時候。我要破壞跟四神有關的一切！』

從龍身上釋放出的怨歎魔力撼動大氣，化為聲音響徹了整座聖都。

聲音傳到聖都民眾的腦中後，化為眾多人類的意志，如怒濤般湧入。

包含在那魔力中的憎恨意念成了詛咒，甚至纏上了人們的靈魂。民眾被注入在漆黑魔力中不知是誰死亡的記憶給侵蝕，過於駭人的景象令所有人都當場跪下來嘔吐著。

牠的存在本身就是詛咒。

「為、為什麼……爾等為何會如此憎恨我等神的使徒！」

『你說……為什麼？』

『開什麼玩笑！』

『你們只為了利用我們就硬把我們召喚過來，利用後就處理掉，我可不許你們說你們不知道這些罪行！』

『我們無法回去……我們無法歸還……我們無法重來。』

『四神不是始終放著不在這世界法則內的我們不管，什麼都沒做嗎！』

『什麼神啊！什麼神的使徒啊！你們不過就是一群罪犯！』

儘管沐浴在甚至會讓人身體感到不適的詛咒下，仍能發出聲音的米哈洛夫法皇可說是很了不起了。

可是他不該強調他們是基於神而存在的。

他這一句話不過是用來喚起更強烈的憤怒及憎恨的引爆劑。

帶有詛咒的魔力變得更濃烈，沐浴在這樣的魔力下，沒有抵抗力的人已經昏厥過去。其中甚至有人當場死亡。

「八坂……這是……」

「是啊……那條龍是……我們的同類最後的下場。構成那條龍的存在，全是勇者的魂魄……」

「不會吧！」

本應為神的使徒的勇者，卻詛咒著四神及其信徒。

發生了足以動搖梅提斯聖法神國根基的嚴重事態。

「說、說什麼蠢話……勇者就算死在這裡，應該也會被送回原本的世界。我從沒聽過這種事！這全是你們胡謅的！」

『還真是拚命啊……原來如此……你就是現任的法皇啊。』

『這些謊言我們早就聽膩了！』

『我們沒經過調整就被召喚到這個世界。也就表示我們還遵從著原有世界——異世界的法則。不僅如此，我們還被附加上勇者的力量，讓我們在這個世界上也能戰鬥。』

『這股勇者之力和異世界的法則將我們綁在這個世界上。所以就算是死了，我們也無法脫離這個世界，無法回到輪迴轉生的圓環中。』

『你們大聲糊弄我們說這是為了拯救世界，實際上卻是毀滅世界的推手呢。什麼神的使徒啊，這個邪教集團！』

『真的很諷刺對吧～？因為你們給我們的這份勇者之力，成了侵蝕這個世界的毒素啊～而且四神根本沒有扮演好神的角色。』

『——所以呢？在這前提之下，我再問你，你們哪裡算是神的使徒了？你們所作的事，不過就是無自覺的在犯下大罪而已！』

學早就知道這個事實了。

雖然他因為知道而未感到驚訝，可是除了他以外的人是初次聽到這些事，對於不清楚背後狀況的神官們而言，這更是足以動搖他們的信仰，令人驚愕的揭發。

而且彷彿要告訴他們更多的真相，龍的身體發生了奇怪的變化。

有如從龍那巨大的四肢上湧現而出地長出了許多的人類身軀。

其中甚至包含了龍臣他們熟悉的身影。

那些全是他們認為已經死去的人。

「前園……中山……倉橋……這不是那些應該已經死去的同學們嗎！」

「川本，振作點……就算我這麼說，你也辦不到吧。我也覺得自己快瘋了。」

「而且……那傢伙是……」

從五顆頭的頂端長出來的人，是龍臣、學、大地都太有印象的人物。

『好久不見啦～川本。唷，這不是八坂跟專門跑腿的笹木嗎？你們也在喔。還～有～法皇你這臭老頭！我可是為了復仇，從地獄回來了喔～？』

「「「……岩田（……勇者岩田）」」」

「岩田定滿」，在魯達·伊魯路平原戰死的勇者，同時也是同學中最受到大家厭惡的男人。是梅提斯聖法神國的情報部門呈報他的死訊的。

『你這傢伙，竟敢殺了本大爺啊～？居然從背後狠狠捅了我一刀～而且還把我的屍體丟到下水道啊？你能理解化為地縛靈，被迫看著自己的屍體被老鼠啃得亂七八糟的我的心情嗎？我可是很快就因為憤怒和恨意變成惡靈了呢。而且周遭還有一大堆同類。什麼神的使徒啊～？你們這些混帳！』

「「「！」」」

三位勇者同時轉頭看向米哈洛夫法皇。

法皇因為突然被揭露的真相而顫抖著，臉上也沒了血色。

而且這段對話也作為魔力波動擴散開來，傳入了在這大範圍內，許許多多的人們耳中。也就是說有多到讓他無法開脫的證人。

這事情擴散開來也是遲早的事了。

『（咦？那個叫岩田的傢伙，不是被燒死的嗎？我親眼看到的耶……）』

『（是這樣嗎？）』

『（如果是這樣，那傢伙……就是一臉得意的大聲講錯了自己的死法喔？很丟臉耶……）』

『（法皇那老頭應該也看到了才對啊，他怎麼沒開口吐槽啊？是為什麼呢？）』

『（因為他現在不是說那種話的時候吧。比起那個，我很在意岩田那傢伙為什麼記錯耶。而且他本人好像也沒發現，這是怎麼回事？）』

『（呵……你們什麼時候產生了我們有正常記憶的錯覺？）』

『『『『（什麼！）』』』』

惡靈是眾多靈的集合體。

所謂的靈就是具有意志的情報體，如果是獨立存在的靈那還另當別論，若是成了群靈，那彼此的記憶情報自然會逐漸同化，被留下最強烈情感或印象的記憶覆蓋過去。

思想愈是接近的人，這種同化現象就會表現得更明顯。

儘管個性比較像樣的那些靈在注意到這個事實後戰慄不已，但已經太遲了。

事態已經來到了最終階段，無法停止。
他們就這樣在宗教大國的聖都，拖泥帶水的扣下了邁向終焉的板機。

# 第十一話　遭到揭露的罪行與降臨的二神

梅提斯聖法神國犯下的大罪被揭發出來，過分的真相令現場陷入一片靜默。

包括「岩田定滿」在內的眾多勇者化為惡靈，為了復仇而變成了巨龍，驅使著強大的力量，揮下斷罪之劍。

連同米哈洛夫法皇，部分知道真相的神官們過去都認為只要解決掉勇者這個危險的存在，自己的地位和權勢就安泰了。他們萬萬沒想到一切會以這種形式被攤在陽光下吧。

而且勇者們還在他眼前化為了怪物現身，沒有比這更好的證據了。

「岩田……你，是被法皇大人……給殺了嗎？是什麼時候……」

『從魯達．伊魯路平原回來之後馬上就被殺啦。在我慘敗在那些轉生者手底下的時候啊，轉生者把真相告訴我了。然後當我在這些傢伙面前說出來的時候，他們就從背後拿刀捅死我嘍？看來是格外不想讓我們知道這些事啊。』

「所以說……要是他們嫌我們礙事了，我們也會…………」

『是啊。現在這身體裡大半都是遭到暗殺的勇者喔？知道真相後逃走的傢伙，要是被找到也會沒命的樣子。好像也是有順利逃過一劫的人在啦，不過死後也回不了原本的世界。』

「也就是說我們被騙了？要是在這個世界死了也無法回到原本的世界，那我們至今為什麼……」

『就是所謂用過就丟的棄子啦。不過啊，這些傢伙犯下的罪還不只這個。他們召喚勇者的行為，好像導致這個世界的魔力減少到了即將枯竭的程度。這使得世界上無法供生物棲息的大地持續擴大，這顆星球因此毀滅似乎也是遲早的事了。不覺得我們的復仇有極為正當的理由嗎？』

定滿跟生前一樣，露出了下流的笑容。

雖然他作為一個人的品性真的差勁透頂，儘管如此他還是有其他死去的勇者伙伴，靠著互相合作，為了報仇雪恨而出現在這裡。

而且還帶著梅提斯聖法神國害世界瀕臨滅亡的事實這個炸彈。

另一方面——

『（岩田這傢伙……還沒發現自己的記憶出了錯耶。）』

『（畢竟他這種類型的人不會多想嘛。就算受到了別人的記憶影響，他也根本就不會發現吧。）』

『（也就是說他是個笨蛋吧。）』

『（我、我們的記憶沒問題吧？有沒有哪裡不對勁的？）』

——在賈巴沃克體內的前勇者們內心正一片慌亂。

時間拋下他們，無情的往前邁進。

「啊～……雖然我沒想到會是這種形式，不過這真相跟我想像的一樣呢。這下周遭諸國也有合理的名義可以來攻打梅提斯聖法神國了。真的玩完啦。」

「八坂？你……原本就知道這個真相嗎！」

「我是有推測過啦，而且其實我從轉生者那邊聽說了。襲擊路那．沙克的殭屍軍團元凶，就是化為惡靈的盜賊和那些勇者前輩的靈魂……」

「……那麼重要的事，你為什麼瞞著不說？」

「我又不知道會不會被人聽到，一個沒處理好，說不定連我們都會被滅口。而且雖然不至於到所有人，但我認為神官當中有人在監視我們，恐怕高層的所有人都是串通好的吧。只要他們想，要不為人知的殺掉我們根本不是什麼難事。還只要寫個一張報告就能了事了。」

「「等等，真假？」」

學又拋下了更爆炸性的情報。

所謂組織性的犯罪，換個說法就表示有大量的共犯，可以將所有不利於他們的證據全數抹滅。尤其是發展到了國家規模，輕而易舉地就能抹滅一個人的存在，就算某天突然失蹤，除了身邊親近的人之外，也沒人會在意。

他們也沒辦法責備因為注意到這點而有所防備的學吧。

「八坂……除此之外你還知道些什麼事嗎？」

「嗯～……像是索利斯提亞魔法王國好像開發出了突擊步槍之類的，我也只知道我之前報告過的事情。再來就是絕對不要與轉生者為敵比較好這件事吧。」

「轉生者……他們有那麼誇張嗎？」

『超誇張的……獸人們的要塞雖然也很誇張，但轉生者可是只用了一個魔法，就對我的軍團造成了致命一擊耶？最好不要把那些轉生者當成是我們的同類。那些傢伙是怪物。』

「沒想到連岩田都這樣說……他們真的是人類嗎？」

「『要說他們是人類實在有困難。』」

自我中心的定滿和牆頭草的學難得意見相同。

既然有會讓屬於戰鬥職業的勇者都害怕的強度，那強度的基準就會大幅上漲，讓人無法推測了。

『唉，轉生者的事情無所謂啦。比起那種事，要是妨礙我們，就算對象是你們，我們也不會放過的喔？』

「不……既然知道我們是被騙了，那我也沒辦法再幫這個國家了。」

『那就安靜看著吧。別擔心，等事情結束後，給予我們力量的神會讓我們回到原本的世界去吧。畢竟那和四神不同，是貨真價值的神啊。』

「「「咦？」」」

到了這時候又出現了新的情報。

這個世界上的神應該只有四神才對。

然而有個存在給予了包含定滿他們在內的亡靈勇者們力量，而且從他話中的感覺聽來，可以知道他想說那是超越四神的存在。

也就是說定滿他們投靠了四神以外的神。

「呼……呼哈哈哈！自己招出來了啊，爾等亡靈！根本沒有四神以外的神存在。爾等只是沒能徹底死去，才反過來怨恨我等，懷抱著虛妄執念之徒！」

『『『不，真的存在啊。四神們最為恐懼的存在……』』』

米哈洛夫本想對定滿說出的真相一笑置之。

然而死去的勇者們卻一起否定了他。

也就是說除了四神以外的神是確實存在的。

「……八坂，你怎麼看？」

「該不會…………邪神已經復活了吧？而且那個邪神其實才是這個世界真正的神？」

「「「什麼！」」」

「假設邪神才是這個世界真正的神，那四神就只是篡位者。然後……要是邪神復活後，看到這個快要毀滅的世界，你覺得邪神會怎麼做？」

「會認為四神及其使徒是應該抹滅的對象……？」

「檢視這一連串的發展後，這結論應該是最合理的吧。有一部分的轉生者負責協助邪神，剩下的主要目的是將梅提斯聖法神國的注意力轉移到其他國家身上，還有爭取時間讓邪神復活吧？除此之外或許還擔任了削弱這個國家國力的角色。」

學的考察雖然有一部分說中了，不過其他都只是巧合。

只是以結果而言，大叔他們某些地方對梅提斯聖法神國造成了打擊，但做這些事情其實沒什麼特別的用意。

真要說起來，轉生者們本來就都分別在自由行動，沒有合作關係，然而鑑於接連發生的事件以及介入其中的轉生者的所作所為，實在不讓人覺得這一切只是巧合，所以才不可思議。

『唉，總之就是這樣。絕對別來妨礙我們喔？』

『話說完了嗎？』

『那麼趕快開始復仇吧。』

『敵人是四神，在那些傢伙出來之前，我們要徹底蹂躪這個國家。』

『要是她們沒出現呢？』

『那就證明了人類對她們而言只是方便利用的棋子。這樣只會徹底斷絕人類對那些傢伙的信仰，對我們來說根本不痛不癢。』

不管四神現不現身，對復仇者來說都是好結果。

・狀況①　四神現身

可以直接痛揍四神。

・狀況②　四神沒現身

可以得知四神只是在利用人類，證明教義是虛假的，梅提斯聖法神國的存在會遭到質疑，並遭到其他國家攻打。

不管事情怎麼發展，四神都已經無路可逃了。

賈巴沃克比較希望是前者的狀況。

「等、等等！」

『啥？幹嘛啊，臭老頭。事到如今你還想說些什麼藉口嗎？』

「的確……老夫不否認我等欺騙了各位，將各位葬送於歷史的黑暗當中。可是這之中是有明確的理由的。」

『理由？擅自把我們從異世界拐騙過來，還真敢說呢。』

「聽老夫說吧。我等確實利用了各位……可是，那是因為有如此強大力量的人，我等不能置之不理啊！各位當中也有懷抱著野心，企圖掌握世界之人吧。事實上過去確實曾有勇者引發內亂，造成了無數犧牲後，我等才成功鎮壓。」

『『『『所以呢？』』』』

「從異世界召喚勇者前來，具有動搖國家根基的風險。畢竟勇者們擁有我等沒有的知識，而且還有高於我等的身體能力。所謂的英雄必然容易受到人民的擁戴，若是無法對應勇者帶來的巨大轉變，便會遭到淘汰。急速的改革可說是百害而無一利，在某些情況下，我國甚至有可能會成為害無數民眾失去原有的生活基礎，為貧富差距所苦的國家，然而各位卻未負起這些責任。各位實在太看輕這些事了。」

簡單來說就是給予來自異世界的勇者特權，結果會出現想仰賴自身的知識破壞現有政治體制，或是想藉由受到擁戴趁機得利的人在暗中搞鬼，企圖進行改革，將這國家變成一個不合時宜的國家，所以他們才會逼不得已的暗殺勇者。

這些勇者毫無責任感，只會不斷主張「因為這是錯的」這種孩子氣的論調，讓許多人因此落淚。

米哈洛夫法皇熱烈地辯解著，他們是基於這樣的背景，後來才會產生「處理掉勇者也沒關係吧？」的想法。

『那你們一開始不要召喚就好了吧？儘管如此還是繼續召喚我們過來，就是因為你們根本只想著要利用我們嘛！多半是想著「反正要召喚多少替代品就有多少」吧？還因為這樣害得世界差點毀滅，真是沒救了。』

『這怎麼聽都是事後才找的藉口啊。反正你是打算靠說謊撐過這個局面吧？』

『你們在無自覺的情況下導致世界上的魔力枯竭，所以果然還是該消滅你們吧。這可不是一句你們不知道就能解決的事。』

『你們雖然囂張的在那邊說什麼至高無上的四神還是偉大的神，可是啊，世界上最邪惡的就是你們喔。什麼異端啊，四神教要不要改名叫大罪教啊？』

『算了，反正不管怎樣我們都會消滅你們。我們有資格這麼做。』

然而就算他拚命地想打動他們，也對前勇者們毫無作用。

畢竟包含從邪神戰爭時期開始的死者在內，形成賈巴沃克的魂魄數量非常多。

初期的召喚是在世界各地進行，消耗大量的自然界魔力召喚異世界人前來，可是邪神感受到龐大的魔力消失，便在他們一被召喚過來後，就立刻消滅了他們。

在那之後仍持續增加的異世界魂魄逐漸開始侵蝕這個世界的法則，就算殺光了所有四神教的信徒，也無法抹去這份罪孽。

對於這些自作主張且不合理的行為，他們的怒氣已經膨脹到無法平息的程度。

『蠢話已經說夠了吧？』

『那我們就連同這座神殿一起轟掉他吧。』

『啊～那邊的幾位同類，你們最好趕快逃走喔？我們不太擅長精細的攻擊，所以就算失手波及到你們，我們也不管喔。嗯，雖然死了也只會變成我們的伙伴啦。』

「「「真不想變成那樣～……」」」

電漿在賈巴沃克的周遭舞動著。

再多說什麼都沒有意義了。

「為……為什麼會變成這樣！為什麼事到如今，理應死去的勇者們卻出現了！異世界的人害我等陷入危機，這是不該發生的事啊！」

這不過是他們召來眾多生命，在神的名義下恣意利用他人所導致的結果，然而包含米哈洛夫法皇在內，位於國家中樞的祭司和神官們卻不認為這有什麼不對。

這是因為召喚並利用他們已經成了理所當然的事，所以他們對此的罪惡感變得愈來愈稀薄。而且在那之前，他們根本不把異世界人當成人類看待也造成了很大的影響。

對他們來說，世界僅限於他們現在生活之處的所見所聞，除此之外的世界都跟有魔物棲息的祕境相去不遠，要利用這些人，根本就不需要猶豫。

就算擁有先進的知識，只要那是從異世界召喚而來的人，那就只有用過就丟的價值。他們也從未想過持續召喚會帶來什麼影響。

而他們付出代價的時刻到了。就只是這樣。

『你想怎麼死？』

『被電漿擊中嗎？』

『還是想被幾千度的火焰燒死？』

『想要我們用強大的水壓壓扁你也行喔～？』

『被岩石直接壓爛也很難割捨對吧？』

『被風壓撕成碎片怎麼樣？』

前勇者們紛紛提出愉快的處刑方式。

而他們這樣的態度觸怒了米哈洛夫法皇等人。

「開什麼玩笑！」

「你們這些異世界人不過就是為了被利用而存在的奴隸！」

「死了還反抗我們，這根本不可原諒！」

「區區異世界人竟敢如此放肆！」

「老老實實死了就算了，事到如今才冒出來！用過就丟的棄子還敢反抗，也不懂得秤秤自己的斤兩！」

從他們平常總是對民眾闡述著信仰與道德的口中，暴露出了隱藏起來的真心話。

這對賈巴沃克來說正好。

『這就是你們的真心話啊。』

『唉，我們早就知道了喔？』

『不過你們全招了可不太妙呢。』

『我們當中有許多人擁有「傳播」和「竊聽」的技能。你覺得把這些技能跟「擴散」的技能一起使用，會發生什麼事啊？』

『你們的言行舉止會散布到全國各地呢。順帶一提，剛剛的對話我們也從一開始就擴散出去了。你們知道這代表什麼意思吧？』

「「「「什麼！」」」」

透過哀嘆的魔力進行的意念傳達，只有在詛咒的範圍內才有效果。

可是好幾個擁有竊聽、傳播、擴散技能的人一起使用這些能力，就能透過大氣，將聲音傳到遠方。

這表示四神教的惡行已經廣為人知了。

米哈洛夫等人自己踏上了毀滅之路。

『你們以為我們只會襲擊，不會做其他事情嗎～？』

『真有夠笨的。』

『擅長欺騙人家的傢伙啊，都不會注意到自己受騙上當了呢。你們被我們到處大肆破壞的消息騙得團團轉呢～』

『自己做的壞事在社會上傳開的感覺如何啊？』

『喂，你們現在感覺如何啊？喂？喂？』

極力嘲笑、貶低他們的前勇者，以及自掘墳墓的四神教大老們。

「可、可惡……你們這些怪物…………」

『創造出這怪物的是你們吧。』

『幹嘛？以為自己是悲劇主角嗎？』

『綁架犯憑什麼用那種高高在上的口氣說話啊。罪人應該要求法官大發慈悲吧。』

『雖然這樣做也不會減刑就是了。』

「你們這些對神沒有信仰的人，跟邊境的蠻族有什麼差別！讓你們這些愚蠢之徒為了神犧牲奉獻，這有什麼不對！」

或許是不能接受吧，其中一位神官大聲說道。

那傲慢的態度讓從賈巴沃克身體長出的勇者們頭上都爆出了青筋。學他們看到這一幕，也不禁冒出「啊，這傢伙搞砸了……」的想法。

背上同時竄過一股不祥的預感。

『就用上所有處刑方法吧。』

『『『『同意！』』』』

「「「「咦？」」」」

背鰭上迸發出強烈的光芒，五個頭分別準備要發射出「火」、「風」、「水」、「土」，以及「暗」屬性的吐息。

在這種極近距離下射出各種吐息及全方位雷射的話，這一帶想必會化為草木不生的平地吧。

駭人的龐大魔力讓在場所有人都恐懼起來。

「快、快逃啊！」

大家對龍臣的叫聲起了反應，急忙逃跑。

然而他們太晚採取行動了。

要是在賈巴沃克現身前逃跑就好了，但一切都已經太遲了。

『『『『『消失吧！』』』』』

「「「等、等一下！」」」

龍臣、學、大地這三個人在情急之下跳下露台，繞開障礙物並滾進了賈巴沃克的正下方。

屬性吐息及全方位雷射同時發射而出。

舊大神殿整個被轟飛，附近的行政設施也被鐳射光掃過，周遭瞬間化為一片火海。

而且賈巴沃克還仔細的動了好幾次頭，執著地攻擊到不放過任何一人的程度。

龍臣他們也很能理解前勇者們的心情。

「法皇大人……死了嗎？」

「…………誰知道？」

「好險……要是沒發現這種攻擊還是躲在正下方最安全，我們也會有同樣的下場吧。有玩獵人遊戲真是得救了。」

逐漸崩垮的舊大神殿。

他們總覺得能從那簡直要將聖都化為焦土的攻擊中，看見前勇者們靈魂中的怨念有多麼深沉。他們的惡意和殺意都非比尋常。

『啊哈哈哈哈，死了嗎？喂，死了嗎？』

『爽快多了，這些混帳傢伙！』

『喂，你們說的什麼神的庇佑怎麼啦？神根本沒來救你們嘛。』

『真的有所謂的救贖嗎？明明遇到了這種不合理的事，神卻沒有來救你們耶？討厭啦，四神教果然是詐騙集團嗎？』

『垃圾果然就是該燒光光吧～？』

明明殺害了許多人，他們卻態度輕率的在嘲笑神官們的死。

人的靈魂要持續憎恨多久，才會變得如此邪惡呢？

前勇者們的魂魄正享受著無比漆黑深沉，扭曲的愉悅感。

「行政區已經……全滅了吧。」

「我們盡量去救助那些倖存民眾吧，我希望你們也能來幫忙。」

「我可不想因為川本的正義感引來那些傢伙的恨意。而且在那之前，我不認為他們會讓我們去救助那些人……」

熊熊燃燒的火焰與升起的黑煙，彷彿死去勇者們的憎恨之火。

以壓倒性的力量單方面的蹂躪。

雖說是因果報應，但這是報仇，只是用力量去洗刷因力量而產生的恨意罷了。

這不會改變任何事，反而只會引來混亂。

可是對已經死去的人來說，現世以後會變成怎樣，都與他們無關吧。

「川本……你是怎麼看待這場復仇的？」

「因為連無關的人也遭到波及了，所以很難說這是正當的行為吧？我只覺得這是情緒爆發開來，突發性的衝動行為……」

「比起那種事，我們應該趕快逃跑吧？要是又被波及，這次我們就真的要沒命了。我可不想死在這種地方。」

「「笹木……」」

大地原本覺得勇者人數減少正是好機會，不斷向神官們吹噓自己，一心只想著要提昇自己的地位。執著於悠然舒適的生活及透過權力確保的穩固地位，過去也若無其事的搶走了別人的功勞。

他這樣的人就算看到同班同學最後的下場，心中也沒湧上任何情緒，不如說他只想著要趕快逃離這裡。

「你看到岩田他們變成那樣，都沒有半點想法嗎？」

「誰管他們啊！死後的事情，等死後再想就好了吧。我還不想死，所以現在只想全力逃跑！你真這麼在意的話，你就一直待在這裡吧，川本。」

「…………唉，雖然說要趕快躲到安全的地方這話是沒錯，但就算是這樣……唉，畢竟是笹木嘛～……」

「說得也是……就跟八坂說的一樣，仔細想想畢竟是笹木嘛，這也沒辦法吧。」

「你們這話是什麼意思啊！」

兩人用奇怪的方式接受了笹木的說法。

總之這件事先放一邊，三人急忙逃離開始作亂的賈巴沃克身邊，從偶然發現的大洞跳進了下水道裡。

至於其他的同學怎麼樣了，現在的他們也無從得知。

因為在他們逃進下水道的瞬間就發生了爆炸，他們跳下來的大洞也被堵住了。

三人九死一生的逃過一劫，不過到他們平安逃離下水道為止，還得再花上好一段時間。

◇◇◇◇◇◇◇

擁有五個頭的巨龍正在蹂躪信奉四神的聖地。

已經沒人能夠阻止巨龍，眾人只能任憑巨龍將自己推落絕望的深淵，不知該逃去哪裡才好地等待災厄離去。

而這時有兩道影子，正在上空凝視著人類的模樣。

「那就是……之前說過的那條龍？不就是普通的惡靈集合體嗎？不過……僕人們也很不像話呢。這下不是演變成需要勞煩我們出手解決的狀況了嗎？」

「說是這樣說，因為很麻煩，所以我們也就是放著不管而已啊？而且那股力量不尋常喔？我們兩個有辦法打倒那條龍嗎？」

「感覺是很強沒錯，可是不到那些轉生者的程度啊。如果只是那種程度的力量，光靠我們也就足以應付了。」

「居然擅自殺掉僕人們，不可原諒！我要痛揍那條龍！」

她們分別是掌管水的女神「阿奎娜塔」和掌管火的女神「弗雷勒絲」。

本來她們是沒打算要干涉人類的，然而唯有這次的狀況有很大的不同。

首先，四處作亂的巨龍真實身分是脫離了自然法則的異質怪物，跟面對轉生者的時候不一樣，她們可以全力施展出自己的力量。

再來可以舉出的原因，就是這條龍企圖破壞她們所期望的文明繁榮，是她們無論如何都必須討伐的敵人，也沒有必要手下留情。

再怎麼說都是神的她們就算想在地上施展力量，也會受到限制，有著唯有在敵人是脫離法則的存在時，才能使出全力戰鬥的條件在。以前和傑羅斯等人交手時，她們也無法發揮原有的力量，處在受限的狀態下，所以才只能逃跑。

因為轉生者不管多強，依然被視為是人類，所以會受到制約限制，是她們無法使出全力一戰的麻煩對象，但是這條龍不一樣。

是根本不需要客氣，完全的異形生物。

「蓋拉涅絲和溫蒂雅不在，所以只能由我們來做了呢。唉～……真麻煩。」

「那兩個人真狡猾……每次都把工作推給我們……」

「事到如今了說這個也沒用啦。」

大地女神「蓋拉涅絲」和風之女神「溫蒂雅」從來都不認真工作，更是沒打算要去做這些神該做的工作。

就因為她們像是隨興跟怠惰擬人化的兩位女神，從以前開始如果不是有什麼特別的大事，一旦出現什麼異變就會消失無蹤。

所以她們以為這次也是一樣的情況。

她們想都沒想過，那兩人作為神的權限已經遭到剝奪了。

「趕快解決吧。弗雷勒絲，妳準備好了嗎？」

「那是當然。一盃口、對對胡，然後接國士無雙啦！」

「……聽不懂妳在說什麼。」

認為她只是隨便在亂說話的阿奎娜塔沒再繼續聽下去，在掌心中製造出經過超壓縮的水塊。

「那我要出手嘍～～～！」

和她奇怪的叫聲相反，弗雷勒絲毫不猶豫的對著賈巴沃克丟出帶著非比尋常熱度的火焰。

就在火焰即將直接命中賈巴沃克時，突然被看不見的牆壁給擋下，散落到四周，在應該仍有生存者的行政地區燃起火苗，擴大了損害。

阿奎娜塔無視這狀況，這次換她使出了高水壓的水槍。

水槍果然還是被看不見的牆壁給阻擋了，不過這次的攻擊貫穿那道牆，刺中了賈巴沃克。

『什、什麼！』

『神官們是使不出這種攻擊的。』

『也就是說……』

五個頭一起仰頭看向天空，確認到兩位女神的身影。

激烈的怒氣同時湧上。

那份驚人的衝動，讓蘊藏在他們體內的魔力活化到了極限，他們發出帶著激昂的怒氣與憎恨情緒的咆嘯，響徹了整座籠罩在火焰與黑煙下的聖都。

『總算出來了啊，萬惡的根源！』

『殺了她們……我要徹底的打爛後再殺掉她們！』

『這些混帳傢伙，讓我們等了這麼久。』

『現在就過去幹掉她們！』

『冷靜點……戰鬥才剛開始喔。』

賈巴沃克張開巨大的雙翼飛上天空。

同時放出的五屬性吐息彷彿要劃破天際似地一路延伸，分別追在弗雷勒絲和阿奎娜塔身後，但兩位女神還是躲開了所有的攻擊。

「哦～……這玩意兒會使出有些麻煩的攻擊呢。」

「這樣神官們可沒辦法應付啊。哎呀，雖然不是我的敵手啦！」

『『『『消失吧！』』』』

長在背上的無數背鰭分別射出不分對象攻擊的超高電壓電漿雷射。

然而阿奎娜塔讓創造在掌心中的水球化為霧狀散開，化解了雷漿雷射。

電漿雷射放射過程中所產生的熱能加熱了阿奎娜塔創造出的水蒸氣，瞬間讓聖都變得像亞熱帶地區一樣悶熱。

「你們真以為憑這種程度的力量，就能夠拿我們怎麼樣嗎？我們好歹也是女神喔？也未免太小看我們了吧？」

「用熱可是打不倒我弗雷勒絲的唷？你們是笨蛋嗎？啊～原來是笨蛋啊～不然根本不會想與我們為敵嘛♡」

『『『『『那我們就把妳們給冰凍起來！』』』』』

五個頭全吐出了絕對零度的吐息。

但這凍氣也被弗雷勒絲放出的熱能給抵銷，阿奎娜塔甚至完全沒有結凍，還露出一副覺得很涼爽的樣子。

「真的是笨蛋呢。不管結凍還是汽化，水就是水吧？怎麼可能會對我這個掌管水的女神有用呢。」

「不如說升起了一堆水蒸氣，感覺很～不舒服。」

「那要怪弗雷勒絲妳的熱能吧，拜託妳別怪到我頭上。」

無論是灼熱還是冰凍的吐息都對女神們發揮不了作用。

雖然其他屬性的吐息也被躲開了，但賈巴沃克彷彿是明知會被躲開還是故意拚命地使出吐息，同時拉近距離，想靠這巨大的身軀憑著蠻力進行近身戰鬥。

「哎呀呀，真野蠻……雖然外表看來就很野蠻了，但還真是感覺不到半點格調呢。居然想進行格鬥戰，太不優雅了。」

『少說蠢話了！』

『在那邊動來動去的……乖乖被打中啦！』

「為什麼我非得要主動挨打受痛啊？只有變態才會做那種事情啦。我可沒有那種興趣喔～」

『那我們就直接揍扁妳！』

嘴上說揍，但賈巴沃克是將魔力注入爪內，嘗試用看不見的刀刃斬斷她們。

可是弗雷勒絲她們卻像是能看見那刀刃一樣輕鬆地避開，並且在極近距離下將以超高壓壓縮的水彈及火球擊向賈巴沃克。

「燒光吧！」

「有股野獸臭味呢，可以不要靠近我嗎？」

『『『『什麼！』』』』

噴射火焰及冰刃奪走了賈巴沃克的雙翼，使賈巴沃克朝著地上墜落。

人們緊張地嚥下口水，從地面上望著這片景象。

對他們來說，這場戰鬥看起來神聖得宛如神話重現。

「啊啊……阿奎娜塔大人……」

「喔喔，弗雷勒絲大人在……弗雷勒絲大人在為了我們奮戰。」

「我親眼看見了！那就是反抗女神的愚蠢怪物！在神的面前，不管怎樣的存在都是毫無力量的！」

「來，大家也一起來祈禱吧。祈求我們的女神們拿下勝利……」

明明是場慘烈的戰鬥，卻有大量的人被兩位女神給迷倒了。

那身影神聖得美麗，就算處在危險的狀況下，人們也無法別開目光。

而且她們還單方面地蹂躪著那條憑著人類的力量，根本無法傷其分毫的巨龍。

只要不知道她們的本性，或許無論是誰都會就此投入信仰吧。

◇　◇　◇　◇　◇　◇　◇

有什麼正從被繁星與寂靜包覆的無限空間俯瞰著整個星球。

明明在距離星球十分遙遠的地方，那存在的眼睛卻能確實地捕捉到正在地上戰鬥的女神們和賈巴沃克的身影，隱藏住無法完全壓抑的感情，靜靜地開始準備。

『哦……沒料到就連那個都不成敵手吶，該說再怎麼樣她們都畢竟是神嗎。』

雖然對慘遭蹂躪的賈巴沃克多少有些過意不去，那存在也絕對沒有要出手相助，靜靜地等候著時機到來。

對她來說，賈巴沃克不過是個棋子。

然而——

『這樣吾就不用使出靠蠻力的最終手段了，真是僥倖吶。得給那些人相應的回報才行。』

——那存在對於單方面地持續遭到女神們攻擊的賈巴沃克，露出了充滿憐憫，以及更勝於此的慈愛笑容。

她是打從心底感謝著前勇者的魂魄們。

正因為有他們的努力奮鬥，她的目的才得以實現。

『……好了，吾也差不多該開始了。』

看準即將分出勝負的時機，她啟動了事前悄悄準備好的東西。

「這下就結束了！」

「你們的模樣還真是悽慘呢。因為你們根本沒有存在的價值，現在趕快消滅吧。」

『『『『我們哪能什麼都沒做到，就這樣劃下句點！』』』』

巨大火球和高密度冰塊擊中了抵抗到最後一刻的賈巴沃克。

在高熱量與大冰塊同時墜落的瞬間，超低溫和高溫的組合引發了大規模的爆炸，升起了直上雲霄的水爆雲。

這股衝擊波造成了比賈巴沃克更大的破壞，一瞬間讓周遭的建築物全都消失了。

「呼……區區一隻蜥蜴，還真耐打呢～」

「讓我們費了一番功夫呢。要是皮膚因此變差了該怎麼辦啊……」

倖存的鎮上居民和神官們也遭到了這場爆炸的波及，又有更多人因此受害，但是完全沒觸動這兩位女神們的心。

當然，她們心中也沒有罪惡感。

對她們來說，人類就是只有利用價值的東西，不管死了多少人，她們對人類也只有「反正還會增加，無所謂吧」這種程度的認識罷了。

「我累了，我們回去吧～」

「……等一下。」

「幹嘛啊？都已經打倒那條龍了，已經沒事要待在這裡了吧？」

「那條龍似乎就是特別耐打呢。牠還活著。」

「唔哇，真的耶～」

賈巴沃克仍存在於爆炸中心點。

可是已經不是可以再繼續戰鬥的狀態了，身體各處都受了重傷，血液和體組織也開始氣化分解了。

「牠已經死了吧？」

「我不知道耶。畢竟那原本就是亡靈的集合體，不知道為什麼會變成那個樣子。」

「既然想也想不透，那還是處理掉牠比較快吧？」

「…………說得也是。那就拜託妳燒掉了。」

「要我來喔！」

賈巴沃克憤恨地瞪著游刃有餘的兩位女神，只靠執著操控著身體，將所有魔力集中起來，打算使出最後一擊。

『『『『殺了妳們殺了妳們殺了妳們殺了妳們殺了妳們殺了妳們殺了妳們殺了妳們殺了妳們殺了妳們殺了妳們……』』』』

被殺意吞噬，失去理性，儘管如此仍想完成復仇。

莫名慘死的人們的恨意合而為一，將所有的殺意化為力量凝聚起來，就連剩餘的魔力都當作用來刺入可憎之敵體內的小刀，做好玉石俱焚的覺悟，發動最後的攻擊。

因為人生被奪走的他們，已經只剩下復仇了。

賈巴沃克朝著兩位女神吐出最後的火焰。

「那種玩意兒才打不中我……呃，呃，咦？」

「是擴散吐息？」

最後放出的吐息不是之前那種直線攻擊，而是會散布到周遭的擴散型。而且疊加了所有屬性，化成連物質都能分解為原子的崩解力場。

至今接連躲開直線吐息的二神被趁虛而入，儘管不是致命傷，仍遭受了會造成一些傷害的攻擊。

誇張到不合理的防禦力。

這恐怕證明了，如果不是同為神的存在，是不可能打倒神的。

「最後竟然幹出這種好事……」

「接受懲罰吧～～～～！」

弗雷勒絲怪叫的同時，以極大的火球使出攻擊。

遭受業火直擊，賈巴沃克這次真的化為塵埃了。

女神們雖然用輕蔑的眼神目送反抗自己的存在消逝，但也立刻對此失去興趣，別開了視線。

這瞬間——世界被黑暗所籠罩。

氣候突然變得狂暴起來，不但刮起好幾道龍捲風，同時隨著震耳雷鳴傾注而下的豪雨彷彿鞭打著人們的身體。

「什麼？」

「這、這次是怎樣？」

「這是結界……？誰能設下這麼大規模的………」

在連同光都吞噬了的漆黑與風暴中，降下唯一的一道光柱，那存在現身了。

對於那存在散發出的氣息，阿奎娜塔和弗雷勒絲本能地感到恐懼。

原先感動至極的看著諸神那神聖戰鬥的眾人，以及想盡辦法爬出瓦礫堆的人，還有打算逃跑，聚集到城門前的眾多人類，都因為這異常的氣息而停止了思考。

儘管生物的本能告訴他們「這不可能」，拚命地否定那散發出壓倒性存在感的存在，他們仍受到以畏懼或恐怖等詞彙都不足以形容的絕望感折磨著。

他們無法理解。

也不願理解。

「來吾身邊吧。」

她把左手伸向前方後，便有無數的光聚集到手掌中。

光有著人的形狀，彷彿從聖都的地面上湧現似地接連出現，朝著那存在聚集過去。

儘管眼前的景象看來十分夢幻，現實卻是喚來死者魂魄的禁忌光景。理解到那份恐懼，人們的身體無可奈何的顫抖著。

「辛苦爾等撐過這漫長又痛苦的時光。爾等好好休息吧……接下來就由吾來代替爾等，洗刷爾等的冤屈吧。」

那是所有遭到梅提斯聖法神國利用的勇者魂魄。

她將那些想仰賴她而聚集過來的魂魄納入體內，溫柔低語的模樣彷彿帶著慈祥的語調，但是人們的本能理解到了。

她絕非充滿慈愛的存在。

「餘下的小蟲以及妄信的愚蠢之徒啊。終焉之時到了……吾將親自贈與罪孽深重的爾等更深的絕望及斷罪。爾等應感到榮幸。」

她靜靜的宣告了最糟的話語。

那模樣怪異非凡。

她得到了象徵神的存在的閃耀王冠，同時在頭部左右兩側長有銀色的角，揮動著耀眼的金色羽翼，同時包含了神聖與邪惡。

金色的眼神用輕蔑的視線看向兩位女神以及人群，除此之外不帶任何感情。

儘管眾多人們都憑著本能注意到了，但沒人說得出口。

那是這世上唯一的絕對者，不可隨意侵犯的最大禁忌。

不知是誰用顫抖的聲音小聲的說了。

——「邪神」……

# 短篇　布羅斯的日常生活

獸人族的領袖——或者說身為他們老大的凱摩・布羅斯的一天很早就開始了。

在織有各種花紋的蒙古包（帳篷）裡醒來，用迷茫的睡眼環視周遭，只見他那超過三十人的老婆們全都一絲不掛地躺著，仍在睡夢當中。

如果是夢想著要開後宮的異世界訪客處在這種狀況下一定很高興吧，然而實際上這並不是那麼值得羨慕的事，每天都會展開愛與被愛的爭奪戰。

在某些情況下甚至會動用到武器，所以他也是賭上了性命。

沒靠著自製的精力飲料，他可能早就沒命了。

『……太好了。我還活著。』

獸人族的夜生活非常激烈，而且對象超過三十人，一般來說是承受不住的。

就算是因為轉生到異世界而有著驚人體能的他，幾乎每天都要應付老婆們的需求仍是一種苦行。

不過有人單純地喜歡他這件事還是很令他高興，所以要是問他：「你幸福嗎？」他一定會回答：「我很幸福。」吧。

只是他希望老婆們至少能排個班表。

這樣下去他可能會為愛而亡。

他想去呼吸一下新鮮空氣，硬是撐起無力的身體，暴露在仍吹著冷風的平原上。

「唷，老大。昨晚似乎也很激烈啊。」

「我也已經習慣你們每天都跟我說這種話了。」

「不不不，劍跟長槍也飛到我們這裡來了喔？我差點就要被刺成肉串了。」

「那真是抱歉。我沒辦法阻止她們。」

獸人族的住宅是類似蒙古包的帳篷。

當然不能期待帳篷有什麼隔音效果，到了晚上，外頭都聽得到各家夜生活的聲音。

可是獸人族並不在意。他們對於性的觀念相當開放，只會覺得「既然聽到了，那也沒辦法」。

而且獸人族多為一夫多妻，所以各家庭都會發生爭奪戰，老婆們拿出武器來搶老公可是家常便飯。

不只有布羅斯家會發生這件事。

簡單來說，「激烈」這個詞所代表的意義跟一般所想的不同。

「老大今天也要去蒐集金屬嗎？」

「是啊……畢竟我拿武器的品質沒轍。是說你們為什麼要在武器上雕花啊？其中還有透到可以微微看到另一側程度的雕花，那到底是怎麼雕出來的啊。」

「這是我們部族間的堅持。透到可以看到另一側的雕工，就連我也辦不到啊。真是羨慕……」

「你很羨慕嗎！」

對生活於大自然中的獸人族來說，武器不過是一種器具。他們敬重包含精靈及祖先在內的眾多靈魂，為致上最深的感謝及敬意，才會在各式各樣的器具上雕出花紋或裝飾，藉由使用這些器具作為祈禱的儀式。他們的生活本身就像是一種信仰儀式。

不是像騎士道或武士道那樣，把自己的信念、生存方式或是誓言寄宿在武器上那種特別的東西。

上頭的花紋或裝飾愈精緻，就表示信仰愈深厚，可是武器因此而變得不堪使用，那就失去意義了，對布羅斯來說這真的是很令人苦惱的文化。

「本來在所謂的戰鬥中，武器的品質是會攸關生死的。」

「男人沒辦法赤手空拳戰鬥，是得不到認同的喔？只有軟弱的傢伙才會仰賴武器。」

雖然因此被敵人抓去當成奴隸那就沒意義了，但這是獸人族的基本原則，所以他也無能為力。不花上漫長的時間，是沒辦法改變這種思考方式的。

他們一生下來就只會用肌肉思考。

「唉，這方面我也早就死心了。不過金屬還是必須品喔？」

「畢竟要修理鍋子跟菜刀會用到啊。」

必須修理的東西不只有武器，日用品之類的器具也一樣需要修理。

於是他今天又開始腳踏實地的挖礦了。

◇◇◇◇◇◇

相當於獸人族據點的處刑要塞地下深處有著礦脈。

不，正確來說那不是礦脈，而是上下顛倒的古代都市廢墟。

『沒想到漂浮島真的存在呢～最高興的是還有水源，實在是幫了大忙啊。』

漂浮在空中的島嶼在邪神戰爭期遭受攻擊，上下顛倒地墜落下來，倒蓋在湖上，成了現在的模樣。

處刑要塞所在的那座與其說是小丘，不如說是山的地方，其實是漂浮島的底部。

為了造水井而一路往下挖，偶然掌握了漂浮島全貌的布羅斯決定隱瞞這個事實。

畢竟裡頭還有好幾個動力機構仍在運作，要是隨便調查，引發爆炸可就糟了。他認為要保護伙伴，還是別讓任何人知道這件事比較好。

就連跟他是同類的亞特，他也只有模糊帶過這件事而已。

「所以蒐集到多少金屬了？」

「老大……別強人所難啦。」

「用鐵根本就拿這玩意兒沒轍啊？」

舊時代建築物使用的金屬幾乎全都是特殊合金。

就算想用鐵製的十字鎬挖下來，兩者硬度也完全不同。

不如說敲下去反而會被彈開，連一點痕跡都不會留下。

「要是能用這個打造武器就好了，不過在技術上很困難吧……」

「是有掉一些碎片下來，可是這有辦法拿去加工嗎？」

「太硬了呢。這到底是用什麼製成的合金啊。」

儘管優質的礦物資源要多少就有多少，問題是他們沒有足夠的技術能力去加工。

就算想靠鐵匠的技術來打造成劍，這些礦物也耐高溫，不會融化。這種金屬有再多也派不上用場。

正因為如此，必須要找出以現有的技術能夠使用的礦物資源，可是這工作非常的麻煩。負責挑出可用礦物的獸人們也一臉厭倦的在工作。

「好了……那我也來找找有沒有可用的金屬吧。」

「我們能仰賴的只有老大你了。真的拜託你啦。」

「只靠我也不行啊～……」

於是他就這樣開始找起了金屬。

雖然有找到銅或是錫一類的金屬，可是硬度不適合用來打造武器。真是希望至少來點普通的鐵。

他就這樣忙東忙西的度過了一天，在太陽開始下山時回到了家裡。

——那天晚上。

「我是第一個，妳們幾個閃到一邊去！」

「才不是～我才是第一個～！我是不會退讓的。」

「那、那個……今晚應該是輪到我才對……」

「大家都很拚命呢～不過我也沒打算要讓步唷。」

老婆們一絲不掛地逼近布羅斯。

每當那些大大小小、充滿彈性地晃動著的胸部和臀部湊上來碰到他的時候，便會激發布羅斯的性慾。她們熱情又略帶憂愁的眼神和流露出的性感也惹人憐愛。

目前在帳篷裡的人數有二十九人，其他幾位老婆正在收拾晚餐用的餐具。

儘管沒有全員到齊，能看到老婆們煽情的模樣，他還是很高興。

儘管現場有兔耳、狐狸耳、狗耳、貓耳、熊耳，可以說是令喜歡獸耳的人羨慕不已的狀況，然而事情可沒有這麼單純。

所謂的夜生活，說穿了就是想生小孩——而且是一場戰爭。

就算是男人都夢想過的後宮生活，實際處在這個立場上，就算再怎麼不想也會感受到，要平等的去愛所有的老婆，將是何等的苦行……

「今天要讓我先來。想妨礙我的話，我也會硬搶過來的。」

「啊？比起妳這種平胸的小鬼，當然是由我這個充滿成熟魅力的大人先來吧？」

「什麼？妳怎麼好意思厚臉皮的宣稱自己要第一個上啊。誰會允許妳這麼做！」

「我說啊……拜託妳們溫和的討論好不好？還有……要是可以排班輪流來的話，那個……我會很高興的喔～……妳們有在聽我說話嗎？這樣下去我會死的……這是滿嚴肅的話題喔——」

幾乎全裸的散發出殺氣的老婆們，以及被置之不理的年輕老公。

不過也不是只有布羅斯的家庭會出現這種狀況，其他的家庭也差不多。

如同前面所敘述過的，獸人族中一夫多妻的家庭，全都會展開壯烈的爭奪戰。

在布羅斯的老婆們瞪著彼此，僵持不下時，多半是隔壁帳篷內在爭奪戰中使用的戰斧突然穿過帳篷頂，豪爽的插在床上。

「咿咿咿咿咿咿咿咿！」

「隔壁家今天也很激烈呢～」

「我們也不能輸呀……那麼，動手吧？」

或許是受到其他帳篷發起的生小孩武力衝突給觸發了吧，布羅斯老婆們紛紛拿起武器。從年幼少女體型到前凸後翹的老婆，所有人都展現出了鬥志。

在大多數的獸人家庭，老公的任務就是默默在一旁守護著事情的發展，然而布羅斯的情況卻沒這麼簡單。

畢竟他的下一代將處於領導獸人族這個重要的立場上。

所以老婆們為了生下第一個孩子，也是賭上了性命。

「老公……來這邊、來這邊。」

「等大家開打之後，我們悄悄溜走吧。我也準備好藏身處了……」

「咦？咦～……」

老婆們雖然試圖誘導至今還是無法習慣生小孩戰爭，忍不住想開溜的布羅斯，但她們的行動完全不是出於善意，而是阻止一家之主，避免晚上相好的對象逃走，順便盤算著要趁機搶先其他人。不擅長近身戰的部族經常會使出這種小手段攻其不備，所以他實在高興不起來。

例行的布羅斯爭奪戰就此開幕。

刀槍劍戟的激烈碰撞聲及火花、你來我往的劈砍，深夜的據點簡直處在內戰中。

因為大多數家庭都會反覆進行這樣的戰鬥，所以他們每天都像在打仗。畢竟這也是為了留下子嗣的戰爭，所以說是生存戰略也不為過。

唯有在這種時候，沒有男人插手的餘地。

早已習慣的男人們會一邊喝酒一邊笑著旁觀，等待事情落幕。

「……差不多了呢。」

「老公，往這邊走～」

「所以我說……大家為什麼不能排個順序啊？妳們都不會想要和平解決這個問題嗎？」

在手裡拿著危險武器的情況下，就連柔軟又有彈性地搖晃著的胸部和臀部也散發不出誘人的感覺。

轉眼便從方才淫穢的模樣，化為了猙獰的野獸。

奇蹟的是不論這種例行公事幾乎天天都會上演，大家身上也頂多只會留下一點擦傷。根據獸人們的說法，至今尚未出現過死者，真的很不可思議。

布羅斯看準了戰鬥變得更為激烈的時機，打算在幾位老婆的催促下離開帳篷，但是他想得太天真了。

「哎呀？哎呀哎呀哎呀～你打算上哪去呀？老公♡」

「妳們幾個打算偷跑對吧。不過……這也是個好機會呢。」

「妳們準備好藏身處了吧？那麼也帶我們一起去吧。應該沒問題吧♡」

「喔？我們可不會讓你溜走的喔？老・公・大・人♡」

「啊哈……啊哈哈哈…………」

碰巧撞見收拾完餐具的老婆們，就表示他氣數已盡了。

他今晚的對象就在這瞬間拍板定案。

這下他也只能笑了。

於是布羅斯隔天又一如往常的拖著虛脫的身體迎接朝陽。

距離布羅斯小弟被榨乾的日子已經不遠了。

國家圖書館出版品預行編目資料

賢者大叔的異世界生活日記 / 寿安清作 ; Demi譯. --
初版. -- 臺北市 : 臺灣角川股份有限公司, 2023.12-
冊 ; 公分. -- (Kadokawa fantastic novels)
譯自 : アラフォー賢者の異世界生活日記
ISBN 978-626-378-277-8(第17冊 : 平裝)

861.57 112017346

Kadokawa
Fantastic
Novels

# 賢者大叔的異世界生活日記 17

（原著名：アラフォー賢者の異世界生活日記 17）

2023年12月13日 初版第1刷發行

作　者：寿安清
插　畫：ジョンディー
譯　者：Demi

發行人：岩崎剛人
總編輯：蔡佩芬
編　輯：黎夢萍
美術設計：黃永漢
印　務：李明修（主任）、張加恩（主任）、張凱棋

發行所：台灣角川股份有限公司
地　址：104台北市中山區松江路223號3樓
電　話：（02）2515-3000
傳　真：（02）2515-0033
網　址：www.kadokawa.com.tw
劃撥帳戶：台灣角川股份有限公司
劃撥帳號：19487412
法律顧問：有澤法律事務所
製　版：巨茂科技印刷有限公司
ISBN：978-626-378-277-8